행복한 데칼과
불행한 코마니

행복한 데칼과
불행한 코마니

김영서 장편소설

차례

1

첫 문장을 지우고 다시 쓴다.

나는 동전이 떨어지기를 기다렸다. 미화에게 우리가 데칼코마니라는 것을 증명하려면 이 방법밖에 없었다. 동시에 떨어지는 서로 다른 모양의 동전을 확인하는 것. 간단하고 직관적이다.

"얼마나 더 기다려야 해?"

문제는 사람은 원하는 대로 감정을 느낄 수 없다는 것이다. 행복이든 불행이든 어떤 감정을 느껴야 동전이 나타날 텐데, 지금은 우리 둘 다 그런 상태가 아닌 듯했다. 한편으로는 다행이었다. 미화에게서 행복 동전이 우수수 떨어졌다면 그건 그것대로 기분이 나빴을 것 같다.

"나 저녁에 수업 있어."

미화는 핸드폰으로 시간을 확인했다. 그 모습은 겨울 방학을 성실하게 보내는 학생처럼 보였다. 그에 질세라 나도 테이블에 올려놓은 핸드폰을 만지작거렸다.

"조금만 더 기다려 줘. 한 5분만……."

미화는 커피를 한 모금 마시고 의자 등받이에 등을 기댔다. 될 대로 돼 버리라는 듯 눈을 감고 팔짱까지 꼈다. 미화의 머그 컵이 눈에 들어왔다. 카페라테가 식은 탓에 머그 컵 안쪽에 지저분한 갈색 거품이 들러붙어 있었지만, 바리스타가 그려 준 날개 그림은 아직도 형체를 유지하고 있었다. 역시 행복한 아이는 다르구나. 나는 한숨을 내쉬며 아이스아메리카노를 얼음째로 입에 털어 넣었다.

그때, 동전 떨어지는 소리가 들렸다. 대리석 바닥에 떨어뜨린 것처럼 맑은 소리였다.

미화가 눈을 번쩍 떴다. 우리는 약속이라도 한 듯 자리에서 일어나 각자 앉은 자리의 뒤쪽 바닥을 살펴봤다. 카페 손님들의 시선이 우리에게 집중되었다. 허벅지의 근육이 땅길 즈음 500원 크기의 동전을 발견했다. 각자 동전을 조심스레 집어 든 뒤 입바람을 후후 불어서 먼지를 털어 내고 자리로 돌아와 다시 앉았다.

내 동전을 먼저 공개했다. 동전에는 숫자가 아닌 요정 그림이 새겨져 있었다. 환하게 웃고 있는, 북유럽 신화에나 나올 법한 요정. 내 동전만 보면 당장 이상한 점을 찾기 어려웠다. 요정은 그 자체만으로도 귀엽고 사랑스러웠다. 하지만 미화의 동전과 비교해 보면, 내 동전의 요정 그림에는 날개가 없다는 것을 알 수 있었고, 뒤이어 날개 없는 요정은 어딘가 이상하다는 것을 깨달을 수 있었다.

요정 그림에 날개가 달려 있으면 행복이고, 없으면 불행이었다. 같은 시간, 행복한 미화와 불행한 나. 이로써 우리가 데칼코마니라는 것이 증명됐다. 역시, 간단하고 직관적이다.

나는 뭘 더 보여 줄 수 있겠냐는 듯 동전을 가리켰다. 이번에도 불행한 사람이 나라서 속이 쓰렸지만 입꼬리를 끌어올려 웃었다. 미화는 내 말이 사실이라는 것에 잠깐 흥미를 느낀 듯했다. 하지만 그게 다였다. 곧 이 만남을 후회하는 기색으로 미화가 핸드폰을 쥐고 일어났다.

"자, 잠깐만. 왜 그래? 이래도 못 믿겠는 거야?"

"믿어. 믿는데, 그런다고 뭐가 달라져?"

"아니, 잠깐만."

엉거주춤 일어나 미화를 멈춰 세우고 나는 최대한 불쌍한 표정을 지었다.

"나 한 번만 도와주라. 응? 이번에 도와주면 나도 너 도와줄게. 네가 행복해야 할 때 내가 두 배…… 아니, 세 배로 불행해질게.”

“난 네 불행 필요 없어.”

미화는 주저하지 않고 나를 지나쳐 밖으로 나갔다. 완만한 내리막길을 걸어가는 그녀의 모습이 유리창 너머로 보였다. 혼자 남은 나는 마른세수를 하면서 미화의 빈자리를 쳐다봤다. 나와 미화의 동전에서 가느다란 연기가 피어오르더니 이내 사라졌다. 남은 것은 대화를 나누는 사람들의 목소리와 시끄러운 카페의 음악뿐이었다.

나는 자리를 정리하고 카페에서 나왔다. 사나운 겨울바람이 뺨을 사정없이 꼬집었다. 넋을 놓고 걸으면서 문득 부모님과 싸워 보고 싶다는 생각이 들었다. 공부하라고 잔소리하면 짜증을 내고, 대화를 나누기 싫을 때는 방에 들어가 방문을 세게 닫으며, 별것 아닌 일로 삐져서 입술이 튀어나오는, 그러니까 자존심을 세우는 유치한 싸움들. 부모님의 입에서 이혼이 언급된 뒤로 나는 툭하면 백기를 던지는 사람이 되었다. 허공에 펄럭이는 흰 수건을 상상하며 걷고 있는데, 누군가 내 앞길을 가로막았다. 미화가 할 말이 있는 표정으로 서 있었다.

그녀의 입에서 새어 나오는 하얀 입김을 보자 데칼코마니의 존재를 알게 된 며칠 전 기억이 떠올랐다.

*
**

　그날은 평소보다 일찍 도서관에서 나와 집으로 돌아가는 길이었다. 엄마 아빠가 화해할 수 있도록 결혼기념일에 맞춰 식사 자리를 마련했다. 순순히 머리를 맞대고 식사할 분들이 아니어서—부부한테 이 표현을 쓰는 것 자체가 웃기다—친구 승현과 꾀를 냈다. 마침 나의 하나뿐인 조력자한테서 전화가 걸려 왔다.

「야, 이 미친놈아. 너 어디야? 시간 다 됐는데 왜 안 와?」

"어, 나 지금 집에 다 왔어. 씻고 바로 나갈게. 요즘 도서관 왜 이렇게 덥냐."

「씻긴 개뿔. 당장 안 튀어와? 지금 30분도 안 남았는데 무슨 헛소리…….」

　승현이 다다다다 말을 쏟아 냈다. 나는 거의 다 왔다는 말을 길게 늘어뜨리며 전화를 끊었다. 횡단보도 신호가 바뀌어서 멈추었을 때, 어디선가 쨍그랑거리는 소리가 들렸다. 처음에는 환청이라고 생각했다. 나는 나한테서 떨어지는 동전 소리뿐만 아니라 다른 사람의 동전 소리도 들을 수 있었다. 횡단보도 앞에는 서너 사람이 있었으므로 그들이 행복이나 불행을 느껴서 동전이 떨어졌을 거라고 짐작했다.

　환청이 맞는지 확인하지는 않았다. 사람들의 동전을 일일이 주위서 날개가 있는지 없는지 확인하는 단계는 진작에 지나 있었다. 더는 다른 사람의 행복이나 불행에 관심이 없었다. 가장 중요한 건 내가 행복하느냐 마느냐니까.

동전 떨어지는 소리가 계속 이어졌다. 묘하게 규칙적인 것이 조금 이상했다. 사람들이 반응하지 않는 것을 보면 환청이 맞는데, 이렇게 짧은 시간 동안 사람의 행복이나 불행이 나타날 수 있는 건지 의구심이 들었다.

나는 제자리에서 언 발을 동동 굴리며 주위를 둘러봤다. 누군가 거리에다 동전을 하나씩 튕기고 있었다. 여기가 무슨 행복을 기원하는 연못도 아니고 왜 동전을 던지는 거지? 별 희한한 사람이 다 있다 싶었는데, 그 사람과 눈이 마주쳤다. 그러자 그는 동전 던지는 행위를 멈추었다. 검은 롱 패딩 차림의 그는 눈과 코를 덮을 정도로 머리칼이 덥수룩했다. 언뜻 보이는 입매가 웃고 있었다. 나는 꺼림칙한 기분이 들어 고개를 돌렸다. 보행자 신호가 바뀌기를 기다렸다가 사람들과 함께 횡단보도를 건넜다.

집에 도착해 현관문을 열자 어둠 속에서 꼬미의 다급한 발걸음 소리가 들려왔다. 신발 끈을 풀려고 허리를 숙였다. 꼬미는 그새를 참지 못하고 내 얼굴을 핥았다. 나는 아무 반응도 하지 않다가 집 안에 들어가고 나서야 껑충껑충 뛰었다. 살짝 시무룩하던 꼬미는 나를 따라 용수철처럼 튀어 올랐다. 우리는 자주 이렇게 뛰어놀았다. 현관의 센서 등이 꺼질 때까지. 주위가 캄캄해지면 나는 조용히 꼬미의 머리를 쓰다듬었다. 부드러운 털의 감촉과 손바닥을 핥는 간지럽고도 축축한 혀. 집 안은 숨을 죽인 듯 고요했다. 다행히도 나는 아빠를 닮아 익숙한 것을 좋아한다.

거실의 불을 켰다. 꼬미가 내 바짓단을 잡아끌었다. 우리 집 강아지는 결벽증이 있어서 사람이 집에 들어오면 무작정 화장실로 데려갔다. 문 앞에서 기다리다 씻고 나오면 칭찬의 의미로 다리를 핥았다. 집에 돌아오자마자 씻는 것은 여간 귀찮은 게 아니었다. 샤워기를 들 힘이 없어서 잠깐 핸드폰을 하면서 쉬고 싶은 마음을 강아지는 몰랐다. 꼬미는 나를 게으르고 더러운 요주의 대상으로 여기는지 요즘은 씻기 전에는 방에도 못 들어가게 했다.

"알았어, 들어갈게. 봐봐, 형 지금 들어가고 있잖아."

나는 못 이기는 척 화장실에 들어갔다. 꼬미가 문 앞에 엉덩이를 딱 붙이고 앉는 것을 확인하고 문을 닫았다. 핸드폰으로 신나는 노래를 틀어 놓고, 뜨거운 물줄기 아래에 서서 언 몸을 녹였다. 5분쯤 지났을까. 바깥에서 꼬미의 짖는 소리가 들렸다.

샤워를 끝마치고 화장실에서 나와 수건으로 머리의 물기를 털었다. 물먹은 공기 중엔 겨울의 서늘함이 배어 있었다. 마룻

바닥의 한기를 느끼며 고개를 들었다. 위화감이 느껴졌다. 씻고 나오면 꼬미가 다리를 핥아야 하는데.

"꼬미야."

아무 소리도 들리지 않았다. 다시 한번 강아지 이름을 불러 봤다. 화장실 안에서 쾅쾅 울리는 노랫소리가 가차 없이 내 목소리를 집어삼켰다. 인기척이 느껴졌다. 거실에 누군가 서 있었다. 괴물이 혓바닥으로 핥은 것처럼 다리와 뒷덜미에 오소소 소름이 돋았다.

"누, 누구세요?"

나는 황급히 눈동자를 굴렸다. 남자는 후줄근한 차림에다 후드 모자를 깊이 눌러쓴 차림새였다. 남자의 다리 옆에 몸을 축 늘어뜨린 꼬미가 있었다. 꼬미의 미동도 없는 몸뚱이를 보자 심장이 세차게 날뛰었다. 온몸이 덜덜 떨렸는데, 샤워하고 나와서 그런 건지 아니면 낯선 침입자 때문인지 알 수 없었다.

"옷부터 입고 얘기하지."

남자가 주먹을 말아 쥐고 헛기침했다. 내가 영문을 모르겠다는 표정을 짓자 남자는 고갯짓으로 나를 가리켰다. 그제야 팬티 한 장만 걸친 빈약한 내 몸이 보였다. 나는 수건으로 몸을 가렸다. 남자를 시야에서 놓치지 않도록 주의하며 뒷걸음질로 방에 들어간 뒤 방문을 걸어 잠갔다.

가장 먼저 경찰이 떠올랐다. 가슴과 허벅지를 더듬다가 알

몸이라는 사실을 다시 깨달았다. 바닥에 던져 놓은 롱 패딩의 주머니를 뒤적였다. 자잘한 동전과 반듯하게 접힌 영수증이 들어 있었다. 소설책들로 어질러진 책상 위에도 핸드폰은 보이지 않았다.

"씨, 어디 있는 거야?"

내 말에 반응하듯 노랫소리가 멈췄다.

나는 우두커니 서서 소리가 사라진 방향을 쳐다봤다. 맞다, 핸드폰 화장실에 있지……. 음악을 들으면서 샤워하는 습관이 이렇게 치명적일 줄은 몰랐다. 생각해야 한다. 어떡하지, 어떻게 신고하지, 라는 말을 중얼거리며 방 안을 돌아다녔다.

"5분 내로 안 나오면, 내가 들어간다."

방문 너머에서 남자 목소리가 들렸다.

"겨, 경찰에 신고할 거예요!"

방문에 대고 소리쳤다. 내 목소리가 낯설기는 처음이었다.

"종종 동전 떨어지는 소리가 들리지? 맑고 투명한 소리. 동전에는 요정 문양이 그려져 있고."

두 귀를 의심했다. 잘못 들은 게 아니고서야 내 환청이나 환각의 증상을 이토록 정확히 맞추지는 못할 것이다.

"해치려는 마음은 추호도 없어. 잠깐 대화를 나누고 싶을 뿐이야. 그 동전들에 대해서."

남자의 목소리는 부드러웠다. 조금 호기심이 생겼지만, 발

걸음이 쉽게 떨어지지 않았다.

"2분 남았다."

나는 어떻게 해야 할지 몰라 뒤통수를 벅벅 긁었다. 무턱대고 빈손으로 나갈 수는 없었다. 무기가 될 만한 것을 찾다가 책상 위에서 두꺼운 양장본을 발견했다. 과외 형이 읽어 보라고 했지만 아직 읽지 않은, 유명 철학자의 책이었다.

조심스럽게 방문을 열었다. 꼬미는 여전히 거실 바닥에 엎드려 있었다. 강아지의 몸이 고른 호흡에 맞춰 부풀었다가 가라앉았다.

"안심해. 자꾸 내 바짓단을 잡아끌길래 재운 거니까."

과연, 남자의 청바지 아랫부분이 거무튀튀하게 물들어 있었다.

"누구세요? 누군데 남의 집에 함부로 들어오는 거예요?"

"궁금한 게 그것뿐이라면 좋겠군. 카일이다."

나는 입술을 달싹였다. 남자에게는 흉기가 없었다. 눈자위가 퀭한 것이 며칠 밤을 새운 것 같았다.

"나가 주세요. 경찰에 신고할 거예요."

"이걸로?"

남자는 내 핸드폰을 들고 있었다. 심지어 가져가라는 듯 핸드폰의 끝부분을 잡고 까딱였다. 무슨 속셈인지 몰라 잠깐 망설이다 마음을 다잡고 다가갔다. 남자는 가만히 있었다. 핸드폰을 쥐는 순간 무슨 짓을 하면, 책으로 머리를 후려쳐야지. 그리고 곧바로 경찰에 신고하는 거야. 112. 숫자 세 개만 누르면 돼.

남자의 손에서 핸드폰을 낚아챘다. 액정을 터치해도 화면이 켜지지 않았다. 전원이 꺼진 것이다. 나는 뒤로 물러서며 핸드폰의 전원 버튼을 길게 눌렀다. 핸드폰 부팅이 시작되면서 화면이 밝아졌다.

"동전의 요정 그림에 대부분 날개가 없지?"

나는 비밀을 들킨 사람처럼 몸을 움츠렸다. 남자는 내 등 뒤를 살펴보더니 알 만하다는 듯 고개를 끄덕였다.

"행복한 일이 생겨도 행복할 수가 없겠어. 그러니까 늘 불행하지."

등 뒤의 마룻바닥에는 아무것도 없었다. 대체 뭘 보고 말하는 걸까?

"잠깐 시간을 내주면 행복해지는 방법을 알려 줄 수 있어. 네 부모님의 이혼을 막을 수도 있을 텐데……. 어때?"

긴장한 탓인지 아랫배가 뻐근해졌다. 핸드폰 화면에는 새로 부팅을 했으니 비밀번호를 입력하라는 메시지가 떠 있었다. 내가 결정을 내리지 못하자 남자가 후드를 벗었다.

횡단보도 앞에서 동전을 튕기고 있던 그 남자였다.

2

나와 카일은 거실에서 접이식 식탁을 사이에 두고 마주 앉
았다. 카일은 파일철의 종이를 한 장씩 넘기면서 무엇인가를
읽고 있었다.

"이름이…… 구정물이던가?"

"우, 정물입니다."

카일의 행색은 며칠 씻지 않은 것처럼 추레했다. 턱에는 거
뭇거뭇한 수염이 나 있었고, 낡은 후드 티는 소매와 목 부분
이 늘어나 있었다. 가장 눈에 띈 것은 눈썹이었다. 남자의 일
자 눈썹이 얼굴에 드러난 모든 감정을 무심한 표정으로 만들
어 버렸다. 그 얼굴로 심각한 척 파일철을 들여다보고 있으니
조금 우스꽝스러웠다.

종이 넘기는 소리가 멈췄다. 카일은 파일철을 높이 들고 내 얼굴과 번갈아 가며 쳐다봤다. 프로필 같은 건가. 그렇다면 저 종이에 사람들의 개인 정보가 적혀 있다는 뜻이었다. 카일은 같은 페이지의 왼쪽뿐만 아니라 오른쪽 종이도 같이 읽고 있었다. 대체 뭘 보는지 궁금했지만 물어볼 수 없었다. 답답한 마음에 애꿎은 파일철의 겉면만 노려봤다.

"이 세상에는 비밀리에 작동되어 온 시스템이 있어. 인간들은 잘 모르겠지만."

카일이 파일철을 탁 덮으며 말문을 열었다. 나도 모르게 헛숨을 들이켰다. 우리 집에는 홈 CCTV가 설치되어 있었다. 강아지를 관찰하는 용도로, 소파가 놓인 벽면의 선반 위쪽에서 거실을 내려다보는 구도였다. 바닥에 앉은 카일이 소파를 등받이 삼아 기대앉아 있으니 나중에 홈 CCTV 영상을 돌려 보면 서류의 내용을 볼 수 있을지도 몰랐다. 카일이 내 시선을 따라 뒤를 돌아봤다.

"뭘 보는 거야?"

"아, 아무것도 아니에요. 뭐라고 하셨죠? 세상에는 시스템이 있다고요?"

카일은 수상쩍다는 듯 나를 쳐다보다가 이어서 말했다.

"'시미트리'라고 해. 좌우의 균형이라는 뜻인데, 세상의 행복과 불행을 똑같은 양으로 맞추는 시스템이지. 나는 그 시스템이 문제없이 작동되는지 확인하는 관리자이고. 너희 세상으로 치면 공무원쯤 되겠다. 보시다시피 사람도 아니고 이쪽 세상에 살지도 않아."

갑작스러운 이야기에 무슨 뜻인지 전혀 이해가 되지 않았지만 어쩐지 세상의 비밀을 엿들은 기분이었다. 자세를 고쳐 앉고, 카일에게 상체를 가까이 기울였다.

"시미트리 시스템을 유지하는 방식은 간단해. 태어날 때부터 두 사람씩 무작위로 짝을 지어서 행복과 불행을 주고받게 하는 거야. 한 사람이 행복하면 그와 연결된 사람이 불행해지는 방식으로 세상의 균형이 맞춰지지. 이 두 사람을 '데칼코마니'라고 하는데, 여기까지 이해했어?"

나는 고개를 갸웃거린 상태로 끄덕였다. 말을 듣는 것과 이해하는 것은 별개의 문제였다. 내가 아는 데칼코마니는 초등학교인가 중학교 미술 시간에 배운 미술 기법이었다. 스케치북 한쪽에 물감을 칠하고 반으로 접었다가 펼치면 반대쪽에도 똑같은 문양이 그려지는 그림 말이다.

"잘은 모르겠지만, 네……. 제가 이해를 했을까요."

"그걸 왜 나한테 물어보는지는 모르겠지만, 이해한 대로 말해 봐."

"한 사람이 행복하면 그 사람과 연결된 사람이 불행하다?"

"그 정도면 충분해."

어처구니가 없어서 헛웃음이 튀어나왔다. 세상의 시스템이 이렇게 단순할 리가 없었다. 아마 카일은 이야기를 꾸며 내는 데 별로 재능이 없는 듯했다. 그런 점에서는 나와 닮았다. 나도 소설을 잘 쓰지 못했으니까.

카일은 웃지 않았다. 혼자 키득거리며 웃던 나는 목청을 가다듬었다.

"믿지 않는 모양이다?"

"믿지 않는 게 아니라…… 믿기 힘든 이야기예요."

"난 네가 동전 떨어지는 소리를 듣는다는 것도, 그 동전의 양면에 요정이 그려져 있다는 것도 알고 있어. 네가 본 동전은 두 종류였지? 요정 그림에 날개가 있거나 없거나."

카일의 말이 터무니없다는 생각이 들다가도, 나한테 일어나는 증상을 정확히 짚어 내는 것을 보면 진짜인가 싶었다. 만약 데칼코마니 이야기가 사실이라면, 나한테도 데칼코마니가 있고, 그 사람이 행복하기 때문에 내가 불행하다는 소리인데……. 그 사람은 누구일까? 나는 카일의 눈치를 보며 조심스레 말을 꺼냈다.

"저한테도 데칼코마니가 있겠네요?"

"만날 생각은 꿈에도 하지 마."

카일은 속마음이 훤히 보인다는 듯 나를 흘겨봤다.

"데칼코마니는 서로의 정체를 알아서도 만나서도 안 돼. 혹시 우연히라도 마주친다면 무조건 피해."

"누구인지도 모르는데 어떻게 알고 피해요?"

"그만큼 절대 만나면 안 된다는 소리야. 데칼코마니가 서로
의 존재를 알고 만나면 비극이 찾아와. 반드시."

대화를 하면 할수록 의심이 짙어졌다. 누군가를 만난다는
이유만으로 비극이 찾아온다니, 영화나 소설에서나 나올 법
한 이야기였다.

카일은 호주머니에서 동전 두 개를 꺼내 손바닥 위에 하나
씩 올려놓았다. 내가 흔히 봤던 행복과 불행 동전이었다.

"한 사람이 행복이나 불행을 느끼기 직전에는 동전이 생성
돼."

"저도 알아요. 요정 그림에 날개가 있으면 행복이고 없으면
불행이잖아요."

뒤로 물러나라는 손짓과 함께 카일은 양손을 등 뒤로 숨겼
다가 다시 꺼냈다. 그리고 좀 전과 똑같은 방식으로 두 동전
을 내게 보여 주었다.

"뭐가 행복인지 구별할 수 있겠어?"

한 걸음만 물러나도 두 동전은 똑같아 보였다. 기껏해야
500원 크기의 동전이어서 가까이서 봐야만 날개가 있는지 없
는지를 구별할 수 있었다. 그 차이를 발견하려고 동전 두 개
를 자세히 살펴보는 일은 마치 진품을 확인하는 것처럼 느껴

졌다. 당연히 행복이 진품이고 불행은 가품이었다. 나는 행복 동전이라고 생각한 것을 손가락으로 가리켰다. 카일이 웃었다. 그의 손바닥에서 두 줄기의 연기가 피어올랐다. 그중 하나는 천천히 형상을 갖추더니 요정의 모습으로 변했다. 요정은 서너 번 날갯짓하다가 토라진 아이처럼 등을 획 돌리고 사라졌다. 내가 선택하지 않은 동전이었다.

"이처럼 행복이나 불행은 한 끗 차이인데, 인간들은 이걸 몰라. 데칼코마니끼리 만나면 상대를 불행하게 만들려고 기를 쓰지. 그러니까 만나지 말라는 소리야."

핸드폰이 진동했다. 승현이었다. 카일과 대화하느라 까먹고 있었다. 오늘 저녁에 부모님이 화해하는 자리를 만들었다는 것을. 저녁 7시니까 지금쯤 만났을 것이다. 나는 초조함에 아랫입술을 깨물었다. 진동음이 멈춘 뒤에는 문자가 도착했다.

「어디야 미친놈아. 너희 부모님 오셨어!」

등 뒤에서 동전 떨어지는 소리가 났다. 나는 헐레벌떡 일어나 바닥을 살폈다. 집 안이라 쉽게 동전을 찾을 수 있었다. 엄마 아빠가 만난 시간에 떨어졌으니, 분명 그 상황과 연관이 있을 것이다. 조마조마한 마음으로 동전을 들여다봤다.

동전의 요정 그림에 날개가 그려진 것을 보고 주먹을 불끈 쥐었다. 얼마 만인지 모르겠다. 최근에 요정의 날개를 본 것은 3개월 전쯤 과외 형에게 소설로 칭찬을 받던 날뿐이었다.

"너무 좋아하지는 마. 그 동전이 떨어졌다고 해서 반드시 행복한 건 아니니까."

찬물을 끼얹는 말이 거슬려서 카일을 노려봤다.

"뭔 소리예요?"

카일은 대답 대신 손가락으로 내 동전을 가리켰다. 여느 때처럼 연기가 피어오르기 시작했고, 동전은 곧 사라졌다.

"아까 말했잖아. 행복이나 불행을 느끼기 직전에 동전이 나타난다고. 그렇게 사라지면 말짱 도루묵이지."

체한 것처럼 명치 부근이 답답했다. 내가 발견한 동전은 요정 그림에 날개가 있든 없든 늘 연기가 되어 사라졌다. 사라지지 않는 동전도 있는 걸까? 내가 보기엔 카일이 어렵게 설명하는 것이 아니었다. 중요한 내용을 감추느라 대화가 겉도는 느낌이었다.

"불을 끄고 설명할 걸 그랬나."

"네?"

"밝으면 시간이 빨리 가거든."

카일은 알아들을 수 없는 말을 하더니 난처한 표정으로 손목시계를 들여다봤다. 더 이상 시간이 없다며 무릎을 짚고 일어났다. 나는 서둘러 그의 앞을 가로막았다.

"어디 가세요?"

카일은 말없이 미소를 지었다. 그 의미를 알아채자 얼굴이 화끈거렸다. 조금 전까지 도둑놈 취급하며 집에서 나가라고 했던 내가 지금은 그를 붙잡고 있었다.

"행복해지는 방법을 알려 준다면서요. 부모님이 이혼하지 않게."

"맨입으로 알려 줄 거였으면 진즉 알려 줬지."

분위기가 이상하게 돌아갔다. 이제 아쉬운 것은 내 쪽이었다. 핸드폰으로는 계속 승현의 전화가 걸려 오고 있었다.

"어떻게 하면 알려 줄 건데요?"

"내 일을 도와주면 행복해지는 방법을 알려 줄게."

어쩐지 세상의 시스템 어쩌고 하는 것을 순순히 알려 주더라니, 모두 카일의 계획이었다. 가장 중요하고 궁금한 부분을 남겨 두어서 사람을 초조하게 만들었다. 이쯤 되면 도둑놈이 아니라 화술의 마법사다. 나는 홈쇼핑의 매진 임박 카운트다운을 지켜보는 것처럼 애가 탔다.

「너희 부모님 또 싸우셔. 빨리 좀 와라, 제발!」

나는 곁눈질로 승현의 문자를 보고 마음먹었다.

"알겠어요. 일 도와드릴게요. 방법만 알려 줘요."

카일은 어쩔 수 없다는 듯이 어깨를 으쓱였다. 그러고는 파일철 맨 뒷장에서 갈색 서류 봉투를 꺼내 내밀었다.

"내일 아침에 그 서류 봉투를 열어 봐. 꼭 내일 아침이어야 해."

봉투 안에는 종이가 들어 있었다. 감촉만으로는 몇 장인지 알 수 없었다. 서너 장, 어쩌면 열 장 정도. 당장 뜯어서 확인하고 싶은 마음이 굴뚝같았지만 카일이 두 눈 부릅뜨고 지켜보고 있었다. 나는 내 방으로 들어가 가방에 서류 봉투를 넣어 두고 나왔다. 카일의 모습은 보이지 않았고, 꼬미가 게슴츠레한 눈을 끔뻑이고 있었다. 꼬미의 몸에 이상이 없는 것을 확인한 뒤 서둘러 집을 나갔다. 주머니에 든 핸드폰으로 승현의 전화가 끊임없이 걸려 왔다.

3

승현은 허연 입김을 내뿜으며 패밀리 레스토랑 앞을 왔다
갔다 하고 있었다. 나는 잰걸음으로 다가가 녀석의 어깨를 툭
툭 두드리고 레스토랑에 들어갔다. 내 옆으로 승현이 바짝 따
라붙었다.

"어디서 뭘 하느라 늦었는지 이유 좀 들어도 될까, 미친놈
아?"

"……세상의 비밀을 듣느라?"

"우와, 별 미친 소리를 다 하는구나. 난 오늘 너 도와준다고
알바 스케줄까지 바꾸고 왔는데."

승현에게 미안했지만 설명할 겨를이 없었다. 나는 승현의
핀잔을 뒤로하고 테이블 사이의 넓은 통로를 따라 성큼성큼

걸어갔다. 승현도 더 이상 묻지 않고 내 뒤를 따라왔다. 어린 아이부터 어른, 일하는 직원까지 시야에 들어온 모든 사람이 웃고 있었다. 사람들의 웃음소리, 수저 포크가 식기에 부딪히는 소리, 스피커에서 흘러나오는 노랫소리가 어우러져서 듣기 좋았다.

"우리 아빠 또 늦었어?"

"그래. 그걸로 네 어머니가 꼬투릴 여섯 번이나 잡았어."

나와 승현은 한 테이블에 앉았다. 옆 테이블과 가까운데도 낮은 칸막이 하나로만 구분되어 있어서 사람들이 기피하는 자리였다. 사전 탐사 당시 이 자리를 눈여겨보고 예약했다. 여기만큼 옆 테이블의 목소리가 잘 들리는 곳이 없었다.

"가만 보면 사람이 참 한결같아. 첫 데이트 때도 약속 시간에 늦더니. 그때 알아보고 피했어야 했는데."

보라, 마치 같은 테이블에 앉은 것처럼 엄마의 목소리가 생생하게 들리지 않나. 승현은 한 손으로 턱을 괴고 손가락 일곱 개를 펼쳤다. 나는 메뉴판을 들여다보는 척하며 두 귀를 쫑긋 세웠다.

"잊었어? 당신 내 한결같은 모습 보고 반해서 결혼했잖아. 한결같은 사람이 좋다더니 이제 와서 딴소리는……."

"한결같은 것도 정도껏이어야지. 사람이 말이야, 20년쯤 지나면 변화가 있어야 하는 거야, 변화가. 그것도 긍정적인 방향으로."

"당신은 너무 자주 변해. 알다가도 모르겠다니까, 정말."

목이 메어 컵에 담긴 물을 마셨다. 승현이 빈 컵에 물을 따라 주었고, 그것마저도 단숨에 들이켰다. 누군가 목구멍에서 물을 가로채는 것처럼 갈증이 사라지질 않았다.

엄마 아빠의 입에서 이혼 얘기가 종종 나오긴 했지만 진짜 이혼 서류에 도장을 찍을 줄은 몰랐다. 다행인지 불행인지 이혼이라는 게 속전속결로 진행되는 건 아니었다. 엄마 아빠는 의무적으로 90일의 숙려 기간을 가져야 했다. 얼떨결에 나는 결손 가정을 선고받은 사람이 되어 심란한 마음으로 날짜를 세고 있었다. 숙려 기간은 오늘로 30일 정도 남았다. 한 달 후면 겨울 방학이 끝나고 새 학기가 시작된다. 이름만 들어도 스트레스가 솟구치는 고등학교 3학년의 수험 생활이.

부모님의 이혼은 예견된 교통사고 같았다. 보행자 신호가 초록불로 바뀌어서 횡단보도를 건너던 도중 차에 치인 느낌. 부모님의 보호를 받으며 살 거라는 믿음이 산산이 부서졌다. 물론 언젠가는 부모님으로부터 독립하는 날이 오겠지만, 미성년의 나이에 맞닥뜨릴 줄은 상상도 하지 못했다. 그동안 모은 용돈으로 패밀리 레스토랑을 예약한 것은 그 때문이었다. 나라도 우리 가족을 보호해야만 했다.

하지만 엄마 아빠는 이 자리에서조차 밥을 먹는 둥 마는 둥

하며 서로를 약 올리기 바빴다. 저러다 한쪽이 폭발하면—대부분 엄마다—그날은 일절 대화를 나누지 않았다. 엄마의 콧김이 거세지는 것으로 보아 폭발하기 직전이었다. 뾰족한 수가 없을까 고민하는 사이 직원이 다가와 스테이크를 내려놓았다. 승현은 예의 바르게 인사했지만 직원이 떠나자마자 입가에서 웃음기를 싹 빼냈다. 승현이 포크로 스테이크를 찍어 덩어리째 들어 올렸다.

"내 얼굴이 커 보이긴 처음이군. 이게 얼마라고?"

나는 검지손가락을 입술 위에 갖다 댔다. 승현은 배고픈데 먼저 먹어도 되느냐고 속닥거렸다. 모기 같은 목소리로 계속 물어보길래 손을 휘휘 내저었다. 녀석은 물결 모양의 머리띠를 꺼내 머리에 둘렀다. 지저분한 긴 머리칼이 말끔히 정리되고, 반듯한 이마가 드러났다. 승현이 먹기 좋은 크기로 고기를 썰고, 입 안에 밀어 넣을 때였다.

"미쳤지, 내가. 이 인간 밥 먹는 거나 구경하고."

엄마는 냅킨으로 입가를 닦고 자리에서 일어났다. 나와 승현은 반대편으로 고개를 돌렸다. 옆 테이블의 커플과 눈이 마주쳤다. 우리의 시선을 불편하게 여기는 것 같았지만 고개를 돌릴 수 없었다. 테이블 위에 올려놓은 핸드폰이 진동했다. 힐끔 보니 발신자가 엄마였다. 아직 고기를 썹지도 못한 승현은 얼른 전화를 받으라고 소리 죽여 화냈다.

"여보세요?"

「너 어디야?」

"어…… 밖에 나왔어요. 바람 좀 쐬려고."

「이게 무슨 짓이야. 왜 이런 유치한 장난을 해.」

엄마가 말을 멈췄다. 핸드폰 너머의 노랫소리와 매장의 노랫소리가 겹쳐서 들리고 있었다. 나는 서둘러 통화를 끊고 주위를 둘러봤다. 출구 쪽으로 걸어가던 엄마가 걸음을 멈추더니 방향을 바꾸어 걸어오기 시작했다. 승현은 안절부절못했다. 일어날 듯 엉덩이를 들썩이고, 작은 목소리로 '야, 우정물'이라고 내 이름을 반복해서 부르다가, 엄마가 다가오자 어정쩡하게 일어났다. 녀석의 입 안에는 씹던 고기가 남아 있었다.

"아, 안녕하세요, 어머님."

엄마는 승현에게도 불쾌한 감정을 감추지 않았다.

"이따위 짓 할 시간 있으면 공부나 해."

엄마는 손 편지를 내 눈앞에 대고 흔들었다. 그 편지는 승현에게 부탁해서 부모님이 앉을 테이블 위에 미리 올려놓은 것이었다. 테이블에 앉으면 내가 꾸민 일이라는 것을 단번에 알아챌 테니까. 이혼하지 말고 우리 가족이 행복하게 살았으면 좋겠다는, 구구절절한 내용의 편지였다. 엄마가 미련 없이 걸음을 돌렸다. 안도의 한숨을 내쉬며 자리에 앉던 승현은 아빠가 다가오는 바람에 다시 벌떡 일어났다. 승현의 등 뒤로 의자가 쓰러지며 요란한 소리가 울렸다.

"엄마 아빠 일에 멋대로 끼어드는 거 아니다."

차분한 성격의 아빠는 테이블 위에다 편지 봉투를 슬며시 내려놓고 떠났다. 아빠의 등 뒤로 동전 떨어지는 소리가 들렸다. 주워 보니 요정 그림에는 날개가 없었다.

"안 봐도 알겠다, 야."

승현이 의자를 똑바로 세워 앉았다. 나는 동전을 테이블 위에 올려놓고 세수하듯 얼굴을 쓸어내렸다. 동전에서 연기가 피어올랐다. 날개도 없으면서 어디로 날아가려는 걸까.

"대체 뭐가 문제지?"

"한둘이 아니지만, 일단 이 상황 자체가 코미디지. 내가 말했잖냐, 이 방법은 안 될 거라고."

"자꾸 그런 식으로 말하니까 부정 탄 거 아냐."

승현은 머리칼을 쥐어뜯는 내 행동에는 아랑곳하지 않고 파스타를 돌돌 말아 먹었다. 녀석은 처음부터 재수 없는 말만 떠들어 댔다. 이 방법은 통하지 않을 거라는 둥, 근본적인 문제를 해결해야 한다는 둥……. 말은 그렇게 해도 우리 부모님 문제라면 항상 발 벗고 나서 줬다.

내가 환청을 듣는 것을 아는 사람도 승현뿐이었다.

"그래, 내가 소설을 포기할게. 그러면 이혼을 안 하시겠지."

나는 내가 저지른 실수를 인정하는 사람처럼 고개를 끄덕였다.

"네가 글을 쓰든, 안 쓰든, 부모님은 이혼하실 거야."

승현은 '쓰든'이라는 단어마다 힘주어 말했다. 내가 노려보자 파스타 소스에 빵을 푹 적셔서 날름 먹고는 어깨를 으쓱였다. 자기가 틀린 말을 했느냐는 듯이.

부모님이 이혼하려는 이유는 나의 꿈 때문이었다. 1년 전, 진로를 고민하던 나는 한 소설을 읽고 소설가가 되기로 마음먹었다. 백일장에 나가서 상을 탄 적은 없지만 언젠가 수많은 사람이 내 글을 읽으리라는 근거 없는 확신이 있었다. 소설을 쓰겠다고 말했을 때, 부모님의 반응은 엇갈렸다. 아빠는 매일 컴퓨터 게임만 하던 나에게 하고 싶은 일이 생긴 것은 긍정적이라며 응원했고, 엄마는 반대했다. 이유는 아무도 책을 사서 읽지 않는다는 것이었다. 아무도 글을 읽지 않는 시대이니 글을 써서는 벌어먹고 살 수 없다는 게 엄마의 지론이었다.

평소에도 엄마 아빠는 타협할 줄을 몰랐다. 자식의 진로 문제가 자존심 싸움으로 번졌고, 그것 때문에 결국 이혼 서류에 도장을 찍었다고 나는 생각한다. 물론 승현은 그렇게 생각하는 것 같지 않지만.

내 울적한 기분과 무관하게 레스토랑 안은 여전히 소란스럽고 활기찼다. 커플이 앉았던 옆 테이블에는 어느새 3인 가족이 앉아 있었다. 초등학생으로 보이는 여자아이가 신이 나서 방방 뛰었다. 이곳에서는 모두 행복했다. 행복하려고 레스토랑에 왔다. 맛있는 음식과 깔끔한 인테리어는 외식 기분을 내기에 더할 나위 없이 좋았다. 이렇게 행복한 공간에 있는데 왜 나는 불행할까? 기운이 빠져 소파 등받이에 몸을 늘어뜨렸다. 승현이 밥을 먹는 동안 나는 핸드폰을 들었다. 과외 형에게 문자가 와 있었다.

「깜빡하고 말 안 했는데, 내일 정오까지 콩트 한 편 써서 보내. 오늘 수업 빼먹은 거 보충이야. 다음 수업은 다음 주 월요일 어때? 시간 돼?」

과제 생각을 하니 벌써부터 머리가 지끈거렸다. 요즘은 부모님의 이혼 때문에 소설이 잘 써지지 않았다. 과외 형은 소설에다 모든 감정을 토해 내도 된다고 다독였지만, 나는 고작 헛구역질을 할 뿐이었다. 목구멍까지 차오른 덩어리들이 쏟아져 나오지 않고 웩웩거리기만 하는 그 느낌이 끔찍이도 싫었다. 이제는 소설을 써야 한다고 생각하면 젖은 수건을 쥐어짜듯 배가 아팠다.

"나 내일 여친한테 300일 서프라이즈 파티를 해 주려고 하는데, 도와줄 수 있냐?"

"300일? 요즘은 그런 것도 챙기냐?"

승현은 자신이 섬세한 사람이라서 100일 단위도 챙긴다고, 그래서 도와줄 수 있느냐고 재촉해 물었다. 나는 과외 형과 나눈 메시지를 힐끔 쳐다봤다. 핸드폰 측면의 전원 버튼을 꾹 눌러 화면을 굳게 잠갔다.

"미안, 내일 과외 수업 있어. 오늘 빼먹은 거."

"새끼, 나는 매번 도와주는데 지는 한 번을 안 도와주네."

"상황이 안 되는 걸 어떡해. 다음 일주년 때는 꼭 도와줄게."

네가 잘도 도와주겠다고 구시렁거리며 승현은 꾸역꾸역 음식을 먹었다. 나도 허기가 져서 포크를 들었다. 맛은 있는데 아무리 먹어도 허기가 가시질 않았다. 배꼽 언저리가 텅 빈 기분이었다.

"야, 너무 걱정하지 마. 아직 한 달이나 남았잖아. 내가 알아봤는데 숙려 기간에 마음 바뀌어서 재결합하는 경우도 많다더라. 자식이 있는 경우에는 더욱더."

알아봤다는 말은 거짓말일 가능성이 높았지만, 거짓말을 해서라도 위로해 주려고 하는 친구가 고마웠다. 승현이 없었다면 진작 자포자기했을 것이다. 나는 애써 미소를 지으며 입 안에 음식을 밀어 넣었다.

그날 밤, 아빠가 집에 들어오지 않았다.

4

 한 시간 동안 노트북을 붙잡고 씨름했지만 과제를 완성하지 못했다. 어느 소설에서 본 문장을 조금 바꿔서 쓰고, 어느 작가의 사유를 조금 다르게 생각했더니 결국 이도 저도 아닌 소설이 나와 버렸다. 나에게 묻고 싶었다. 그래서 너는 도대체 뭘 말하고 싶은 건데.

 「네 상황 힘든 거 알지만 그게 변명이 되어서는 안 돼. 정시 끝나고 합격자 발표 나잖아? 합격생 후기는 못 찾아서 안달이지만, 불합격한 사람의 말은 거들떠도 안 봐. 왜, 무엇 때문에, 어떤 사정이 있어서 불합격했는지는 아무도 궁금해하지 않거든.」

 부모님이 이혼 서류에 도장을 찍어 소설을 한 줄도 쓰지 못했을 때, 과외 형이 해 준 말이었다. 형의 말이 맞다. 이혼하려는 부모님과 어려운 집안 사정을 생각하면 문예창작과에 도전할 기회는 올해뿐이었다. 남들보다 늦게 시작한 만큼 겨울 방학 내내 글을 읽고 쓰고 고치는 작업을 죽도록 반복해야 했다.

어젯밤, 엄마는 아빠에게 연락하지 않았다. 부모님이 서로에게 욕하고 화내는 것보다 무관심한 것이 더 무서웠다. 엄마 아빠를 떠올리면 글이 안 써지고, 글이 안 써지면 욕지기가 솟았다. 어떻게든 글을 쓰려고 30분을 더 끙끙 앓던 도중, 어제 카일을 만난 일이 생각났다. 시미트리 시스템의 관리자, 행복과 불행을 주고받는 데칼코마니, 그리고 요정 그림의 동전들. 이 정도면 소설로 써도 되겠다는 생각이 들었다.

먼저 어제 겪은 일을 시간의 흐름대로 적었다. 읽고 보니 어딘가 심심했다. 일기 같았다. 다른 사람이 보기에는 아닐지 몰라도 내가 보기엔 그랬다. 이야기를 공간별로 끊어서 재배열했다.

그리고 첫 문장을 지우고 다시 썼다.

완성된 글을 보자 기분이 묘했다. 어제 카일과 대화를 나누었을 때만 해도 이 세상에 진짜 존재하는 것처럼 느껴졌는데, 막상 글로 옮기고 보니 허무맹랑한 이야기였다. 아무럼 어때. 과외 형은 이 글이 경험담인지 소설인지 모를 텐데.

발밑에서 동전 떨어지는 소리가 들렸다. 옆 테이블에 앉은 대학생은 그 소리를 듣지 못했는지 계속 노트북 키보드를 두드리고 있었다. 나는 테이블 아래에서 동전을 주웠다. 행복 동전이었다. 글을 쓸 때만큼은 행복하다는 사실에 위안을 받았다. 글이 완성되자 속이 쓰린 통증도 사라졌다.

나는 파일을 저장하고 과외 형에게 보냈다. 10초 만에 답장이 왔다.

「오케이. 읽는 대로 피드백해 줄게.」

과외 형은 재작년에 예술대학교 문예창작과를 졸업했다. 몇 안 되는 과외생 중에서도 나를 각별하게 여겼는데, 그도 그럴 것이 몇 안 되는 과외생이 모두 그만두고 나 하나만 남았다. 여태까지 합격자를 한 명도 배출하지 못해 과외생이 모이지 않는다고 형이 하소연했다.

"제가 형의 첫 번째 합격생이 될게요."

과외 첫 수업 때 나는 호기롭게 말했다. 이제 우리 사이에 '합격'이라는 단어는 금지어가 됐다. 나는 더 이상 합격할 수 있을까요, 하고 묻지 않았고 과외 형은 합격할 수 있을 거야, 하고 격려하지 않았다. 우리는 묵묵히 소설을 쓰고 피드백하고 고쳤다.

과제를 끝내고 홀가분한 마음으로 매장을 둘러봤다. 점심시간을 맞은 직장인들이 카페에 밀려들고 있었다. 나는 뒤통수에 깍지 낀 손을 대고 분주함과 피곤함으로 찌든 어른들을 구경했다. 그중 아빠 나이대의 사람을 보자 어젯밤 아빠가 집에 들어오지 않은 사실이 다시금 떠올랐다. 그리고 자연스레 카일의 말까지 떠올랐다.

내 일을 도와주면 행복해지는 방법을 알려 줄게.

가방에서 서류 봉투를 꺼내 뜯었다. 예상대로 종이가 들어 있었다. 종이를 뭉텅이로 꺼내려는데, 누군가 맞은편 의자에 앉았다. 남색 정장에 깔끔한 포마드, 세상 모든 일에 무심한 일자 눈썹. 카일이었다.

"내 제안을 받아들였다고 봐도 무방하겠지?"

"제가 여기 있는 건 어떻게 알았어요?"

"넌 이제 내 담당이니까 알 수 있어."

이젠 놀랍지도 않았다. 하긴 집까지 찾아오는 사람, 아니 관리자인데 카페 정도야 우스울지도.

"내 일을 도와주겠다는 거, 맞지?"

카일이 의미심장한 미소를 지으며 재차 물었다. 확답을 받으려는 그의 태도를 보자 덜컥 겁이 났다. 내 앞에 앉은 남자는 인간이 아닌 존재였다. 이 수상쩍은 거래에 응하는 순간, 이전의 '나'로 돌아갈 수 없다는 것을 본능적으로 알았다.

"근데, 궁금한 게 있는데요. 행복해지는 방법을 알아내면 누구한테라도 적용할 수 있는 거예요?"

"뭐, 이론적으로는."

"그럼……. 그 방법을 우리 부모님한테 적용하면, 이혼하지 않겠네요?"

"그게 네 부모의 행복이라면."

뭔가 석연치 않은 대답이었지만 무뚝뚝한 일자 눈썹에게 친절을 바라는 것은 무리였다. 카일이 내 쪽으로 상체를 기울이며 속삭였다.

"오늘은 바깥이라 모양새에 힘 좀 썼어. 그 말은 시간이 많지 않다는 뜻이야. 변장을 과하게 하면 그만큼 시간이 빨리 소모되거든. 할 거야, 말 거야? 빨리 말해. 네가 안 하면 다른 청명인(淸明人)을 찾아봐야 하니까."

"청명인이 뭐예요?"

"그런 게 있어."

내가 정말 싫어하는 말투였다. 너는 몰라도 돼. 그런 게 있어. 엄마 아빠가 나를 아무 생각 없는 사람으로 취급할 때 자주 쓰는 말이었다.

"제가 꼭두각시 인형이에요? 청명인이 뭔데요?"

"행복해지는 방법을 알고 싶다며. 그럼 그냥 내 말에 따르면 돼."

"알려 주지 않으면, 돕지 않을 거예요."

테이블 위로 팽팽한 긴장이 감돌았다. 카일은 양쪽 테이블에 앉은 손님들의 눈치를 봤다. 그러고는 자세를 삐뚜름하게 고쳐 앉았다. 옆자리 대학생은 노트북으로 무언가 작업하는 척하며 호기심 어린 눈으로 우리를 흘긋거렸다.

"청명인은 너처럼 행복과 불행의 소리에 귀가 밝은 사람을 뜻해. 모든 사람이 동전 떨어지는 소리를 듣진 않거든. 다른 세대에도 청명인이 있지만 행복과 불행에 민감한 10대, 20대가 가장 많지."

"그럼, 제가 그 청명인이라는 소리예요?"

카일이 고개를 끄덕였다. 나는 턱을 매만지며 그의 얼굴을 유심히 들여다봤다. 나에게 불리한 점은 없는지, 이 거래에 응해도 될지 고민해 봤지만 결과는 정해져 있었다. 행복해지는 방법을 알 수 있는 것은 일생일대의 기회였다. 어떤 대가를 치를지 알 수 없었지만 미지의 두려움은 베일에 싸여 있고 부모님의 이혼은 구체적인 윤곽을 드러낸 상태였다.

"할게요. 할 테니까, 행복해지는 방법 꼭 알려 줘야 해요."

"두말하면 잔소리. 자, 그럼 시간이 없으니까 서두르지. 봉투에서 종이 한 장 뽑아 봐."

"어느 거요?"

"아무거나 상관없어. 첫 번째로 뽑힌 사람을 찾아가면 돼."

봉투 안을 슬쩍 보니 프로필이 들어 있었다. 카일의 시선을 신경 쓰며 종이의 각진 모서리를 어루만졌다. 날카로운 종이의 감촉을 느끼며 한 장 뽑았다.

*
**

나는 길가에 서서 편의점을 기웃거렸다. 여자 아르바이트생이 카운터에서 핸드폰을 하고 있었다. 서류 봉투에서 뽑은 프로필을 높이 들어 얼굴을 대조해 봤다. 저 아이가 맞다. 이효성. 나보다 한 살 어린 열여덟 살. 프로필에는 그녀가 다니는 학교와 가족 관계, 아르바이트하는 편의점 위치 등 상세 정보가 적혀 있었다.

"저 아이를 도와줘. 간병인 아들이라고 하면 대화가 빠를 거야."

카일이 몸을 돌리려고 해서 그의 팔을 붙잡았다.

"자꾸 어디로 사라지는 거예요? 무슨 상황인지 자세히 좀 설명해 줘요."

"나도 그러고 싶은데, 어제 너한테 설명하느라 시간을 다 써 버렸어. 나랑 같이 있고 싶으면 동전을 많이 만들어. 될 수 있으면 행복 동전으로……."

손에 쥐고 있던 카일의 팔이 사라졌다. 카일의 마지막 표정이 하도 절박해서 절벽에 매달린 사람의 손을 놓친 것 같았다.

나는 겨울바람이 부는 적막한 거리를 둘러봤다. 이곳은 우리 동네다. 이쪽 길로 잘 다니지는 않지만 동네의 어디쯤인지는 알고 있었다. 이곳에 편의점이 있다는 것도. 심호흡을 하고 편의점 문을 천천히 밀었다. 맑은 종소리가 울렸다.

어떤 도시락을 먹을지 고민하는 척하며 효성을 힐끔힐끔 봤다. 효성은 핸드폰을 가로로 돌려서 게임을 하고 있었다. 평범해 보이는 아이인데 뭘 도우라는 건지 알 수 없었다. 나는 매장을 돌아다니면서 손님이 없는 것을 확인했다. 잠시 후 껌과 초콜릿을 하나씩 집어서 카운터로 갔다. 삑, 바코드를 스캔하는 소리가 귓속을 파고들었다.

"저기, 혹시…… 내가 도와줄 일이 있어?"

눈길 한번 마주치지 않던 효성은 그제야 내 얼굴을 똑바로 봤다. 안색이 창백하고 체구가 작은 여자애였다. 몸짓에 기운이 없어서 서 있는 것조차 위태로워 보였다.

"뭘 도와줘?"

"나 이상한 사람은 아니고, 간병인 아들인데……."

효성의 얼굴이 딱딱하게 굳더니 서서히 분노가 자리 잡았다.

"그래서, 그분 대신 네가 찾아온 거야?"

재빨리 잔머리를 굴렸다. 효성의 가족이나 소중한 사람이 병원에 입원해서 간병인을 둔 것 같다. '그분 대신'이라고 말하는 것을 보면, 간병인이 갑작스레 나오지 못한 듯했다.

"어…… 맞아. 우리 엄마가 갑자기 급한 일이 생겨서. 내가 대신 왔어."

"엄마? 간병인은 남자분이신데."

"그치, 우리 아빠한테 갑자기 급한 일이 생겼지."

효성의 눈빛에 의심하는 기색이 피어올랐다. 등줄기를 타고 식은땀이 흘러내렸다. 젠장, 시작부터 꼬이게 생겼네. 어떻게 할지 고민하다가 양손을 들었다.

"미안. 나도 급하게 전달받아서 자세히 못 들었어. 어떻게 된 건지 알려 줄 수 있어?"

효성은 잘 걸렸다는 듯 불만을 쏟아 냈다.

"이틀 전에 우리 엄마가 수술을 받았어. 간호사가 그랬는데, 큰 수술이라 몸을 제대로 못 가누실 테니 간병인을 구하는 게 좋겠대. 그래서 열흘 동안 일할 간병인을 구했는데, 오늘 갑자기 못 나오겠다고 통보한 거야. 무슨 일인지 말도 안 해 주고 그냥 급한 일이 생겼대. 그걸 당일에 말하면 어떡하느냐고 말하니까, 일당을 두 배로 쳐 주면 나오겠다고 하더라? 이게 무슨……."

"미친 거 아냐? 못 나오겠다더니 일당을 두 배로 주면 나오겠다는 건 뭔 소리야?"

나도 모르게 불쑥 화를 냈다. 실수였다. 지금은 간병인 아들 역할인데 간병인을, 아니 아빠를 남처럼 대하다니. 아니나 다를까, 효성이 나를 이상한 사람 보듯 쳐다보고 있었다.

"진짜 뭐라고 해야 할지 모르겠네. 미안하다. 엄마…… 아니, 아빠를 대신해서 사과할게."

"됐어, 네가 잘못한 것도 아니고. 알바 대타만 구해지면 내가 간병하면 돼. 안 구해져서 문제지. 점장님은 편의점에서 일해 본 친구 아무나 데려와도 된다고 하셨는데 그게 말이 쉽지."

"어……. 그럼 내가 해 줄게."

효성은 두 눈을 꿈뻑이다가 헛웃음을 쳤다.

"네가 하겠다고?"

"나 옛날에 편의점 알바 해 봤어. 그리고 우리 아빠 때문에 곤란해진 거잖아. 내가 도와야지."

효성은 예상치 못한 상황에 고민이 되는 듯했다. 그사이, 종소리가 울리면서 한 손님이 들어왔다. 수면 바지와 맨투맨 티, 슬리퍼 차림의 그는 한눈에 봐도 어려 보였다. 올해 스무 살이 된 것일 수도 있었다. 그가 능숙하게 담배 이름을 말했다. 효성은 신분증을 받아 나이를 확인한 뒤에야 결제를 해 줬다. 손님이 나가자 효성은 미간을 찌푸리고 말했다.

"네 시간 넘게 남았는데, 괜찮겠어?"

"괜찮아. 나 오늘 시간 많아."

"그러면……. 음, 우리는 폐기한 음식 먹으면 안 돼. 점장님이 다 버리거든. 연초라서 민자가 담배 사러 많이 와. 신분증

검사 철저히 해야 해. 그리고 또⋯⋯. 아, 내 번호 줄 테니까 무슨 일 있거나 모르는 거 있으면 연락해."

효성은 내 핸드폰에다 전화번호를 입력하고 통화 버튼을 눌러 신호가 가는 것까지 확인했다.

"이름이 뭐야?"

"우정물이야."

"특이한 이름이네. 난 효성이야. 이효성."

효성이 편의점 조끼를 벗어서 내게 넘겨줬다. 그러자 이 짧은 시간 동안 벌어진 일이 실감 났는지 잠시 망설였다.

"진짜 괜찮으니까 얼른 가 봐."

"고마워."

효성은 환한 미소를 보이며 검은 모자를 눌러쓰고 매장을 나갔다. 맑은 종소리와 함께 동전이 떨어졌다. 나는 유리문 앞에서 떨어진 동전을 주웠다. 위치로 보아하니 내 것은 아니고, 효성의 것이었다. 동전은 언제나 등 뒤에서 떨어지니까.

다른 사람의 동전을 확인하는 것은 오랜만의 일이었다. 언제부터인가 나는 나의 행복과 불행 이외에는 무관심했다. 처음 동전을 확인하는 것처럼 긴장됐다. 행복일까, 불행일까? 동전을 눈앞에 가져왔다. 요정의 그림에 손톱보다 작은 두 날개가 달려 있었다. 시선을 돌리자 유리창 밖으로 버스에 오르는 효성의 뒷모습이 보였다. 입가에 저절로 미소가 뭉쳐졌다.

5

내 웃음은 오래가지 않았다.

나는 이마에 주름을 잡고 포스기의 이곳저곳을 눌렀다. 버튼을 누를 때마다 귀에 거슬리는 신호음이 울렸다.

"이거 왜 이래. 왜 안 멈추는 거냐고."

「그러니까 그거 2+1 행사하는 거, 행사 상품이 뭔지 확인해 보라고.」

승현의 목소리에는 짜증이 배어 있었다. 두 시간 동안 열 번 넘게 전화를 걸었으니 화를 낼 만도 했다. 카운터 앞에는 대기 줄이 생겨났다. 손님과 눈이 마주치면 지금보다 더 긴장하고 버벅댈 것 같아 포스기에 시선을 박고 괜히 승현에게 신경질을 부렸다.

"다른 편의점하고 왜 시스템이 다른 거야. 이해할 수가 없네."

「회사가 다른데 당연히 다르겠지, 미친놈아……. 그리고 이런 건 점장님한테 물어봐야지, 왜 자꾸 나한테 전화해? 나 지금 300일 데이트…….」

그 순간 해결 방법을 알아냈다. 상표의 생김새가 비슷해서 손님이 행사하는 제품을 착각한 것이었다. 서둘러 전화를 끊고 손님에게 다른 상품을 가져와야 한다고 안내했다. 손님이 멋쩍어하며 뒤로 물러서고, 다음 손님부터 결제를 진행했다.

5분쯤 지나서야 손님이 모두 나갔다. 온몸의 기력이 뭉텅이로 빠져나가는 기분이었다. 텅 빈 매장에 혼자 서 있으니 이게 뭐 하는 짓인가 싶었다. 이러고 있을 때가 아닌데, 소설을 한 줄이라도 더 써야 하는데.

한 손님이 카운터 앞에 섰다. 종소리가 울렸던가? 흐트러진 자세를 바로잡다가 손님의 얼굴을 보고 맥이 풀렸다.

"그렇죠, 나타날 때가 됐죠."

나는 빈정거리는 뜻으로 박수를 보냈다. 뿌듯해하는 카일의 미소를 보니 이렇게 하는 게 맞는 모양이었다. 효성이 병간호를 하러 갈 수 있도록 대신 아르바이트를 해 주는 것이.

카일의 옷은 바뀌어 있었다. 처음 우리 집에 나타났을 때처럼 낡은 후드 티와 찢어진 청바지 차림이었다.

"다 좋아요. 곤경에 빠진 친구, 한 번쯤 도와줄 수 있죠. 근데 설마…… 행복해지는 방법은 타인을 돕는 것이다, 이런 진부한 소리를 할 생각은 아니죠?"

"그런 행복도 있긴 하지. 네 성격하고는 안 맞지만."

"아니면, 뭐 그런 거예요? 저 아이보다 건강한 부모님이 있다는 것에, 덜 불행하다는 사실에 행복함을 느끼라는?"

"아서. 그런 거 아니니까."

카일의 입꼬리가 쓸쓸하게 가라앉았다.

"그럼 왜 도우라는 거예요?"

"불행한 아이거든. 문제는 불행의 원인이 저 아이한테 없다는 거야. 불행을 당했다고 할 수 있지. 그래서 도와야 해."

아리송한 말만 내뱉는 그의 화법에 슬슬 지쳤다. 효성에게 어떤 사정이 있는지 모르겠다. 내가 원하는 것은 행복해지는 방법을 알아내는 것, 그래서 부모님을 이혼하지 않게 만드는 것뿐이었다.

"카일이 직접 도우면 되잖아요. 자꾸 사라지지 말고요."

"그게 가능했으면 진작 했지. 나라고 사라지고 싶은 줄 알아?"

카일은 억울하다는 눈빛으로 나를 노려봤다. 살면서 처음 알았다. 일자 눈썹을 가진 사람이 억울한 표정을 지으면, 속이 뒤집힐 만큼 부아가 치민다는 것을.

"관리자는 최대 열 명까지 담당할 수 있어. 담당한 사람의 행복 동전이 소멸하면, 그 소멸한 동전의 힘을 이용해서 이 세상에 존재할 수 있고. 안타까운 건 지금 나한테 배정된 인간이 너 하나뿐이라는 거야. 불행 동전을 만드는 데에 탁월한 재주를 가진 우정물, 너 하나라고."

억울해서 말도 나오지 않았다. 카일은 내가 불행한 사람이라는 것을 알고도 접근했다. 아니, 그는 처음부터 청명인 중에서도 불행한 사람을 찾아다녔을 것이다. 애당초 행복한 사람이었으면 그의 제안을 받아들이지 않았을 테니까. 그러니 이제 와서 나의 불행을 탓하는 것은 모순이었다.

"정물, 넌 언제 행복해?"

"소설 쓸 때요."

"그럼, 소설을 써. 그래야 내가 존재할 수 있고, 널 도와줄 수 있어."

말을 끝맺기 무섭게 카일이 사라졌다. 나는 카운터 위에 손을 올리고 한숨을 내쉬었다. 나도 알고 있었다. 글을 쓰면 행복하다는 것을. 그 과정이 괴롭고 힘들어도 끝에는 항상 말로 표현할 수 없는 희열이 뒤따른다는 것을. 하지만 부모님의 이혼이 코앞으로 다가왔는데 어떻게 글을 쓸 수 있을까.

생각난 김에 아빠에게 전화를 걸었다. 긴 신호음 끝에 부재중 전화로 넘어갔다. 핸드폰의 통화 목록은 붉은색으로 뒤덮여 있었다. 어젯밤부터 오늘 아침까지 아빠는 단 한 번도 내 연락을 받지 않았다.

주위에 카일이 없는 것을 확인한 뒤 핸드폰으로 홈 CCTV 애플리케이션을 실행했다. 녹화 목록에서 어젯밤 영상을 선택해 재생했다. 핸드폰 액정에는 거실을 내려다보는 시점으로 접이식 식탁에 마주 앉은 나와 카일의 모습이 나타났다. 일시 정지 버튼을 누르고 화면을 확대했다. 화질이 조금 깨졌지만, 카일이 든 서류의 내용이 어렴풋이 보였다. 왼쪽에는 나의 프로필이, 오른쪽에는 다른 사람의 프로필이 꽂혀 있었다.

유미화. 내 데칼코마니의 프로필이었다.

데칼코마니는 서로의 정체를 알아서도 만나서도 안 돼.
데칼코마니가 서로의 존재를 알고 만나면 비극이 찾아와.
반드시.

카일의 말이 떠올라 핸드폰으로 이마를 툭툭 두드리며 고민했다. 이것은 전적으로 카일의 잘못이었다. 일을 도와줬는데도 행복해지는 방법을 말해 주지 않고 사라졌으니까.

핸드폰이 진동했다. 아빠의 연락이기를 기대했는데 과외 형이었다. 아까 카페에서 보낸 과제의 피드백을 보낸 것이다.

「방금 읽어 봤는데, 잘 썼네. 첫 문장도 네가 쓴 것치고는 나

쓰지 않고, 내용도 괜찮아. 이건 다음 내용도 써서 보내 봐. 원래 입시에서는 콩트를 쓰지 단편 분량으로는 쓰지 않는데, 이건 좀 더 써도 되겠어. 넌 이런 환상 소설을 잘 쓰는 것 같아.」

과외 형이 내 소설을 칭찬한 것은 정말 오랜만이었다. 나는 설레는 마음으로 대화창을 위로 올려 한글 파일을 열었다. 그리고 소설의 첫 문장을 읽었다.

*
**

서로 만나면 안 되는 두 사람이 있다. 나는 그 사람을 먼 곳에서 바라본다.

미화는 연극장의 무대 위에 서 있었다. 위아래로 같은 색의 트레이닝복을 입은 그녀는 머리를 틀어 올리고 알이 큰 안경을 썼다. 종이 뭉치를 들고 가정집 거울인 것처럼 관객석을 바라보며 연기를 연습했다. 극 중 미화의 나이는 실제와 똑같은 열아홉 살, 부모의 반대와 열악한 환경 속에서도 배우를 꿈꾸는 학생 역할을 맡았다. 학생이 하는 '학생' 연기였다.

연극의 분위기는 시종 유쾌하게 흘러갔다. 미화가 친구와 농담을 나누거나 꿈을 이루기 위해 고군분투할 때마다 관객들이 소리 내어 웃었다. 그러다 연극장의 조도가 낮아지면서 분위기가 진지해졌다. 미화는 배우의 꿈을 반대하는 부모님을 설득하지 못했고, 집을 뛰쳐나가 혼자 밤길을 걸었다. 연극 내내 까랑까랑한 목소리로 밝은 표정을 짓던 미화의 얼굴에 짙은 그늘이 졌다.

연극 분위기에 맞춰 실내가 조용해졌다. 연극장 입구에서 나눠 준 팸플릿을 확인해 보니 이들은 모두 연기 학원의 학생이었다. 내 또래 친구들이 수준급의 연기를 펼친다는 게 놀라웠다. 작품명은 '투 드림'. 포기하지 않고 꿈을 향해 노력하면 언젠가는 이룰 수 있다는 내용이었다. 진부한 주제라는 생각이 들면서도 연극에 몰입이 됐다. 미화가 처한 상황이 나와 비슷했기 때문이었다. 부모님을 설득할 수 있을 정도로 말주변이 뛰어난 것도 아니고, 자신의 불안을 잠재울 수 있을 정도로 재능이 있는 것도 아닌, 평범한 열아홉 아이.

점점 미화에게만 시선이 가더니, 이제는 다른 학생이 대사를 할 때조차도 미화만 보였다. 내가 읽는 소설 속 인물과 다르게 그녀에게서는 생동감이 느껴졌다. 본인이 좋아하는 것을 하고, 심지어 그 일을 잘 해내는 사람의 자신감이 돋보였다. 저 아이는 얼마나 행복할까? 나와는 비교도 되지 않겠지. 동전의 요정 그림에는 모두 날개가 달려 있을 것이다.

내 발밑으로 동전 떨어지는 소리가 들렸다. 한두 개가 아니었다. 연극장이 조용해서 짤랑거리는 소리가 크게 들렸다. 한 순간 등줄기가 서늘해졌지만 금세 안심했다. 이 환청은 나한 테만 들리니까. 행복과 불행, 어느 것이 찾아왔는지 궁금하면서도 두려웠다. 숨을 고르고 좌석 아래를 살펴봤다. 실내조명이 어두워 동전이 보이지 않았다. 손을 뻗어도 수북이 쌓인 먼짓덩어리만 묻어났다.

동전 찾는 것을 포기하고 무대 위로 시선을 돌렸다. 미화가 가만히 서서 정확히 나를 쳐다보고 있었다.

처음엔 연기의 일환인 줄 알았다. 이전에도 객석을 보며 연기를 연습하는 장면이 있었으니까. 미화와 대화를 주고받던 친구의 얼굴에 당혹감이 깃든 것으로 보아 연기가 아니었다.

"하, 이젠 너도 귀가 먹었어? 배고프면 밥을 먹지 왜 귀를 먹어. 여보세요?"

그 친구는 미화의 눈앞에 대고 손가락을 튕겼다. 미화가 허둥지둥 연기를 이어 가며 실수를 모면했다. 하필 환청이 들렸을 때 나를 쳐다보다니, 우연일까. 장면 전환을 위해 무대가 암전됐다. 어둠 속에서 나를 주시하는 미화의 모습이 상상됐다.

연극이 막바지에 이르면서 갈등이 고조됐다. 미화의 부모님은 한결같이 단호한 태도를 취했다. 그들은 부모도 설득하지 못하는 주제에 무슨 배우를 하겠느냐면서 윽박질렀다. 그 말에 미화는 울분을 터뜨렸다.

"내가 왜 엄마 아빠를 설득해야 해? 나중에 배우로 돈 못 벌어도 괜찮다고 했잖아. 학원비? 내주지 마. 연극도 보러 오지 마. 내가 언제 도와달랬어? 그냥 응원만 해 달라고. 아니, 그냥 신경 끄고 지내라고. 그게 그렇게 어려워?"

미화의 대사는 내 정곡을 깊숙이 찌르고 들어왔다. 과외 수업을 받으려고 엄마 아빠를 설득한 적이 있었다. 왜 소설가를 꿈꾸는지, 글을 써서 어떤 식으로 벌어먹고 살 것인지 구구절절 설명해야 했다. 과외 수업을 받게 된 이후에도 설득은 계속되었다. 때로는 부모님의 불안을 안심시키는 것이 나의 의무처럼 여겨지기도 했다. 그런 나에게 미화는 말하고 있었다. 자신의 꿈을 위해서 다른 사람을 설득할 필요는 없다고.

연극은 미화가 배우의 꿈을 계속 이어 가는 것으로 끝났다. 무대가 밝아지자 연기자들이 다 같이 나와 허리를 숙였다. 관객들이 힘찬 박수를 보냈다. 나도 손뼉을 마주치며 미화의 얼굴을 응시했다. 연기자들이 퇴장하고, 관객들은 하나둘 자리에서 일어나 출구를 찾아 움직였다.

바깥은 해가 지고 있었다. 석양으로 물든 하늘 아래, 연기자들이 꽃다발을 안아 든 채 가족과 기념사진을 찍었다. 미화는 친구들과 짧게 인사를 나누고 헤어졌다. 추위에 몸을 웅크린 채 혼자 걸었고, 번화가에 접어들어 북적거리는 사람들 틈으로 스며들었다.

나는 종종걸음으로 뒤쫓았다. 미행하는 기분이 들어 가슴이 두근거렸다. 미화는 빨간불이 켜진 횡단보도 앞에서 멈췄다. 그녀 옆에는 신호를 기다리는 행인이 몇 명 서 있었다. 어떻게 말을 걸어야 할지 고민하다가 좋은 방법이 떠올랐다.

미화의 발치에다 500원짜리 동전을 던졌다. 주위 사람들은 동전 떨어지는 소리를 듣고 바닥을 흘깃 쳐다볼 뿐 주울 생각은 하지 않았다. 오직 미화만이 쭈그리고 앉아 동전을 찾았다.

그녀가 진짜 동전임을 깨닫고 실망한 얼굴로 일어서던 차에 가까이 다가갔다. 연극장에서 눈이 마주친 순간처럼 미화의 얼굴이 차갑게 얼어붙었다.

"잠깐 이야기 좀 할 수 있을까? 나도 들려. 그 동전 떨어지는 소리."

거센 바람이 우리 사이를 훑고 지나갔다. 미화는 내 목소리를 제대로 듣지 못한 듯 아무 대답이 없었다. 나는 부르튼 입술에 침을 묻히고 힘주어 말했다.

"요정 그림이 그려진 동전, 나도 보인다고."

6

미화가 좋아하는 개인 카페가 있다고 해서 그곳으로 갔다.

우리는 각자 계산한 음료를 받아 들고 창가 자리에 앉았다. 미화는 따뜻한 카페라테를 시켰는데, 바리스타가 라테 아트를 그려 주었다. 갈색 거품 위에 그려진 천사의 날개 그림을 보자 그녀가 이 카페를 왜 좋아하는지 알 것 같았다.

카페는 테이블 사이의 간격이 넓어서 대화를 나누기 좋은 곳이었다. 통유리창으로 찬기가 스며들어 발이 시렸지만, 같은 이유로 바깥을 훤히 내다볼 수 있었다. 한적한 거리를 보면서 커피를 마시니 여유로운 사람이 된 기분이 들었다.

미화는 커피를 마시면서도 나에게서 눈을 떼지 않았다. 그 집요함이 부담스러워 나는 시선을 피했다. 눈빛이 매서운 아이였다. 대화 상대가 누구든 주눅 든 적이 없을 법한 눈빛이었다. 연극을 마쳤을 때 관객을 향해 인사하던 친절한 미소는 찾아볼 수 없었다.

또래 여자와 카페에 온 것도, 단둘이 마주 앉아 대화를 나눈 것도 처음이었다. 둘 중 하나만 해도 벅찬데 동시에 하다니. 손바닥에 땀이 나서 바지에다 함부로 닦았다.

"연극장은 어떻게 찾아왔어?"

"거리에서 포스터를 봤어."

미화가 코웃음을 치며 나를 빤히 쳐다봤다. 나는 슬금슬금 시선을 돌렸다.

"사람이 눈을 마주치지 못하는 건 둘 중 하나래. 거짓말을 하거나, 상대를 무시하거나."

"거짓말 아니야."

"그럼 날 무시하는 거야?"

"그럴 이유가 없지. 난 너와 대화하려고 찾아왔는데."

나도 모르게 목소리가 높아졌다. 그녀의 말에 휘말리고 싶지 않아 그녀의 얼굴을 뚫어져라 봤다. 감기에 걸린 것처럼 얼굴이 화끈거렸다.

"이번 연극은 우리 학원에서 연 거야. 교육 차원으로. 그래서 관람객들도 대부분 학부모 아니면 학원 친구들이고. 물어보니까 널 아는 사람이 아무도 없던데."

금세 들통날 거짓말이었다. 사실, 포스터 같은 것을 제작해서 거리에 붙일 만큼 규모가 큰 공연은 아니었다. 홈 CCTV로 카일이 든 프로필을 훔쳐봤고, 미화가 다니는 연기 학원의 이름을 알아냈다. 학원 건물의 1층 게시판에 오늘 공연하는 연극의 포스터가 붙어 있었다. 출연하는 아이들의 이름 사이에 미화가 있어서 연극장으로 찾아간 것이었다.

"내 동전에도 요정 그림이 그려져 있다는 건 어떻게 알았어?"

"나도 그 소리가 들려. 동전 떨어지는 소리."

나는 자세를 고쳐 앉았다. 우리가 겪는 환청을 공감대로 삼으면 미화의 경계심이 줄어들 거라고 기대했다.

"그게 아니라, 나한테도 요정 그림의 동전이 떨어지는 걸 어떻게 알았느냐고."

미화는 똑같은 말을 반복했다. 왜 요정 그림에 집착하는지 이해되지 않았다.

"연극이 끝나고 지금까지, 나한테는 한 번도 동전이 떨어지지 않았어. 근데 넌 마치 본 것처럼 말하더라? 그 동전에는 요정 그림밖에 없다는 것을 아는 것처럼……. 너 정체가 뭐야?"

머릿속이 새하얘져서 아무 생각도 들지 않았다. 나는 미화에게 압도되어 제대로 대답하지 못하고 기어들어 가는 목소리로 어물거렸다. 아빠가 집을 나가는 초유의 사태가 벌어져서 미화를 만나야겠다고 생각했고, 무작정 찾아왔다. 그런데 막상 그녀를 만나니 무슨 말을 해야 할지 알 수 없었다.

"지금부터 내가 하는 얘기는 모두 사실이야."

나는 아이스아메리카노로 목을 축이고, 천천히 이야기를 꺼냈다. 어젯밤 카일이 우리 집에 찾아온 이야기를 시작으로 시미트리 시스템과 데칼코마니에 대해 설명했다. 내용을 빠뜨리지 않도록 주의했다. 비현실적인 이야기라서 하나라도 빠뜨리면 오해를 살 수 있었다.

우리가 행복을 주고받는 데칼코마니라는 대목에서 미화의 얼굴에 뚜렷한 반응이 나타났다. 화가 난 건지 걱정하는 건지 구분할 수 없었다. 그래서 데칼코마니가 만나면 비극이 찾아온다는 카일의 경고는 차마 전하지 못했다. 사실, 비극인지도 잘 모르겠다. 만약 데칼코마니가 서로 만나는 게 불행한 일이라면 지금 나와 미화에게 불행 동전이 떨어져야 할 텐데, 우리 둘 사이에는 어떤 동전도 나타나지 않았다.

미화의 핸드폰으로 전화가 걸려 왔다. 통화 내용으로 보아 부모님 같았다. 미화는 존댓말을 쓰다가도 화가 날 때는 서슴없이 반말을 내뱉었다. 한마디도 지지 않으려는 듯 말대꾸하더니 홧김에 먼저 통화를 끊었다. 그리고 카운터에서 얼음물을 받아 와 한 모금 마시고 대화를 이었다.

"그래서 날 찾아온 이유가 뭐야? 앞으로 잘 지내보자는 건 아닐 테고."

"실은……."

입 안이 바싹바싹 메말랐다. 우리 엄마 아빠가 이혼하지 않
도록 불행해 달라는 말을 어떻게 전해야 할까.

"좀 궁금했어. 내 데칼코마니는 어떤 사람일까 하고. 설마
배우가 꿈일 줄은 몰랐어. 연기 정말 잘하더라."

"못하는 거야."

연기 얘기가 나오자 미화는 고개를 돌리고 햇빛에 눈이 부
신 사람처럼 눈을 찡그렸다.

"학원에 잘하는 애들 쌔고 쌨어. 난 잘하는 축에도 못 껴."

"그래도 연극의 주인공까지 맡을 정도면……."

"그냥 순번이 돌아온 거야. 학원에 다니면 하나씩은 배역
을 줘야 하거든. 연기 잘하고 노래 잘 부르고 춤 잘 추는 애들,
그리고 예쁘고 잘생긴 애들. 걔네들은 이미 여러 번 주인공을
맡았어. 난 이번이 처음이고."

미화의 얼굴에 그늘이 진 것을 보고 내심 놀랐다. 나는 내 데
칼코마니가 밝은 아이일 줄 알았다. 내게 불행 동전이 떨어질
때마다 미화에게 행복 동전이 나타났다면, 무척 행복했을 테니
까. 하지만 미화는 행복과는 거리가 멀어 보였다. 피로해 보이
는 얼굴과 버릇처럼 내쉬는 한숨, 모든 행동을 귀찮아하는 몸
짓까지. 몇 마디 대화를 나누지 않았는데도 알 수 있었다.

"넌 언제부터 환청이 들렸어?"

미화가 말했다. 단순히 궁금해서 물어본 것이겠지만, 나는 걷잡을 새도 없이 과거의 기억 속으로 빨려 들어갔다.

엄마 아빠는 싸움의 주도권을 갖기 위해 나를 이용하곤 했다. 얼마나 내게 무관심하게 대할 수 있는지, 그래서 누가 더 독한 사람인지를 두고 기 싸움을 벌였다. 나는 엄마 아빠에게 방치됨으로써 둘의 싸움이 시작됐다는 것을 알았다.

그날도 마찬가지였다. 한여름에 해수욕장으로 여행 간 날. 나는 축축한 모래사장에 앉아 모래성을 만들고 있었다. 엄마 아빠가 싸울 때는 딴청을 피워야 했다. 그게 암묵적인 룰이었다. 얌전히 기다리면 둘 중 한 사람이 떠나고, 남은 사람이 나에게 다가왔다. 부부 싸움에 대한 죄책감으로 평소보다 친근한 태도로. 그러므로 나는 기다리기만 하면 됐다. 엄마 아빠 중 한 사람이 다가올 때까지, 발밑에서 울부짖는 파도 소리를 들으면서.

밀려드는 파도가 모래성을 한 움큼씩 허물고 있을 때, 제복을 입은 경찰들이 다가왔다. 그리고 그날, 처음으로 환청을 들었다. 당시에는 동전이 생겨났다는 사실을 몰라서 확인하지 않았지만, 분명 불행 동전이었을 것이다.

"……좀 오래됐어. 기억이 안 날 정도로."

나는 고개를 떨구었다. 그날의 기억을 떠올리면 항상 기분이 착잡해졌다.

"난 정확히 기억해. 중학교 1학년 첫 중간고사."

허를 찔린 사람처럼 넋이 나갔다. 당연히 미화도 어렸을 때부터 환청을 들었을 거라 생각했다.

"처음 환청이 들리던 날, 무슨 일이 있었는지 기억해?"

"특별한 일은 없었던 것 같아. 부모님 가게가 너무 잘돼서 눈코 뜰 새 없이 바빴다는 것 정도."

"가게? 너희 부모님 장사하셔?"

"고깃집 해. 원래 망하기 직전이었는데 어느 날 갑자기 입소문이 나면서 사람들이 몰리더라. 텔레비전에도 나오고 꽤 유명해."

미화의 얘기를 듣고 나자 우리가 데칼코마니라는 것이 피부에 와닿았다. 나는 내가 불행한 사람이라는 것을 온몸으로 느낀 순간부터 환청을 들었던 반면, 미화는 행복한 시기에 환청을 들었다. 우리 집은 한 달 식비를 조절해야 할 정도로 가난에 허덕이지만, 미화의 집은 경제적으로 부족함이 없었다. 모든 상황이 정반대였다. 나는 타는 듯한 갈증이 느껴져 커피를 마셨다. 행복을 손에 쥔 미화가 부러워서 물끄러미 쳐다봤다.

"부럽다."

속마음이 육성으로 튀어나와 깜짝 놀랐다.

"부러워하지 않아도 돼. 하나도 안 행복하니까."

"왜 안 행복해? 부모님 장사 잘된다며."

"난 장사 안됐을 때가 더 행복하던데."

미화는 정말로 행복해 보이지 않았다. 부모님의 가게가 잘되고 돈 걱정 없이 사는데 행복하지 않다니. 그러면 우리는 대체 무엇을 가져야 행복할 수 있을까.

"아무튼, 부모님 가게가 잘되면서 환청이 들리고 동전이 보이기 시작했어. 인터넷에 검색해 보니까 세계 어느 곳에도 그런 문양의 동전은 없더라. 그래서 환각이라고 여겼지."

사람의 반응은 놀라울 만큼 비슷했다. 나도 처음 동전을 발견할 당시 인터넷부터 찾아봤다. 동전 떨어지는 소리가 들린다고 엄마에게 말했다가 동네의 병원과 대학 병원에 끌려다녔다. 어느 날은 용하다는 무당집까지 찾아갔다. 무당이 내 얼굴에 쌀을 던진 뒤로는 두 번 다시 부모님 앞에서 환청 이야기를 꺼내지 않았다.

"스트레스 때문에 미쳤다고 생각했는데, 널 보니까 좀 안심된다. 나 혼자만 미친 게 아니구나 싶어서."

미화는 입가에 옅은 미소를 지었다. 인상은 사나웠지만 웃을 때는 상냥한 얼굴이었다. 분위기가 화기애애한 지금이 기회였다.

"실은, 지금 우리 부모님 사이가 안 좋으셔. 뭐, 원래도 안 좋았는데 지금은 진짜 심각해서 곧 이혼할지도 몰라. 그래서 말인데…… 혹시 나 좀 도와줄 수 있어?"

"내가?"

미화가 손가락으로 자신을 가리키며 되물었다.

"우린 데칼코마니잖아. 아주 조금만 덜 행복하면 안 돼? 불행해지라는 소리는 아냐. 말도 안 되는 부탁이라는 거 아는데, 그냥 부모님이 이혼하지 않을 정도로만……."

"그게 무슨 소리야. 지금 나보고 불행해지라는 소리잖아."

절대 아니라고 손사래를 쳤지만 사실 그런 뜻이 맞았다. 당황해서 시선을 돌릴 뻔했다가 미화가 아까 한 말이 떠올랐다. 시선을 피하는 것은 거짓말을 하거나 무시하는 것이라는 그녀의 말. 그런데 이번에는 미화가 내 시선을 피했다. 조금 전까지는 환청을 듣는다는 이유로 얕은 동질감을 느꼈을지 몰라도, 지금은 나를 불편해하는 기색이 역력했다.

"네가 한 말을 백 퍼센트 믿는 건 아냐."

나는 핸드폰으로 홈 CCTV 영상을 재생해서 카일과 대화하는 것을 보여 줬고, 서류 봉투까지 꺼내서 건넸다. 미화는 심각한 얼굴로 아이들의 프로필을 하나씩 훑어봤다.

"카일이 자기 일을 도와주면 행복해지는 방법을 알려 주겠대. 그 프로필에 있는 아이들을 한 명씩 찾아가서 무슨 게임 퀘스트마냥 뭘 해야 하나 봐. 이게 카일을 만났다는 증거야. 내가 무슨 수로 이 아이들의 정보를 이렇게 정확히 알고 있겠어?"

미화는 여전히 미심쩍어하는 눈치였다.

"만나서 뭐 하는데?"

"잘은 모르겠어. 지금까지 한 명밖에 안 만나서……. 거기 효성이라는 아이 있지? 그 아이를 도와줬는데, 아마 나머지 네 명도 도와줘야 하는 것 같아. 그러려면 시간이 너무 오래 걸리니까 너한테 부탁하는 거야. 이혼 숙려 기간이 얼마 남지 않았기도 하고."

"되게 절실한가 보다. 그냥 부모님 이혼하게 냅둬."

"그건 좀……. 네가 너무 쿨한 거 아닐까? 부모님이 이혼하게 생겼는데."

"그분들 인생이잖아. 우리가 눈치 봐 가면서까지 제발 이혼하지 말아 달라고 빌빌 길 필요가 있어?"

미화는 아이들의 프로필을 서류 봉투에 넣고 다시 돌려주었다.

"못 도와줄 것 같아. 우리가 데칼코마니라는 것도 믿지 못하겠고."

미화가 에둘러서 거절의 뜻을 내비쳤지만, 나는 동전이 떨어질 때까지 기다려 달라고 부탁했다. 잠시 후, 서로 다른 모양의 동전이 떨어져서 우리가 데칼코마니라는 것이 증명됐다. 그러나 그게 다였다. 나는 구질구질하게 한 번만 도와달라고 또 빌었고, 미화는 내 불행이 필요 없다며 자리를 떠났다.

잠시 멍하니 시간을 보낸 뒤 구겨진 종이가 된 심정으로 카페를 나왔다. 찬 바람이 옷깃을 파고들어 몸을 움츠렸다. 부모님과 통화하던 미화의 모습이 떠올랐다. 나도 부모님과 말싸움이라도 한번 해 보고 싶다는 생각이 들었을 때, 누군가 내 앞길을 막았다. 미화였다. 그녀는 패딩 주머니에 양손을 집어넣고 코가 빨개진 채로 서 있었다.

　"널 위해서 불행해지는 건 도저히 못 하겠다. 뭐 어떻게 해야 불행해지는지도 모르겠고."

　"그럼……?"

　"대신, 네 일을 도와줄게. 그 사람들 찾아가서 도와주는 일. 둘이서 하면 빨리 끝낼 수 있겠지."

　나는 입꼬리가 올라가는 것을 감출 수 없었다.

　"착각하지 마. 나도 행복해지는 방법이 뭔지 알고 싶어서 돕는 거니까."

7

한쪽 눈을 감아 초점을 맞춘 상태에서 방아쇠를 당겼다. BB 탄 총알은 눈 깜빡할 사이에 날아가 표적지를 꿰뚫었다. 세븐, 하고 기계음이 울렸다. 기분을 전환하러 사격장에 왔지만, 10점을 맞추지 못하면 되려 스트레스를 받았다. 화가 나서 연달아 총을 쐈다. 기계음의 간격이 점점 짧아졌다. 세븐, 나인, 에잇, 에잇.

"적당히 쏴, 인마. 여기가 무료 사격장인 줄 아나."

승현이 내 옆 사로의 총기를 정비하며 투덜거렸다. 이곳은 승현이 아르바이트하는 사격장이었다. 승현은 지금 만나는 여자 친구와 사귄 지 얼마 안 되었을 때 일을 시작했다. 승현의 부모님이 연애를 허락하지 않아 용돈이 끊겼다고 했다. 나는 친구도 볼 겸, 스트레스도 풀 겸, 겸사겸사 사격장에 자주 놀러 왔다. 매니저 누나와 몇 번 인사하고 친해지자 사장님이 안 계실 때는 공짜로 사격을 시켜 주었다.

"봐줘라. 내가 오늘은 좀 힘들다."

오늘 하루는 정말 길었다. 매일 앉아서 소설만 쓰던 내가 효성을 도와주려고 편의점 아르바이트를 했다. 난생처음 혼자 연극을 봤고, 이성과 카페에 마주 보고 앉아 대화도 나누었다. 문자 그대로 심신이 지쳐 있었다.

사격을 모두 끝내고 붉은색 버저를 눌렀다. 레일이 돌아가며 표적지가 빠른 속도로 다가왔다. 내 사격 솜씨는 준수한 편이었다. 10점을 맞추지 못할 뿐.

"말 잘했다, 이 자식아. 나도 너 때문에 오늘 엄청 힘들었거든? 오늘 300일 데이트인데, 네가 하도 전화해 대서 여친이 대체 누구랑 사귀는지 모르겠다더라. 내가 지금 여친 기분 풀어 주려고 핸드폰을 손에서 놓질 못해요."

"아깐 고마웠다. 덕분에 살았어."

나는 승현의 어깨를 툭툭 두드렸다. 녀석에게 어깨는 우정의 상징이었다. 어깨를 두드리는 행위가 신뢰의 표시라나 뭐라나. 승현은 탐탁지 않아 하면서도 도움이 됐으니 다행이라며 말끝을 흐렸다. 언제 화가 났었냐는 듯 여자 친구와 연락하며 실실 웃었다. 나는 단순한 친구의 모습을 보고 툭 내뱉었다.

"부럽다. 넌 쉽게 행복해서."

"네가 행복을 너무 어렵게 생각하는 거지. 꼭 고상해야 행복이냐?"

새 표적지를 꺼내 레일에 고정했다. 주먹으로 버저를 내려쳐 표적지를 저 멀리 보냈다. 원래 표적지는 직원이 바꿔 줘야 하지만 나는 직접 교체했다. 만약 표적지를 교체할 때마다 승현을 불렀다면, 1분에 한 번씩 찾아와서 투덜거렸을 것이다.

승현이 핸드폰을 하다 말고 내 기분을 살폈다. 부모님의 이혼으로 하소연하는 날이 늘어난 탓에 내 표정이 조금만 바뀌어도 승현은 금방 눈치챘다. 어쩌면 내가 친구의 눈치를 키워 준 것인지도 몰랐다.

"잘 봐. 이 형님이 행복해지는 방법을 알려 줄게."

승현은 내 총을 빼앗아 표적지를 가리켰다.

"넌 기대치가 너무 높아. 사격으로 예를 들면, 10점을 쏘면 가장 좋겠지만 9점이라고 해서 못 쏜 건 아니지. 8점도 만족할 만해. 근데 넌 10점을 못 맞추면 스트레스를 받아. 10점짜리만 행복이라고 생각하는 거야. 7, 8점짜리도 만족할 만한 행복인데도."

"그러는 넌, 기준치가 몇인데?"

승현은 성의 없이 조준하고 격발했다. BB탄은 표적지의 끄

트머리를 뚫고 지나갔다. 전자 기계가 '제로!'라고 외쳤다.

"어휴, 진짜 허세하고는."

"그나저나 편의점 알바는 왜 하냐? 엄마가 과외비 안 내주시겠대?"

"그건 아닌데……."

내가 머뭇거리자 승현은 내 쪽으로 완전히 몸을 돌렸다. 나는 한 시간 전에 미화에게 했던 이야기를 또다시 반복했다. 소설로도 한 번 정리해서 썼던 터라 이전보다 설명이 매끄러웠다.

여자 친구에게서 연락이 오는지 승현의 핸드폰이 진동했다. 승현은 핸드폰 메시지를 확인하고는 사격 거치대 위에 뒤집어 놓았다. 이 시간만큼은 나에게 집중한다는 뜻이었다. 승현의 이런 점이 마음에 들었다. 툴툴거려도 내 말을 귀담아 들어줬다.

"그래서 다음 스토리는 뭐야?"

물론, 경청한다고 해서 내 말을 믿는 것은 아니었다. 이건 내가 자초한 일이기도 해서 따질 수도 없었다. 나는 종종 승현에게 습작을 보여 줬다. 내가 보기엔 괜찮은데 과외 형이 최악이라고 피드백한 글이었다.

"너무 현실성이 없어. 설득력도 없고."

승현의 피드백은 과외 형과 비슷했다. 발전적인 학생이었다면 내 소설에 현실성이 없구나, 과외 형이 말한 핍진성을 더 공부해야겠군, 하고 생각했겠지만 나는 콧방귀부터 뀌었다. 소설 자체가 지어낸 이야기인데 거기서 왜 현실성을 찾지?

"사실 내가 겪은 이야기야. 진짜라고."

언젠가 승현에게 말한 적이 있었다. 설득력 있는 글을 쓸 수 없어서 경험담인 것처럼 말했다. 소설 자체가 허구인데, 읽는 이들이 현실적인 것을 원해 거짓말로 현실성을 부여하는 아이러니라니. 이런 일이 반복되다 보니 승현은 내가 이야기를 들려주면 의심부터 했다. 소설인지 경험담인지 구분할 수 없게 된 것이다.

문제는 시미트리 시스템과 데칼코마니는 진짜로 존재한다는 것이다.

"됐다, 됐어. 믿지 마. 꺼져."

나는 진절머리가 나서 손을 내저었다. 누군가 직원을 불러 승현이 떠났다. 한 커플이 사격을 모두 끝내고 점수를 합산해 달라고 부탁했다.

사격장에서는 점수 미션 이벤트를 진행하고 있었다. 두 사람이 패키지 사격을 하고 합산 점수가 목표 점수보다 높으면, 제주도 비행기 왕복권을 공짜로 줬다. 사격장 출입구에 이벤트를 알리는 입간판이 세워져 있었다. 호텔에 딸린 야외 수영장과 새하얀 침대가 깔린 객실 사진이 사람들의 여행 욕구를 자극했다.

　점수가 모자랐는지 커플이 몹시 아쉬워했다. 나는 그들을 보며 속으로 혀를 찼다. 어쩌다 한 번 사격장에 놀러 오는 실력으로는 어림도 없었다. 미션에 성공할 정도의 실력을 갖추려면 사격장에 자주 와야 하고, 그러면 이미 비행기 왕복권 이상의 돈을 사격장에 지불한 셈이었다.

　"다 상술이지."

　혼잣말을 중얼거리며 다시 사격을 시작했다. 승현의 말은 틀렸다. 모든 사람은 10점을 조준하고 쏜다. 그래야 7, 8점이라도 맞출 확률이 있으니까.

　총알이 다 떨어져 손바닥으로 버저를 때렸다. 촤르르륵, 레일 돌아가는 소리와 함께 표적지가 도착하고, 동시에 누군가가 내 옆에 다가와 섰다.

　"카일에 대해 물어볼 게 있는데, 시간 있어?"

　처음 보는 여자였다. 나는 여자의 새까만 눈동자에 압도되어 표적지를 뽑을 생각도 못 하고 얼어붙었다. 눈매는 가늘게 찢어져 있었고, 머리칼이 뒤통수를 향해 묶여 있었다. 검은색 정장 차림과 시간이 있느냐는 물음. 단번에 관리자가 떠올랐다. 심장이 가슴 밖으로 튕겨 나가 귓가에 걸린 것처럼 박동 소리가 또렷이 들렸다.

　"건물 옆 골목길로."

여자는 사람들 사이를 가로질러 바깥으로 나갔다. 손님에게 사격 방법을 알려 주던 승현이 부리나케 달려왔다.

"누구야? 아는 사람이야?"

"내가 아까 말한 사람이야. 아니, 사람이 아니지⋯⋯. 관리자지."

심장 소리가 차츰 줄어들었다. 이유는 알 수 없었지만, 여자가 나를 해치지 않으리라는 어떤 믿음이 있었다. 명색이 사람들의 행복과 불행을 관리하는 존재인데, 사람을 해치지는 않을 것 같다. 그들은 언제 어디서든 나타날 수 있으므로 내겐 선택지가 없었다. 카일처럼 우리 집에 들이닥치지 않은 것에 감사해야 할 판이었다.

출입문 쪽으로 걸어가려고 하자 승현이 내 팔을 붙잡았다.

"어디 가?"

"잠깐 대화 좀 하고 올게."

"같이 가 줘?"

승현은 서부 영화의 총잡이처럼 사격장의 권총을 들어 올렸다. 상황극에 미쳐 사는 내 친구. 아닌가. 지금은 유난을 떠는 게 정상이고 대책 없이 모르는 사람을 따라가려는 내가 비정상인가.

"이건 소용이 없지. 말했잖아. 사람이 아니라고."

나는 웃는 얼굴로 승현의 손아귀에서 권총을 빼내 사격대에 올려 두었다. 녀석의 심각한 표정을 보자 상황극에 맞장구 쳐 주고 싶은 욕구가 샘솟았다.

"한 20분이 지나도 돌아오지 않으면 경찰에 신고해."

절반은 진심이다.

여자는 어두컴컴한 골목길에 서 있었다. 한밤중인 데다 가로등 불빛이 약해서 여자의 얼굴이 잘 보이지 않았다. 옷깃 안으로 찬 바람이 파고들었다. 여자는 감정 없는 목소리로 자신을 소개했다. 그래 봤자 레인이라는 이름을 밝힌 것이 전부였다.

"혹시 나에 대해 들은 것 있어? 카일이 찾아와서 뭐라고 말했다든가."

레인이 말했다.

"당신에 대해서 들은 건 없지만…… 시미트리 시스템과 데칼코마니 정도는 알고 있죠. 당신이 관리자라는 것도요."

얕보이지 않으려고 빠른 속도로 대답했다. 방법이 먹혀들었는지, 레인은 갑자기 왁자한 웃음을 터뜨렸다.

"정말, 자세히도 알고 있구나. 이 정도면 세상의 비밀이라는 말이 무색하네. 카일의 죄목이 더 늘어나겠어."

"그게 무슨 소리예요?"

"몰라? 카일이 수배자라는 거."

뜬금없는 단어에 나는 두 눈을 동그랗게 떴다.

"세상의 비밀에 대해서는 잘도 나불거렸으면서 자신에 대해서는 하나도 말하지 않았나 보네. 덕분에 얘기는 빠르겠어."

레인은 몸을 조이듯 팔짱을 끼며 말했다.

"너도 알고 있겠지만 이 세상의 행복과 불행은 똑같은 양으로 유지되어야 해. 한 사람이 행복하면 그 사람의 데칼코마니는 불행한 게 세상의 이치지. 근데 카일은 행복한 사람들의 행복을 불행한 사람들한테 나눠 주려고 해. 불행한 사람이 딱하다는 이유만으로."

"그게…… 뭐가 문제예요?"

"인간들이 불특정 다수의 사람을 돕는 건 문제가 아냐. 시미트리 관리자가 불순한 의도를 갖고 불행한 사람을 선별해서 돕는 게 문제지. 카일은 '행복 재분배'라는 유토피아에 빠져서 널 이용하고 있어. 우리는 인간사에 직접 개입하면 안 되거든? 특별한 경우가 있긴 한데, 원칙적으로는 안 돼. 예를 들어 네가 카일의 지시를 받고 효성이라는 아이를 돕는 것은 원칙에 어긋난다는 뜻이야."

그녀의 말대로라면 내가 효성을 도운 일은 잘못이었다. 곤경에 처한 효성을 위해 편의점 아르바이트를 대신 해 준 것이 뭐가 문제라는 건지 알 수 없었다. 내가 간병인의 아들 행세를 한 것은 잘못이지만, 어쨌든 도움이 됐다면 그만 아닌가.

"너무 깊이 생각하지 않아도 돼. 어차피 이해하지 못할 테니까. 우리가 궁금한 것은 카일이 어디에 있는지, 그것뿐이야. 혹시 숨겨 주고 있는 건 아니지?"

"저도 몰라요. 항상 제멋대로 나타났다가 사라져서……. 몇 번 만나지도 못했고요."

"네 상태를 보니 그렇겠군."

레인이 내 등 뒤를 보더니 고개를 끄덕였다. 그녀의 시선을 따라갔지만 아스팔트 바닥만 내려다보였다. 어제 카일도 내 등 뒤를 확인하던데. 시미트리 관리자들의 눈에만 보이는 무엇인가가 있는 것 같다.

"저기요, 제가 정말 이해가 안 돼서 그러는데요. 불행한 사람을 돕는 게 왜 문제예요? 관리자가 인간사에 개입하면 안 된다고 하지만, 그러면 불행한 사람은 계속 불행해야 한다는 소리예요?"

공손하려고 애썼지만, 내 목소리엔 반발심이 깃들었다.

"어쩔 수 없지. 불행할 운명인데."

나는 레인을 노려보며 주먹을 꽉 쥐었다. 불행한 사람은 평생 불행에 허덕여야 한다는 것처럼 들렸다. 보이지도 않는 운명을 들먹이면서. 불행한 사람으로서 절대 동의할 수 없었다.

"너만 불행한 것 같아? 세상 사람들 다 각자의 이유로 행복하고 불행해. 그걸 개입해서 고치겠다니. 불행한 사람이 안타까워서 다른 사람의 행복을 나눠 주겠다는 발상 자체가 모순이야."

레인의 입에서 입김이 새어 나오지 않는 것을 보고 새삼 깨달았다. 그녀는 사람이 아니었다. 사람이 아닌 존재들이 사람의 행복을 논하는 것이야말로 진짜 모순이었다.

더는 대화가 통하지 않는다고 생각했는지 레인이 대화를 마무리 지었다. 앞으로 카일의 일을 돕지 말라고 경고한 뒤 사라졌다.

어찌 된 영문인지, 누구의 말이 진실인지 혼란스러웠다. 생각에 잠긴 그때, 등 뒤에서 인기척이 느껴졌다. 제복을 갖춰 입은 경찰 두 명이 다가오고 있었다. 그들 뒤쪽에선 사격장 권총을 든 승현이 가쁜 숨을 내쉬었다. 권총에 매달린 도난 방지용 선이 바람에 휘날렸다.

8

한숨 소리를 듣고 잠에서 깼지만 계속 자는 척했다.

엄마는 외출하기 전에 내 방을 들여다보는 습관이 있었다. 자기 자식이 겨울 방학을 부지런히 보내는지, 게으르게 허비하는지 아침마다 확인했다. 나는 소설을 쓰다가 새벽 늦게 곯아떨어졌다. 책상에 엎드려서 잤는데, 밤새 켜져 있었는지 노트북에서 뜨거운 열기가 새어 나왔다. 엄마가 서 있는 곳에서도 노트북 화면에 띄워진 글이 보일 것이다. 엄마는 내가 소설을 쓰고 있는 걸 보면 언제나 한숨을 내쉬었다. 그리고 그 한숨 소리를 들으면 나는 깊이 잠들었어도 잠에서 깼다.

방문 너머로 현관문 여닫는 소리가 들렸다. 상체를 일으키자 주르륵 침이 흘러내렸다. 손등으로 입가에 흘린 침 자국을 닦고, 창문을 열었다. 찬 바람으로 얼굴에 덕지덕지 묻은 잠기운을 씻어 냈다. 방 안에 고인 엄마의 한숨이 모두 빠져나갈 때까지 기다렸다.

세상 사람들 다 각자의 이유로 행복하고 불행해. 그걸 개입해서 고치겠다니. 불행한 사람이 안타까워서 다른 사람의 행복을 나눠 주겠다는 발상 자체가 모순이야.

나는 밤새 쓴 글의 한 대목을 읽었다. 글의 윗부분에는 데칼코마니와 만나는 장면도 있었다. 다른 사람이 내 글을 읽으면 소설이라고 생각할 것이다. 나조차도 긴 꿈을 꾸고 있는 것은 아닌지 의심스러웠다.

꼬미의 낑낑거리는 소리가 들렸다. 나는 노트북을 덮고 입이 찢어져라 하품하며 거실로 나갔다. 누군가 주방 식탁에 앉아 식사를 하고 있었다. 집을 나간 아빠가 돌아온 줄 알았다. 설마 카일이 우리 집 식탁에 앉아 아침을 먹고 있으리라고는 상상할 수 없었으니까.

"일어났냐? 와서 먹어. 찌개 맛이 기가 막히네."

카일은 붉은 기름이 묻은 숟가락으로 김치찌개를 가리켰다. 나는 카일을 보며 눈을 끔뻑이다 실없이 웃었다. 내 소설은 꿈도 상상도 아닌 현실이었다.

"오늘은 꼬미 안 재웠네요?"

"능력을 쓰면 그만큼 시간이 깎이거든. 이래 보여도 잘나가던 시기에는 너희 세상에 몇 달이고 머물렀어. 정장도 고급진 거였고, 얼굴도 멀끔했고."

오늘 그가 입은 정장은 소매가 다 뜯어져서 실밥이 너덜거릴 정도로 낡았다. 덥수룩한 머리칼과 거뭇하게 돋은 턱수염까지. 갖고 있는 시간의 양에 따라 겉모습이 바뀌는 것은 몇 번을 봐도 신기했다.

꼬미는 카일의 다리 옆에 웅크리고 앉아 있었다. 평소 낯을 가리는 편인데 그새 카일과 친해진 모양이었다.

"자꾸 달라붙어서 꼬미를 재웠던 거예요?"

"이상하게 동물들이 나만 보면 따르더라고."

카일은 어제와 분위기가 달랐다. 어제는 무언가에 쫓기는 도둑놈 같았다면, 지금은 푸근한 옆집 아저씨 같았다. 나는 꼬미의 밥을 챙겨 주고 식탁에 앉아 카일을 훔쳐봤다. 그는 수배자다. 불행한 사람을 돕는 것이 왜 범죄인지 모르겠지만, 레인의 말에 따르면 그랬다.

"어제 무슨 일 있었어?"

"아뇨."

대답이 지나치게 빨리 나왔다. 한겨울의 나뭇잎처럼 혓바닥이 바싹 메말랐다.

"왜요? 뭐가 이상해요?"

"어제 너한테 불행 동전이 많이 나타났길래."

어제 일을 돌이켜 봤다. 아침 일찍 카페에서 소설을 쓸 때 행복 동전 하나가 나타났고, 미화에게 우리가 데칼코마니라는 것을 증명할 때 불행 동전이 하나 나타났다. 그 이외에는 불행 동전을 본 기억이 없었다.

설마. 미화의 연극을 보고 있을 때 좌석 밑으로 꽤 많은 동전이 떨어졌었다. 그게 전부 불행 동전이었던 걸까.

"왜? 짚이는 거라도 있어?"

"아뇨, 전혀요. 제가 원래 좀 불행하잖아요."

미화와 만난 사실을 들키면 카일과의 관계는 끝장이었다. 데칼코마니는 서로의 정체를 알거나 만나면 안 된다고 신신 당부했는데 하루 만에 모두 어겨 버렸으니. 행복해지는 방법을 알아내고, 엄마 아빠가 이혼을 무를 때까지는 계속 카일과 만나야 했다. 설사 관리자들의 세상에서 카일이 범죄자라 할지라도.

"새 프로필을 뽑을까요?"

나는 화제를 바꾸려고 밝게 말했다.

"응?"

"얼른 일을 도와야 행복해지는 방법을 알려 줄 거 아니에요."

카일이 떨떠름한 얼굴로 그러라고 답했다. 나는 방에 들어가서 서류 봉투를 가져왔다. 어떤 종이를 뽑을지 고민하다 뭉텅이로 꺼내 장수를 세 봤다. 모두 여섯 장이었다.

"설마, 이 사람들을 전부 만나야 해요?"

"정답."

한 장씩 프로필을 넘겨 보다가 몇 가지 공통점을 발견했다. 모두 고등학생이고, 우리 동네에서 살았다. 마지막 장은 사진과 이름만 있고 내용이 없었다. 웃는 모습이 매력적인 남자아이 사진 아래에 '김준일'이라고 적혀 있었다.

"얘는 왜 비어 있어요?"

카일이 내 옆으로 다가오더니 이게 아직도 있네, 하고 중얼거리며 종이를 가져갔다. 반으로 찢을 것처럼 종이의 윗부분을 잡았다. 카일은 그 자세로 몇 초간 꼼짝도 하지 않고, 김준일이라는 아이의 프로필 사진을 멍하니 쳐다봤다. 그러고는 갈색 서류 봉투에 도로 집어넣었다.

"그 친구는 안 만나도 돼. 내가 이미 만났어."

카일의 태도가 이상했지만 그러려니 했다. 그가 숨기는 게 어디 한두 개인가. 김준일이라는 아이와 효성을 제외하면 네 명 남았다. 나는 네 장의 프로필을 뒤집어 놓고 신중히 한 장을 선택했다.

　진솔요양원.

　간판에서 시선을 내려 재차 프로필을 확인했다. 그러고도 믿기지 않아 카일에게 시선을 던졌다. 카일은 인자한 미소를 지으며 내 어깨를 다독였다. 승현이라면 좋아했을 행동이지만 나는 달갑지 않았다. 격려하는 것이 아니라 약을 올리는 것 같았다.

　카일은 지난번처럼 소리 없이 사라졌다.

　"뭐야? 어디로 간 거야?"

　골목에 숨어 있던 미화가 쪼르르 달려와 주변을 두리번거렸다.

　"나도 몰라. 항상 이렇게 사라져. 나타날 때도 똑같고."

　미화는 내 일을 도와주겠다는 약속을 지켰다. 아침 일찍 연락해 오늘 '활동'을 하느냐고 물었다. 나는 요양원의 주소를 알려 주면서 관리자가 사라질 때까지 근처에 숨어 있으라고 메시지를 보냈다.

　"근데 내가 왜 숨어야 해? 나도 도와서 빨리 끝내면 저 사람에게도 좋은 거 아냐?"

　"그게…… 나 말고 다른 사람에게 정체가 알려지는 걸 싫어해."

나는 적당히 둘러댄 뒤 어서 들어가자고 손짓했다.

요양원에서는 낯선 냄새가 났다. 지린내와 소독약 냄새가 뒤섞인, 말로 표현할 수 없는 냄새였다. 나는 길을 잘못 든 사람처럼 쭈뼛쭈뼛 안내 데스크에 다가갔다. 이성철이라는 아이를 만나러 왔다고 하자 직원의 얼굴에서 친절함이 사라졌다.

"학생도 사회봉사 하러 왔어요?"

"사회봉사요?"

"학교에서 징계받고 하는 봉사요."

"그 친구…… 여기서 자원봉사 하는 거 아니에요?"

미화가 프로필의 내용을 훑어보며 물어봤다.

"자원봉사 아니에요. 학교 폭력으로 사회봉사 처분 받고 온 거예요."

급히 오느라 프로필에 적힌 이름하고 위치만 확인했을 뿐, 내용을 확인하진 못했다. 나는 미화에게서 프로필을 건네받아 자세히 읽어 봤다. 안내 직원의 말이 사실이었다. 프로필에는 동급생을 때려서 학폭위의 징계를 받았다고 적혀 있었다.

지금 세탁장에 있을 테니 그리로 가 보라고 직원이 말했다. 휠체어와 의자에 앉은 노인분들이 널따란 공간에 모여 앉아 텔레비전을 보고 있었다. 우리는 그 공간을 지나쳐 긴 복도에 들어섰다.

"지금 사람 때린 애를 도와주러 가는 거야?"

미화가 복도 양편에 늘어선 요양실을 둘러보며 말했다.

"뭔가, 사정이 있는 거 아닐까?"

"어제 도와준 사람도 이랬어? 무슨 범죄를 저질렀다든가."

한 직원이 노인이 앉은 휠체어를 끌며 다가왔다. 우리는 복도 가장자리에 바싹 붙어서 두 사람이 지나가기를 기다렸다가 다시 나란히 걸었다.

"평범한…… 아니 좋은 아이였어."

"그걸 어떻게 알아. 어제 처음 만난 사이였을 거 아냐."

"느낌이라는 게 있잖아. 좋은 아이야."

"이거 범죄자 갱생 프로그램 아냐? 야, 다른 프로필 좀 줘봐."

내 가방에서 서류 봉투를 빼내려는 미화를 겨우 진정시켰지만 한편으로는 걱정되었다. 소위 말하는 문제아들을 돕는 거라면 어떡하지. 만약 정말 그런 거라면 나는 카일을 돕는 일에 떳떳할 수 있을까. 이대로 걸음을 돌려 도망가고 싶었다. 옆에 미화가 없었다면 정말로 그랬을 것이다.

성철은 세탁장에서 이불이 담긴 빨래 바구니를 어디론가 나르고 있었다. 한눈에 봐도 덩치가 크고 힘이 세 보였다. 짙은 눈썹과 뭉툭한 턱, 서양 사람처럼 얼굴의 선이 굵었다. 나와 동갑이라는 게 믿기지 않을 정도로 성숙해 보이는 아이였다.

"야, 그냥 앤 건너뛰자. 그 사람한테는 그냥 도와줬다고 구라 쳐."

미화가 내 옷소매를 잡아끌며 중얼거렸다. 나는 미화의 손을 살짝 밀어낸 뒤 숨을 고르고 용기 내어 다가갔다.

"뭐야?"

성철의 목소리는 생긴 것만큼이나 투박했다.

"무겁지? 내가 도와줄게."

나는 성철이 든 빨래 바구니를 무작정 받아 들었다. 상상 이상으로 무거워서 몇 초도 버티지 못하고 바닥에 떨어뜨렸다. 성철에게 억지 미소를 지어 보이고, 양쪽 소매를 걷어 올렸다. 있는 힘껏 다시 빨래 바구니를 들고 비틀비틀 걸었다. 미화는 머리를 긁적이다가 빈 바구니를 가져와서 내 빨래의 절반을 덜어 갔다.

우리 셋은 건조장으로 이동해 환자복을 널었다. 우리가 누구인지, 왜 도와주는지 성철은 묻지 않았다. 미화는 젖은 환자복을 보란 듯이 세게 털었다. 그를 돕는 게 어지간히도 마음에 들지 않는 것 같았다. 성철의 눈치를 보는 것은 내 몫이었다. 어쩔 줄을 몰라 하고 있는데, 아빠에게 문자가 왔다.

「연락 못 받아서 미안하다. 오늘은 집에 들어갈 테니 걱정하지 마.」

나는 답장하지 않았다. 대신 있는 힘껏 환자복을 털었다. 이제는 두 사람이 내 눈치를 보았다.

미화와 나는 세 시간 동안 성철을 따라다니며 도왔다. 청소년이 하기에는 어렵고 힘든 일이 많았는데 성철은 투정을 부리지 않았다. 노인분들의 방을 청소할 때도, 수십 개의 식판을 가져다 나를 때도, 직원들이 무시하며 일을 지시할 때도 싫은 내색 한번 하지 않고 묵묵히 일했다. 옆에서 지켜본 결과 한 가지 특이한 점을 알아냈다. 성철은 사람의 눈을 똑바로 쳐다보지 못했다. 그의 시선은 대화를 나눌 때조차도 상대의 눈이 아닌 머리칼이나 이마에 머물렀다.

노인분들이 식사하는 동안 우리는 자판기에서 음료를 뽑아 바깥으로 나갔다. 건물 안에 정원처럼 꾸며 놓은 야외 테라스가 있었다. 계속 후덥지근한 실내에서 일하느라 답답했는데, 겨울 공기를 들이마시자 숨통이 트이는 기분이었다. 크리스마스가 한참 지났는데도 눈사람 인형과 작은 크리스마스트리가 세워져 있었다. 빨간 턱시도 모자를 쓴 눈사람은 두 손을 들어 올린 채 웃고 있었다.

우리는 벤치에 나란히 앉았다. 처음 보는 사람에게 살갑게 대하는 것은 무척 어려운 일이었다. 봉사는 힘들지 않은지, 이곳에서 얼마나 오래 봉사했는지 등등 딱딱한 분위기를 누그러뜨리려고 여러 질문을 던지다가 조심스럽게 물었다. 어쩌다 사회봉사 처분을 받았는지.

"학교 폭력을 저질렀으니 받았겠지."

"넌 전혀 폭력적으로 보이지 않는데."

"몇 시간 본 걸로 어떻게 알아?"

성철이 캔 음료를 홀짝이며 나를 흘겨봤다. 눈이 마주친 것만으로도 위압감이 들었다. 무엇을 어떻게 도와야 하는지 따위의 고민이 사라졌다. 그저 이 상황이 무사히 지나가기를 바랄 뿐.

"거봐. 난 그냥 평범하게 말한 건데 애들이 겁먹어. 너처럼."

"누가 겁먹었다고 그래?"

성철은 장난삼아 험상궂은 표정을 지어 확인 사살을 했다. 그의 말이 맞았다. 그의 인상은 지나치게 험악했다. 나는 슬쩍 고개를 돌렸다.

나와 달리 미화는 성철의 눈을 정면으로 응시하고 있었다. 단순히 쳐다보는 것이 아니라, 상대를 관찰하려는 듯한 눈빛이었다.

"너희도 다른 사람의 불의를 보면 그냥 지나쳐. 그게 현명한 거더라."

성철의 목소리에 허탈함이 묻어났다. 그건 엄마로부터 귀에 못이 박히도록 들은 말이었다. 엄마는 '다른 사람을 돕는 것은 손해다'라는 말을 맹신하는 사람이었으니까. 나도 카일을 만나기 전까지는 다른 사람을 도우면 손해라고 생각했다. 그 예로 승현의 도움을 받기만 했지 승현을 도와준 적이 없었다.

어떻게 해야 대화를 이어 나갈 수 있을지 갈피를 잡지 못하던 그때, 미화가 말을 꺼냈다.

"뭔가 억울한 일이 있었나 본데 말해 봐. 얘길 들어줄 수는 있잖아, 우리가."

9

성철은 금방 말을 잇지 못했다. 나보다 덩치가 두 배쯤 큰
남자애가 풀이 죽은 얼굴로 땅만 내려다보고 있었다. 다짜고
짜 찾아온 사람이 이야기를 들어준다고 해서 말할 사람이 몇
명이나 될까. 마음속으로 미화의 직설적인 화법을 한탄하고
있을 무렵, 성철이 할 말이 있는 것처럼 머뭇거렸다. 잠시 고
민하더니 내 얼굴을 똑바로 바라보며 입을 열었다.

"우리 반에……."

"잠깐. 정말 미안한데 정면을 보고 말해 줄 수 있어? 아직
눈을 보면서 듣는 건 좀……."

그렇게 우리 세 사람은 벤치에 나란히 앉은 채 정면을 보고
대화했다. 성당의 고해 성사 같았다. 나는 눈사람 인형의 환한

미소를 보면서 성철의 걸걸한 목소리를 들었다.

같은 반에 몸이 허약한 아이가 있다고 했다. 집이 가난하고 성적까지 낮은 그 남자애는 소위 노는 아이들의 표적이 되었다. 날이 갈수록 괴롭힘의 강도가 세졌지만 누구도 나서지 않았다. 참다못한 성철이 직접 나서서 말렸다. 그 과정에서 아이들과 치고받고 싸웠고, 학교에서는 주먹을 휘두른 아이들 모두에게 처벌을 내렸다.

"난 그런 걸 보면 뭔가 참을 수가 없어. 재수 없고 비겁해."

성철은 이를 악물고 말하며 음료 캔을 우그러뜨렸다. 별로 힘을 들이지 않는데 종이를 구기는 것처럼 캔이 납작하게 변했다.

"근데 때린 건 맞잖아."

가만히 듣고 있던 미화가 말했다. 나와 성철은 거의 동시에 미화를 쳐다봤다.

"사람 돕는 거 좋지. 솔직히 대단해. 난 누굴 도울 생각 잘 못하거든. 근데 어떤 경우에도 폭력이 정당화되면 안 되지 않나?"

"네가 그 상황 봤어? 걔네들은 맞을 만했어."

"그건 누가 정해? 너? 맞을 만한 놈들, 아닌 놈들 구분하고 다니는 건 좀 위험한 거 같은데."

두 사람은 가운데 앉은 나를 투명 인간 취급하며 말싸움했다. 언성을 높이며 다투는 둘을 뜯어말리느라 진이 다 빠졌다.

"너희 대체 뭐냐? 여긴 왜 온 거야?"

"우린 자원봉사 왔어."

"여긴 자원봉사 안 받아. 나처럼 사회봉사 처분 받은 애들만 오지. 아까 직원한테 물어보니까, 날 만나러 왔다고 했다던데. 너희 뭐야?"

잠시 고민하던 나는 적당히 둘러대기로 결심했다. 어차피 오늘 이후로는 두 번 다시 만날 일이 없는 아이다.

"사실 학교에서 선행 클럽을 만들려고 하거든. 얘랑 같이."

동의를 구하듯 미화 쪽으로 고개를 돌렸다. 미화는 내 멋대로 만든 이야기에 기계적으로 고개를 끄덕였다.

"이번 주제가 비자발적인 선행이 사람한테 어떤 영향을 미치는지 알아보는 거야. 사회봉사 같은 비자발적인 선행이 본인과 타인에게 어떤 영향을 미치는가, 어……. 또 타인을 돕기 위해 폭력을 사용하는 것이 과연 타당한가, 그런 걸 조사하려고 널 찾아왔어."

성철의 두 눈이 번뜩였다. 나와 미화를 번갈아 쳐다보는 것이 심상치 않았다. 거짓말이 너무 터무니없는 것은 아닌지 자책할 즈음 성철이 입을 열었다.

"그거 꽤 괜찮은데. 너 학교가 어디야? 나도 가입할 수 있어?"

나는 학교 이름을 말하면서 제발 같은 학교가 아니길 빌었다. 이곳은 우리 동네였고, 근처에 고등학교가 두 개밖에 없었다. 확률은 반반. 성철이 반가운 목소리로 우리 학교 이름을 말하자 나도 모르게 탄식을 내뱉었다.

"뭐야? 같은 학교인 게 싫어?"

"아니, 그럴 리가. 반갑다, 야. 근데 어쩌지. 아직 클럽을 만들진 못했어. 허락도 못 받았고……."

"내가 도와주면 되지. 같이 하자. 그런 의미 있는 일을 하고 싶다고 늘 생각했는데, 잘됐다."

"아니, 그게……."

눈빛으로 미화에게 도움을 구했다. 미화는 관객석에 앉아 연극을 감상하는 사람처럼 입가에 편안한 웃음을 머금고 있었다.

그 순간, 성철의 등 뒤에서 동전 떨어지는 소리가 들렸다. 미화와 나는 허리를 숙여 성철의 발밑을 살펴봤다. 놀란 성철이 무슨 짓이냐고 물어도 멈추지 않았다. 벤치 아래에서 빛나는 은색 동전을 발견했다. 요정 그림에 날개가 달려 있었다.

편의점에서 효성을 도왔을 때도 행복 동전이 나타났다. 우연의 일치라고 하기에는 타이밍이 딱 맞아떨어졌다. 우리 두 사람은 연기가 되어 사라지는 동전의 모습을 지켜봤다. 손가락 끝에 앉은 은색 나비가 파르르 날아가는 것 같았다.

더 오래 있다가는 거짓말이 들통날 것 같아 선약이 있다고
했다. 성철은 선행 클럽에 꼭 가입하고 싶다며 내 핸드폰 번
호를 받아 갔다.

"오늘 이야기 들어줘서 고마워. 너도 고마웠다. 말투는 좀
싸가지 없지만."

미화는 말없이 고개를 끄덕였다. 행복 동전이 나타난 이후,
더 이상 성철과 대립하지 않았다. 자기 할 일을 다 했다는 듯
이. 나는 웃는 얼굴로 성철과 인사하고 돌아서자마자 긴 한숨
을 몰아쉬었다. 오전 내내 요양원에서 바삐 일했더니 다리가
저렸다.

"이렇게 행복 동전을 만들면 되는 거야?"

"아마도."

"좋아. 다음은 누구야?"

우리는 요양원 건물에서 벗어난 뒤 거리에 서서 새 프로필
을 뽑았다.

*
**

다음 프로필의 주인공 정새임은 번화가 끝자락에 있는 스
튜디오의 한 부스를 대관해서 노래 연습을 하고 있었다. 스튜
디오는 열 개의 크고 작은 부스로 나뉘어 있었고, 벽지가 새

하얘서 눈의 나라에 들어온 것 같았다. 무인으로 운영되는 만큼 보안에 신경을 쓰는지 곳곳에 'CCTV 촬영 중'이라는 안내 문구가 적혀 있었다.

미화와 나는 천장의 모서리마다 설치된 CCTV를 의식하며 새임의 부스 앞을 서성였다. 새임은 노래 부르는 것에 심취했는지 우리를 발견하지 못했다. 불쑥 방문을 두드리면 경계할 테니 나올 때까지 로비에서 기다리기로 했다. 미화는 이곳 회원인 것처럼 공용 주방에 있는 커피 머신에서 커피를 뽑아 마셨다. 커피 맛이 마음에 들었는지 만족스러운 미소를 지었다. 저렇게 마음껏 마시다가 문제 생기면 어쩌려고 그러지. 어이가 없어서 쳐다보는데, 미화가 잔을 들어 올리며 말했다.

"너도 마실래?"

우리는 흰 테이블에 마주 앉아 따뜻한 커피를 홀짝였다.

20분쯤 지났을까. 새임이 빈 머그 컵과 페트병을 들고 공용 주방에 들어왔다. 커피 머신의 버튼을 눌러 놓고 가볍게 목 스트레칭을 했다. 원두 갈리는 소리가 멈추고 커피 향이 은은하게 퍼질 즈음, 계획대로 미화가 나섰다.

"혹시 6번 부스 사용해?"

새임은 흠칫 놀라며 옆으로 물러섰다.

"어…… 그런데?"

"목소리가 너무 듣기 좋아서. 노래 잘 부른다, 너."

미화의 태도는 성철을 만났을 때와 백팔십도 달라져 있었다. 생기 있는 눈동자며 친근한 목소리가 다른 사람 같았다.

"부럽다. 난 아무리 연습해도 늘질 않던데."

"……나도 처음부터 잘 불렀던 건 아냐."

다르게 말하면 지금은 잘 부른다는 소리였다. 나는 저렇게 소극적으로 자신감 넘치는 사람을 처음 봐서 흥미를 느꼈다. 새임은 커피를 담은 머그 컵과 물을 채워 넣은 페트병을 챙겨서 걸음을 옮겼다.

"혹시 우리한테 노래 좀 가르쳐 줄 수 있어?"

"우리?"

미화가 손가락으로 나를 가리켰다. 나는 멋쩍게 자리에서 일어나 손을 들었다.

"미안, 내가 좀 바빠서."

"어…… 아니면, 우리가 뭘 도와줄 수 있을까?"

"뭘 도와줘?"

"돈 빌려달라는 것만 빼면 뭐든 도와줄 수 있어."

새임은 우리를 위아래로 훑어보더니 겸연쩍은 미소를 지었다. 뭔가 도움받을 일이 있기는 한데, 초면이라 고민되는 듯했다.

새임이 바지 주머니에서 핸드폰을 꺼내 대뜸 노래를 재생시켰다. 본인이 부른 자작곡이라고 했다. 가수들처럼 전문적으로 녹음한 게 아니라, 스튜디오의 부스에서 동영상으로 촬영한 것이었다.

"진짜 잘 부른다, 너."

나는 진심을 담아 말했다. 노래는 생각보다 훨씬 좋았다. 노래에 문외한인 내가 들어도 기타 반주와 목소리가 잘 어우러졌고, 가사도 재치 있었다.

"내가 생각해도 나쁘진 않아."

새임과 만난 지 5분도 안 됐는데, 벌써 그녀의 대화법에 피로가 느껴졌다. 은근한 자랑과 높은 자신감, 그리고 약간의 허세. 물론 새임의 자신감에는 노래를 잘 부른다는 근거가 있었다. 그런 점에서 승현의 허세와는 결이 달랐다.

"근데 우리가 도울 일이 뭐가 있어? 이렇게 노래를 잘 부르는데."

"사람 앞에만 서면 긴장돼서 노래를 못 불러."

농담이라고 생각했는데 새임의 표정이 진지했다. 미화가 내 옆구리를 쿡 찔렀다. 나는 입가에 주먹을 대고 헛기침했다.

"미안. 너의 그 자신감과 말이 매치가 잘 안돼서. 우리가 뭘 어떻게 도와주면 돼?"

"내 앞에서 노래를 들어줘. 웃지 말고."

마다할 이유가 없었다. 효성의 편의점 아르바이트를 대신해 주고, 성철을 도와 요양원에서 봉사하는 것까지, 모두 육체를 쓰는 일이었다. 그것에 비하면 가만히 앉아서 노래를 듣는 것은 누워서 떡 먹기였다.

우리는 새임을 따라 6번 부스에 들어갔다. 공간은 공용 주방보다 조금 더 넓었다. 새임은 한참 동안 기타를 조율하고 목청을 가다듬었다. 미화와 나의 눈치를 보면서 노래를 시작할지 말지 망설였다.

"저기, 우리 눈치 안 봐도 돼."

내가 말했다.

"내가 언제 눈치를 봤다고 그래?"

"그럼, 얼른 시작해."

"그럴 거야."

새임이 기타 줄을 튕겼다. 짧은 반주에 이어 첫 소절을 부르다 말고 노래를 멈췄다. 묻지도 않았는데, 겨울이라 목이 건조해서 목소리가 잘 안 나온다고 해명했다. 그녀는 뜨거운 커피를 마시다 혀를 데었고, 미지근한 물을 벌컥벌컥 마셨다.

"근데, 지금 부르려는 노래가 아까 들려준 노래의 후속곡이야?"

미화가 고개를 갸웃거리며 물었다.

"멜로디가 비슷하길래."

"같은 노래야."

끔찍한 분위기 속에서 노래 훈련이 재개되었다. 나는 웃지 않으려고 팔짱을 끼고 어금니도 꽉 깨물었다. 녹음본과는 실로 어마어마한 차이가 있었다. 그 차이가 너무 커서 하나하나 짚어내기 힘들 정도였다.

일단 기타 연주가 이상했다. 음정은 물론이고 박자도 잘 맞지 않는 것 같았다. 가장 큰 문제는 새임이 우리를 지나치게 의식하는 것이었다. 나와 미화의 눈치를 보다가 코드를 잘못 잡아서 기타 소리가 먹히면 황급히 기타에다 시선을 돌렸고, 우리의 반응을 걱정해 목소리가 떨리는 악순환이 반복됐다.

"못 부르지."

거의 발음되지 않을 만큼 낮은 목소리로 새임이 말했다. 잠시 넋을 놓고 있던 터라 노래가 끝난 줄도 몰랐다. 미화는 집게손가락으로 미간을 주물렀다. 미화의 옆얼굴에는 성철에게 독설을 퍼부을 때 짓던 표정이 떠올라 있었다. 그제야 나는 처음 새임과 만났을 때 상냥하게 굴었던 것이 연기라는 것을 알아챘다. 이쪽이 본모습이다.

"아냐, 전혀 안 이상해."

나는 미화가 허튼소리를 할까 봐 재빨리 덧붙였다.

"아주 조금만 덜 긴장하면 될 것 같은데? 난, 아니 우린 음악에 대해 쥐뿔도 몰라. 그치?"

미화의 반응을 끌어내기 위해 고개를 돌렸다. 미화가 마지못한 표정으로 동의했다.

"우린 심사 위원이 아니야. 그냥 없는 사람이다 생각하고 편하게 불러 봐."

"눈앞에 보이는데 어떻게 그래?"

어떻게 하자는 건지 알 수가 없어서 말문이 막혔다. 미화는 항복하듯이 두 손을 들어 올렸다.

"오케이. 그럼 우리 안 볼게. 뒤돌아서 있으면 되지?"

미화가 내 어깨를 툭 치고 뒤돌아 앉았다. 눈앞에 출입문이 있었다. 문에 난 유리창으로 지나가는 사람들의 옆모습이 보였다. 그중 몇 명은 우리를 쳐다보고 의아한 눈길을 던졌다. 잠시 후, 기타 반주가 흘러나왔다. 이전보다 안정적이지만 여전히 불안하고 엉성한 새임의 기타 소리가.

미화가 살짝 가까이 다가와 소곤거렸다.

"야, 나 혹시 졸면 깨워 주라."

"미쳤어? 자면 쟤 진짜 상처받을 거야."

"어우, 돌겠다. 이따 수업 있는데 여기서 체력을 다 빼네."

미화는 팔짱을 끼고 위아래로 목을 까딱이며 스트레칭했다. 나는 지금 상황이 너무 즐거워서 숨죽여 웃었다. 나의 일상은 정물이라는 이름처럼 재미있는 구석이라곤 눈곱만큼도 없었다. 똑같은 그림을 찍어 내듯 하루하루가 비슷하고 늘 따분했다. 그런데 요즘은 매일이 모험의 연속이었다. 살면서 이렇게 즐거운 적은 없었다.

10

한동안 듣는 연습, 아니 노래 연습이 이어졌다.

미화와 나는 새임의 부탁을 들어주려고 노력했다. 새임을 등진 것은 물론이고 부스의 모서리에 벽처럼 서 있기도 했다. 어떤 자세를 하든 몸은 편했지만, 똑같은 노래를 반복해서 들어야 한다는 괴로움이 있었다. 그뿐인가. 새임은 노래가 끝날 때마다 괜찮았는지, 괜찮지 않으면 어디가 어떻게 괜찮지 않은지, 이전에 부른 것과 어떤 차이점이 있는지 물었다.

한 시간 정도 지났을 때, 미화가 수척한 얼굴로 연습을 중단했다.

"내가 생각해 봤는데, 이건 별로 문제가 안 되는 것 같아. 막말로 듣는 사람만 없으면 노래 잘하잖아. 요즘 커버곡이다 뭐다 해서 혼자 노래 부르고 찍어서 SNS에 올리는 사람이 얼마나 많은데. 그게 대세이기도 하고."

"난 싱어송라이터가 되고 싶어."

새임은 기타를 바닥에 내려놓고 말을 이었다.

"녹음본은 항상 완벽해. 완벽할 때까지 녹음하니까. 그런데 라이브에는 특유의 생동감이 있어. 그날의 내 기분이나 감정에 따라 노래가 달라지기도 하고. 실수할 때도 있지만 난 그게 좋아. 생생한 거."

무대 위에서 연기하던 미화의 모습이 생각났다. 어두운 연극장, 관객들과 대화하듯이 말하는 목소리, 생동감 넘치던 표정들. 어쩌면 새임이 원하는 것은 '살아있는 느낌'일지도 몰랐다.

"나 바람 좀 쐬고 올게. 어우, 대가리가 너무 아파."

미화는 손으로 이마를 부여잡으며 부스에서 나갔다.

"난 물 좀 마시고 올게."

새임도 나가고, 혼자 남은 나는 조용히 부스 안을 둘러봤다. 이곳은 방음이 잘되어서 바깥 소리가 완전히 차단됐다. 적요한 공간에서 새임이 얼마나 많은 시간을 혼자 보냈을지, 얼마나 많이 자신의 목소리를 들었을지 상상해 봤다. 새임의 입에서 흘러나왔을 노래 가사와 목소리가 방 안을 가득 채우고 있는 듯했다.

잠시 후, 미화에게서 메시지가 왔다.

「수업이 있어서 먼저 간다.」

황당했다. 미화에게 뭐라고 답장할지 고민하는데, 누군가 부스에 들어와 문을 잠갔다. 카일이었다.

"생각보다 잘하는데?"

"녹음본 들으면 까무러치시겠어요. 진짜 잘 부르거든요."

"아니, 그 아이의 노래 말고. 너 말이야. 잘하고 있다고."

칭찬을 받은 나는 콧등이 간지러워서 손가락으로 긁었다. 문득 마지막으로 칭찬받은 게 언제였는지 생각해 봤다. 당장 떠오르지 않을 정도로 까마득히 오래전의 일이었다.

"근데…… 여기 오는 길에 내가 누굴 본 줄 알아?"

"누굴 봤는데요?"

"유미화."

카일은 무거운 분위기를 털어 내려는 듯 짐짓 쾌활한 목소리로 말했다. 굳건할 줄 알았던 일자 눈썹이 위쪽으로 휘어 올라갔다. 나는 어떤 대답을 해야 할지 당혹스러웠다.

"그래요? 대단한 우연이네요."

"뭐가 우연이지?"

"뭐긴요. 하필 제가 있는 곳에 미화가……."

뒤늦게 말실수를 깨달았다. 카일은 미화가 내 데칼코마니라는 것을 알려 준 적이 없었다. 미화의 정체를 모른다면 '대단한 우연'이라든가 '하필'이라는 말을 쓸 수가 없었다.

"미안해요. 만날 생각 진짜 없었는데…… 그래도 카일이 말한 비극 같은 건 일어나지 않았어요. 아니, 이왕 이렇게 된 거 그냥 둘이서 하면 안 돼요? 미화도 청명인이라서 도움이 될……"

카일은 정말 화가 났는지 입술을 꾹 다물었다.

"솔직히 잘 모르겠어요. 왜 저한테 이런 일을 시키는지. 무슨 꿍꿍이가 있는 거 아니에요?"

나는 카일의 의도를 걸고넘어졌다. 이런 상황에 얘기를 꺼내니 트집을 잡는 것처럼 보이겠지만, 레인을 만난 이후 계속 마음에 걸린 부분이었다. 한동안 나를 쳐다보던 카일은 등받이 없는 의자에 가서 앉았다. 손깍지를 끼고 고민하다 어렵사리 말을 꺼냈다.

"너 같은 청명인은 귀중한 존재야. 행복과 불행의 소리를 들을 수 있고, 그 둘의 실체를 눈으로 볼 수 있지. 달리 말하면 다른 사람을 도울 수 있는 능력을 갖고 있는 것과 같아. 물론 개중엔 너 자신도 포함돼."

"역시 그런 거죠. 행복해지는 방법은 타인을 돕는 것이다, 같은 말을 하고 싶은 거잖아요?"

"모든 선행이 행복으로 이어지진 않아. 때론 불행한 선행도 있어. 지금 너처럼 닫힌 상태라면."

또 애매모호한 말. 나는 아랫입술을 자근거리며 카일을 노려봤다. 카일의 꼭두각시 인형이 된 것 같아 기분이 불쾌했다. 별안간 누군가 밖에서 잠긴 문고리를 잡아당겼다. 새임이 문을 두드리며 뭐 하냐고 소리쳤다. 나는 문의 유리창 앞에 가서 등지고 섰다. 훌륭한 방음 시설 덕분에 그녀의 목소리는 물속에서 듣는 것처럼 아득하게 들렸다.

"비극은 한순간에 일어나지 않아. 아주 서서히 제 모습을 드러내지……. 미화와는 조용히 멀어져. 그 아이가 눈치채지 못하게 조용히. 너희 둘의 관계를 내가 눈치챘다는 것도 숨기고."

카일은 재킷 안쪽에서 안경 케이스를 꺼내 건넸다.

"날 믿지 못하는 것 같으니 하나 더 알려 주지. 모든 사람은 주머니를 두 개 갖고 있어. 행복 주머니와 불행 주머니. 이걸 쓰면 관리자의 시점으로 볼 수 있을 거다."

나는 검은 케이스에서 안경을 꺼냈다. 은색 테에 동그란 안경알. 특별한 점은 없어 보였다. 안경을 쓴 다음 고개를 들었다. 관리자의 시점으로 볼 수 있다더니 달라진 것은 없었다. 몸에 변화가 있는 것도 아니고, 부스의 풍경도 그대로였다. 몸이 흐릿해져서 사라지기 전 카일은 손가락으로 내 등 뒤를 가리켰다. 나는 새임에게 문을 열어 주라는 뜻으로 이해하고 문을 열었다.

"왜 문을 잠그고 있어? 그 안경은 뭐야. 내 노래는 도저히 두 눈 뜨고 못 봐주겠다, 뭐 그런 건 아니지?"

내가 입을 다물지 못하자, 새임은 진짜 그런 줄 알고 얼굴이 굳어졌다. 나는 대꾸할 경황이 없었다. 눈앞에 믿기 힘든 광경이 펼쳐져 있었다.

새임의 등 뒤에는 두 가닥의 실이 붙어 있었다. 실은 그녀의 뒤꿈치까지 늘어져 있고, 끝에는 복주머니가 달려 있었다. 어떤 것이 행복 주머니이고, 불행 주머니인지 알 수 없었다.

"뭐야, 왜 그래. 무섭게. 미화는? 아직 안 왔어?"

"수업이 있다고…… 먼저 갔어."

"그래? 뭐, 잘됐네. 두 명이서 듣는 거 좀 부담스러웠는데. 여기 시간이…… 거의 다 됐거든? 마지막으로 한 번만 더 들어줄래?"

새임이 자리에 앉아 노래를 불렀다. 듣는 사람이 한 명이라서 그런지 오늘 노래한 것 중 가장 안정적이었다. 나는 새임의 복주머니 위에 동전이 만들어지는 것을 멍하니 지켜보았다. 동전은 주머니 안에 들어가지 못하고 튕겨져 나와 바닥에 떨어졌다. 수천 번도 넘게 들었던, 동전 떨어지는 소리가 울렸다.

동전이 복주머니에 들어가지 않는 이유가 궁금해서 가까이 다가갔다. 깜짝 놀란 새임이 뭐 하냐고 소리쳤지만 어떤 소리도 귀에 들어오지 않았다. 한쪽 무릎을 꿇고 가늘게 눈을 떴다. 동전의 요정 그림에는 날개가 있었고, 복주머니의 끈은 단단히 묶여 있었다. 주머니가 닫힌 탓에 행복 동전이 생겨나도 들어가지 못한 것이다. 불길한 생각이 들어 뒤를 돌아봤다.

내 행복 주머니도 묶여 있었다.

*
**

현관문이 열리는 소리를 듣고 방에서 뛰쳐나갔다. 꼬미가 오두방정을 떨면서 아빠를 반기고 있었다. 아빠는 내 얼굴을 보다가 가위를 쥔 내 오른손으로 시선을 옮겼다.

"가위는 왜?"

"아, 좀…… 자를 게 있어서요."

그것으로 대화가 끝났다. 나는 아빠에게 왜 집에 들어오지 않았는지 묻지 않았고, 아빠는 바깥에서 어떻게 지냈는지 말해 주지 않았다. 아무 일도 없었던 것처럼 구는 것이 우리 집의 암묵적인 룰이었다. 무슨 일이 생기면 다 같이 모여 밥을 먹고 털어 버렸다. 외박은 전례 없는 일이라 이번에도 통할지는 모르겠지만.

꼬미는 해맑은 얼굴로 아빠의 바지를 잡아끌었다. 아빠는 꼬미를 번쩍 들어 내 품에 떠넘기고는 터덜터덜 안방으로 향했다. 나는 입술을 옴짝대며 닫힌 방문을 바라봤다. 안방에는 엄마가 있었다.

귀에 모든 신경을 집중했지만 집은 조용하기만 했다. 정말 무서운 것은 침묵 그 자체가 아니라 평소와 다른 반응이었다. 이럴 거면 평소처럼 엄마 아빠가 소리를 지르고 싸우는 편이 더 나았다.

나는 꼬미를 바닥에 내려놓고 얼른 내 방으로 들어갔다. 카일이 준 마법 안경—달리 표현할 말이 없다—을 쓰고 하던 작업을 마저 진행했다. 행복 주머니의 매듭에 대고 가위질을 했다. 선득한 가윗날 소리가 들릴 뿐 매듭은 그대로였다. 라이터를 이용해도 마찬가지였다. 어떻게 생겨 먹은 것인지 불태울 수도 자를 수도 없었다.

행복과 불행 주머니는 우리나라의 전통 복주머니와 생김새가 비슷했다. 그런데 한복처럼 색감이 짙은 복주머니들과 다르게 행복과 불행 주머니는 온통 파란색이었다. 청명한 날씨의 하늘과 깨끗한 바닷물의 색깔을 절반씩 섞어 놓은 듯한 영롱한 빛깔. 사람이 만질 수 있는 형태를 갖췄지만 물리적인 힘으로는 매듭이 풀리지 않았다. 복주머니의 매듭만 풀면 동전이 들어갈 것 같은데.

나는 행복 주머니의 윗부분을 잡고 흔들었다. 홀쭉한 주머니 안에서 동전들이 요동쳤다. 개수가 얼마 안 돼 짤랑거리는 소리가 미약하게 들렸다.

몇 개 없는 저 동전들이 내가 살면서 느낀 행복의 전부였다.

불행 주머니를 들자 묵직한 중량감이 손목을 긴장시켰다.

두 주머니를 책상 위에 나란히 올려놓고 살펴봤다. 행복 주머니는 거의 비어 있지만 불행 주머니는 동전으로 가득 차 있었다. 심지어 어떤 불행이라도 포용한다는 듯 활짝 열려 있는 모습을 보니 약이 올랐다. 불행 주머니도 행복 주머니처럼 묶으면 더 이상 불행한 일이 생기지 않을까 싶어 매듭을 지어 봤다. 끈은 묶는 즉시 스르르 풀렸다. 상식으로 알고 있던 물리 법칙이 통하지 않았다. 적어도 사람이 주머니를 묶거나 풀 수는 없는 듯했다.

불행 주머니에 든 동전을 꺼냈다. 동전은 내 손에서 떨어지자마자 사라졌다. 어디로 갔나 했더니 불행 주머니로 되돌아가 있었다.

조금씩 빠른 속도로 불행 주머니에 든 동전을 하나 둘 빼내다가 복주머니를 거꾸로 뒤집었다. 수백 개의 동전이 와르르 쏟아지며 짤랑거렸다. 하지만 다시 불행 주머니를 보면 동전들이 되돌아와 담겨 있었다.

두 복주머니를 보자 의문이 생겼다. 레인의 말이 사실이라면, 카일은 불행한 사람들에게 행복을 어떻게 나눠 주는 걸까. 처음에는 행복한 사람이 가진 행복 동전을 빼앗아 불행한 사람에게 나눠 주는 거라고 생각했다. 시미트리 관리자니까 복주머니에 든 동전을 옮길 수 있을지도 모른다. 다음에 카일을 만나면 내 불행 동전 좀 빼 달라고 부탁해 볼까……

행복한 일이 생겨도 행복할 수가 없겠어.

카일의 말이 떠올랐다. 그 말은, 행복 주머니가 닫혀 있으니까 행복할 수 없다는 뜻이었다. 나는 프로필 세 장을 꺼내 펼쳐 놓았다. 편의점에서 아르바이트하는 효성, 요양원에서 사회봉사를 하는 성철, 스튜디오에서 만난 새임 그리고 나까지. 우리 모두 행복 동전이 나타났지만 행복 주머니에 담기지 못하고 소멸되었다.

우리 네 사람의 행복 주머니는 왜 닫혀 있을까? 어떻게 해야 닫힌 주머니의 매듭을 풀 수 있을까? 의문은 쉽게 풀리지 않고 복잡하게 꼬여 갔다. 머리가 터질 것 같아 생각하는 것을 포기하고 책상 가장자리에 턱을 얹었다. 그리고 행복 주머니와 불행 주머니를 번갈아 쳐다봤다. 색깔도 모양도 똑같길래 어떻게 구분하나 했더니, 행복 주머니에는 요정의 날개 그림 자수가 새겨져 있었다.

11

우리 집의 저녁 패턴은 정해져 있었다. 백화점의 푸드 코트에서 일하는 엄마는 퇴근 후 안방에 틀어박혀 몇 시간씩 인터넷 기사를 탐독했다. 엄마가 안방을 차지하면, 아빠는 대개 소파에 앉아 텔레비전을 봤다. 예능 방송을 보면서 시간을 때우다 9시 뉴스를 시청하곤 했다.

엄마보다 아빠가 편하므로 나는 거실에 갔다.

예상대로 꼬미가 다가왔다. 우리 집 강아지는 누군가 방에서 나오면 그 사람한테 다가가는 습성이 있었다. 나는 꼬미를 안고 소파에 앉았다. 미끄러진 안경을 콧등 위로 밀어 올리며 곁눈질로 아빠의 복주머니를 봤다. 홀쭉한 행복 주머니는 묶여 있었고, 불행 주머니에는 동전이 가득 들어 있었다. 누가 가족 아니랄까 봐 복주머니 상태가 나하고 똑같았다.

소파에 함께 앉은 것이 어색한지 아빠가 말을 붙였다.

"갑자기 웬 안경?"

"멋으로 써 봤어. 글 쓸 때 안경 쓰면 뭔가 있어 보이잖아."

아빠는 납득하지도 못했으면서 고개를 끄덕였다. 더는 할 말이 없을 때 나오는 버릇이었다.

"아휴, 다리 저려. 자, 아빠한테 가자."

꼬미를 아빠의 무릎 위에다 내려놓았다. 아빠는 텔레비전에 시선을 둔 채 꼬미의 등을 부드럽게 쓸어내렸다. 텔레비전에서는 여행 예능이 나오고 있었다. 친한 연예인들끼리 뭉쳐서 해외로 여행을 가는 내용이었다. 쉬는 것이 마냥 편안하지만은 않은 평일 저녁, 나란히 소파에 앉은 아빠와 나. 평화로워 보이는 이 순간이 어느 때보다도 긴장됐다.

"오늘 일 어땠어?"

아빠의 주위를 돌리려고 말했다. 그리고 잽싸게 아빠의 행복 주머니를 내 쪽으로 가져왔다.

"무슨 일?"

"회사 일."

아빠의 행복 주머니는 내 것보다 두 배 정도 컸다. 어른이니까 복주머니도 큰 걸까. 주머니의 매듭을 풀려고 안간힘을 썼지만 헛수고였다. 이로써 확실해졌다. 내 것뿐만이 아니라 다른 사람의 매듭도 풀 수 없었다.

"그냥 똑같지."

"가만 보면 대단해. 아빠 그 회사만 20년 넘게 다니지 않았
어?"

나는 아직까지도 아빠가 다니는 회사의 이름을 몰랐다. 내
가 알기로는 대기업 자동차 회사의 하청업체였는데, 엄마는
바깥에서 대기업의 이름을 말하고 다녔다. 내게도 학교나 친
구들에게는 대기업 이름을 말하라고 일렀다. 아빠는 하청업
체에 다닌다는 사실보다 자식에게 입단속을 시키는 것이 더
창피한 일이라며 엄마와 싸웠다. 그건 두 사람이 싸우는 수십
가지의 주제 중 하나였다.

"그렇지."

"그만두고 싶었던 적 없어?"

"먹고살려면 다녀야지, 어쩌겠어."

아빠는 들릴 듯 말 듯 여행이나 가고 싶네, 하고 중얼거리고
는 내 근황을 물었다. 글은 잘 써지는지, 과외 수업은 잘 받고
있는지. 뒤이어 물 흐르듯 자연스럽게 잔소리를 하기 시작했
다. 학창 시절은 다시 돌아오지 않는다, 방학 때 시간을 잘 활
용해야 한다, 아빠는 항상 네 편이다…….

"내 편이었으면 이혼하지를 말아야지, 아빠."

아빠가 말없이 꼬미의 등을 쓰다듬었다. 나도 이런 내가 싫

었다. 기분 나쁜 일이 있으면 강아지한테 화내는 엄마처럼 나는 아빠에게 화풀이했다.

동전들이 쨍그랑거리며 떨어졌다. 나는 소파 가죽의 틈과 소파 아래, 마룻바닥을 샅샅이 뒤졌다. 깜짝 놀란 꼬미가 아빠의 품에서 벗어나 펄쩍펄쩍 뛰어다녔다. 소파 아래에서 동전 두 개를 찾아냈다. 위치로 보아 아빠와 나의 것이었다. 잔뜩 긴장한 채 동전에 새겨진 그림을 확인했다.

"이혼은…… 어쩔 수 없겠구나."

아빠가 중얼거렸다. 궁지에 몰린 범죄자가 도망가기를 포기하고 자백하듯이. 동전은 예상대로 불행 동전이었다. 이런 상황에서 행복 동전이 떨어진다면 그건 그거대로 웃긴 일이었다. 행복한 일이 없는데 행복 동전이 생겨날 리가.

복주머니의 존재를 알게 된 이후 궁금한 것이 있었다. 행복 동전이 튕겨 나가는 이유는 행복 주머니가 닫혔기 때문이다. 하지만 불행 주머니는 닫혀 있지도 않은데 왜 바닥에 떨어질까? 이제야 궁금증이 해소되었다. 불행 주머니에 동전이 가득 차서 들어갈 공간이 없는 것이다. 아빠도, 나도 불행이 한계치까지 쌓여 있었다.

"정물아, 올해까지는 아빠가 책임지고 과외받게 해 줄 테니까 걱정하지 말고 글만 써. 알았지? 대학교 등록금이나 이런 부분도 아빠가 어떻게든 해결해 줄게. 다만 올해 꼭 대학에 들어갔으면 좋겠다. 우리 형편에 재수할 돈은 없어."

아빠는 내 쪽으로 몸을 틀고 말했다. 이유 모를 분노가 치밀었다. 뭐라고 따박따박 말대꾸하려던 그때, 안방 문이 열렸다. 엄마는 소파에 앉은 우리를 멀거니 쳐다보고는 주방에서 물한 잔을 따라 다시 방 안으로 들어갔다.

"부모가 이혼하게 생겼는데 걱정하지 말라고? 과외비를 내주니까, 그러면 된 거야? 나는 입 다물고 엄마 아빠가 이혼하는 걸 지켜보기만 하면 돼?"

"그런 말이 아니라……."

아빠의 목소리가 끔찍하게 느껴졌다. 나는 자리에서 일어나내 방에 들어갔다. 흥분이 가라앉질 않아 방 안을 돌아다녔다. 이혼을 덤덤히 받아들이는 아빠도, 안방에 틀어박혀 말 한마디 나누지 않는 엄마도 싫었다. 가슴에 돌덩이를 올려 둔 것처럼 숨 쉬기가 어려웠다.

탁상 달력은 벌써 2월로 넘어갔다. 이혼 숙려 기간이 20여일밖에 남지 않은 것을 생각하면 무슨 일이든 해야 했다. 머릿속으로 내가 할 수 있는 것을 추린 뒤 방을 나갔다.

"어디 가?"

아빠가 물었다. 나는 대답하지 않고 신발을 구겨 신으며 집을 나섰다. 등 뒤로 현관문이 닫히면서 육중한 쇳소리가 울려 퍼졌다.

저녁 9시, 수업을 마친 아이들이 계단으로 몰려나왔다. 나는 계단의 우측으로 바짝 붙어서 아이들의 주머니를 힐끔 쳐다봤다. 주머니 상태는 아이들의 생김새만큼이나 다양했다. 행복 주머니에 동전이 두둑한 아이가 있는가 하면, 행복과 불행 주머니 모두 텅 비어 있는 아이도 있었다.

한 아이를 보고 난 이후 겉모습만으로는 주머니 상태를 추측할 수 없다고 확신했다. 그 아이의 불행 주머니에는 동전이 가득 들어 있었지만, 귀가 따가울 정도로 웃음소리가 컸다. 나는 층계참에 멈춰 서서 해맑게 떠드는 아이의 뒷모습을 바라봤다. 복주머니의 상태를 알고 나니 그 아이의 웃음소리가 쓸쓸하게 들렸다.

"처음 보는 얼굴인데. 새로 등록하러 왔어?"

학원 로비를 서성이고 있는데 한 여자가 다가와 물었다. 키가 크고 검은색 목폴라를 입은 그녀는 연기 학원의 선생님인 듯했다.

"저…… 미화를 만나러 왔는데요."

"미화? 아, 얼마 전에 혼자 연극 보러 온 그 친구구나?"

실눈에 가까운 여자의 눈이 동그랗게 떠진 것보다 누군가가 나를 기억한다는 사실이 놀라웠다. 맞다고 하자 그녀는 편안한 미소를 지었다.

"미화가 한 번도 자기 친구를 데려온 적이 없거든. 남자 친구?"

"아뇨, 아니에요."

나는 격하게 손사래를 쳤다. 그녀는 키득거리며 웃더니 12번 연습실에 있을 거라며 위층으로 올라가라고 했다. 계단을 걸어 한 층 더 올라갔다. 아래층이 사람을 맞이하는 공간이라면 위층은 연기에 집중할 수 있는 곳이었다. 새임이 다니는 스튜디오처럼 방이 여러 개로 나누어져 있었다.

12번 연습실 앞에 섰다. 때마침 문이 열리고 한 선생님이 걸어 나왔다. 선생님이 계단 아래로 내려가는 것을 보고 안으로 들어섰다. 연습실은 우리 집 거실보다 넓었다. 갈색 마룻바닥과 한쪽 벽면을 통째로 차지한 거울. 그 공간 한가운데에 미화가 서 있었다. 가만히 서서 거울에 비친 미화의 모습을 쳐다봤다. 미화는 어깨를 들먹이며 울고 있었다. 훌쩍거리는 소리가 조용한 연습실에 나지막이 울렸다.

인기척을 느꼈는지 미화가 고개를 들었다. 거울 속에서 눈이 마주쳤다. 미화는 손으로 눈물을 훔치고 성큼성큼 다가왔다.

"미쳤어? 여긴 어떻게 알고 찾아온 거야?"

나는 너무 놀란 나머지 말문이 막혀 버렸다. 미화의 행복 주머니에는 동전이 가득 담겨 있었다.

미화는 500밀리리터 페트병의 주둥이에 입술을 갖다 댔다. 미화가 목울대를 꿀꺽이며 음료를 마시는 동안, 나는 그녀의 복주머니에서 눈을 떼지 못했다. 활짝 열린 행복 주머니의 틈으로 반짝거리는 동전들이 보였다. 금은보화가 든 보물 상자를 발견한 것처럼 군침이 돌았다.

"그러니까, 모든 사람한테는 행복과 불행 주머니가 있고 그 안경을 쓰면 볼 수 있다는 거지?"

우리는 같은 층의 라운지로 자리를 옮겨 얘기를 나눴다. 라운지는 효율성을 고려하지 않고 그저 휴식이라는 단어를 의식해서 만든 곳 같았다. 큼지막한 소파가 라운지 중앙에 있고, 벽면마다 입식 테이블이 놓여 있었다. 나는 가장자리가 편했지만 미화는 당당히 중앙의 소파를 차지해 앉았다.

"줘 봐, 나도 써 볼래."

안경을 쓴 미화는 평소보다 지적인 사람처럼 보였다.

"뭐가 행복 주머니야?"

"복주머니에 자수가 새겨져 있어. 요정의 날개 문양. 그게 행복 주머니일 거야."

"으음, 그렇네. 근데 내 복주머니는 왜 이렇게 작아?"

실은 나도 아까 미화의 복주머니를 봤을 때 그런 생각을 했다. 학원에서 마주친 아이들의 복주머니를 감안해 보면 그녀의 복주머니는 작은 편에 속했다. 내 것의 절반이나 될까 싶은 크기였다. 복주머니의 크기는 나이에 따라 다르다고 생각했는데, 미화의 것을 보면 꼭 그런 건 아닌 것 같았다.

"정말 닫혀 있네. 네 행복 주머니."

미화는 허리를 숙여 내 신발 근처로 두 손을 뻗었다. 내 행복 주머니의 매듭을 풀어 보는 중일 것이다.

"안 풀리는데?"

"그게 문제야. 물리적인 힘으로는 풀 수가 없어. 별짓 다 해 봤어. 가위로 잘라 보고, 불로 지져 보고."

"음, 주머니가 왜 묶였는지를 알면 푸는 방법도 알 수 있을 텐데……. 그냥 그 관리자한테 물어보면 안 돼?"

그 말을 듣는 순간 가슴이 뜨끔했다. 카일은 미화와 멀어지라고 경고했다. 비극은 서서히 제 모습을 드러낸다면서. 하지만 어쩌겠나. 나 혼자서는 아무리 용을 써도 복주머니의 매듭을 푸는 방법을 알아낼 수 없는데.

"그 사람은 자기가 원할 때만 나타나. 내가 부를 방법도 없고."

우리가 머리를 싸매고 고민하는 동안, 학생들이 속속 라운지를 지나갔다. 나는 안경을 돌려받아 다시 쓰고, 차분하게 생각을 정리했다. 미화가 말한 것처럼 문제의 원인을 알아내면 해결 방법을 알 수 있을지도 몰랐다.

"카일은 행복이나 불행을 느끼기 직전에 동전이 나타난다고 했어. 즉, 동전이 복주머니에 들어가지 않으면 무효인 거야. 그러면, 행복 동전이 복주머니에 들어가지 않고 바닥에 떨어지는 너나 나나 행복하지 않은 상태…… 아니 행복할 수 없는 상태라는 건가?"

두서없이 꺼낸 말이었는데, 미화는 그럴 수도 있다고 대답했다.

"그럴 수도 있다니. 네가 왜 행복할 수 없는 상태야?"

"난 뭐 항상 행복해야 해?"

"부모님 화목하고, 집 잘살고, 고깃집도 잘되고. 뭐 나쁜 게 없잖아."

"그러면 행복한 거야?"

무슨 소리인지 이해할 수 없었다. 우리가 당장 먹고살 것을 걱정하는 성인도 아닌데, 부모님의 사이가 좋고 집이 잘살면 행복한 것 아닌가.

"우리 엄마 아빠는 내가 연기를 하든 말든 신경도 안 써."

"지금 자랑하는 거지? 우리 엄마는 나한테 아무도 책을 사서 읽지도 않는데 소설을 왜 쓰냐고 말해."

엄마는 항상 표현이 셌다. 나를 정신 차리게 만들려면 가능한 한 세게 말해야 한다고 믿었다. 그걸 '충격 요법'이라고 엄마는 불렀다.

"난 부모님이 싸우고, 장사가 안되던 시절이 더 좋았어. 진심이야."

미화가 말했다. 문득 우리가 서로를 이해하는 날이 오지 않을 거라는 생각이 들었다. 각자 처한 상황이 너무 달랐다. 내기준에서 미화는 대단히 행복한 아이였다. 행복 주머니도 열려 있고, 동전도 많이 들어 있으니까.

미화의 복주머니가 또래보다 작은 이유는 모르겠지만, 우리 부모님과 나의 행복 주머니가 닫힌 이유는 어렴풋이 알 것 같았다. 불행하니까 닫힌 것이다. 반대로 행복하면 복주머니의 매듭이 풀리지 않을까.

12

행복해야 복주머니의 매듭이 풀릴 거라는 추측을 들려주자 미화는 반신반의했다. 하지만 이것보다 더 그럴듯한 추측이 나오는 것도 아니었다. 행복 동전이 들어갈 수 있도록 부모님의 복주머니를 열면 이혼을 무를 거라는 기대감이 들었다.

방법은 간단했지만 쉬운 일이 아니었다. 나는 부모님이 무엇에 행복을 느끼는지 몰랐다. 살면서 크게 관심을 기울인 적도 없고, 엄마 아빠가 행복해하는 순간을 본 기억도 없었다.

부모님을 행복하게 만드는 일은 생각만으로도 머리가 아팠다. 내 행복도 찾지 못했는데 엄마 아빠의 행복을 무슨 수로 찾지. 이렇다 할 방법이 떠오르지 않아 나는 머리를 감싸 쥐며 이혼하겠는데, 하고 중얼거렸다. 최악의 경우부터 상상하는 것은 오래된 습관이었다.

"부모님 언제 이혼하시는데?"

"이미 이혼 신청하셨어. 이번 달 말까지가 숙려 기간이고."

"전부터 궁금했는데, 넌 왜 그렇게까지 부모님이 이혼하는 걸 반대해?"

"무슨 소리야, 당연히 싫지."

"부모님 인생이잖아. 너도, 나도 1년만 지나면 성인이야. 이혼을 그렇게까지 반대할 이유가 있나 싶어."

기가 차서 말이 나오지 않았다. 미화는 내가 생각하는 것 이상으로 가정 형편이 좋을 것이다. 이렇게 비싼 연기 학원에 다니고, 브랜드 있는 옷을 입는 것을 보면 알 수 있었다.

"난 이혼한 가정이나 한부모 가정에서 자란 아이가 얼마나 고생하는지 잘 알아. 지금 나한테 필요한 건 울타리야. 내 마지막 고등학교 생활을 안전하게 지켜 줄 울타리. 넌 집이 잘 살고 행복하니까 모르겠지."

"돈이 행복을 준다고 생각해? 네가 지금 불행한 게 돈 때문이야?"

나는 미화의 말에 반박할 수 없었다. 소설 과외비를 두고 엄마 아빠가 다툰 적은 있었지만, 두 사람이 싸우는 결정적인 이유는 아니었다. 그랬다면 패밀리 레스토랑에서 말다툼을 했을 때도 돈 이야기가 나왔을 것이다.

"주머니를 떠나서, 네가 부모님의 이혼을 받아들였으면 좋겠어. 옆에서 보고 있으면 답답해."

"답답해서 미안한데 난 너처럼 생각 못 해. 너희 부모님이 이혼하려는 건 아니잖아?"

말을 뱉고 나서야 신경이 날카로워졌다는 것을 알아챘다. 안경을 쓴 상태여서 자꾸 미화의 행복 주머니가 눈에 들어왔다. 머리로는 말도 안 된다고 생각했지만, 미화가 내 몫의 행복까지 가져간 것처럼 느껴졌다. 왜냐하면 우리는 데칼코마니이니까. 내가 행복할 기회를 미화가 가져갔을 수도 있으니까.

우리 사이에 어색한 침묵이 흘렀다. 한 무리의 아이들이 방에서 쏟아져 나오더니 미화에게 아는 체했다. 나를 힐끔힐끔 쳐다보는 여자아이들의 시선이 느껴져 고개를 돌렸다.

"화미, 집에 안 가나?"

무리에 있던 한 남자아이가 다가왔다. 별명으로 부르는 것을 보니 친한 듯했다. 미화는 학교 친구와 할 이야기가 있다며 웃어 보였다. 나한테 보이는 것과 달리 친근하고 다정한 웃음이었다. 나는 두 사람의 대화에 관심 없는 척 남자아이를 주의 깊게 봤다. 나보다 키도 크고 패션 센스도 좋았다. 처음으로 후줄근한 내 차림새가 신경 쓰였다. 청바지는 무릎이 튀어나왔고 후드 티는 잘못 세탁한 것처럼 색이 빠져 있었다.

그런 생각을 하자마자 동전 떨어지는 소리가 들렸다. 잽싸게 주워서 확인해 보니 불행 동전이었다. 설마, 저 남자아이와 비교해서 불행을 느낀 건가. 아니면 미화가 남자아이와 친하게 지내는 것이 싫어서? 어느 쪽이든 속마음을 들킨 것 같아 부끄러웠다. 미화가 자기 발밑에 떨어진 행복 동전을 확인하지 못하도록 걷어차려고 했지만 한발 늦었다. 미화는 동전을 확인하고 나서 나를 멀뚱멀뚱 쳐다봤다. 나는 얼굴이 화끈거려 손부채질로 열을 식혔다.

우리는 자리를 정리하고 학원에서 나왔다. 한밤중이 되자 기온이 영하로 뚝 떨어져 있었다.

"넌 어느 쪽 방향이야?"

"난 이쪽."

미화가 겉옷 주머니에 손을 넣은 채 한쪽을 가리켰다. 운이 없게도 나와 다른 방향이었다.

"그럼, 잘 가."

"내일 뭐 해?"

생각을 정리하기도 전에 말이 나왔다.

"내일? 왜?"

나는 메마른 입술에 침을 묻혔다. 더 이상 춥지 않았다. 몸이 뜨거워서 더울 지경이었다. 미화의 눈을 마주치지 못하고 시선을 피하다가, 곧 똑바로 쳐다봤다. 미화는 눈을 맞추지 않고 말하는 것을 싫어한다.

"우린 데칼코마니잖아."

미화는 말뜻을 모르겠다는 듯 고개를 갸우뚱했다.

"네 행복 주머니에 동전이 많은 게 내 덕분일 수도 있고, 내 불행 주머니가 가득 찬 게 너 때문일 수도 있어."

말이 안 된다는 건 나도 알고 있었다. 알면서도 되는대로 떠들었다.

"내가 행복할 수 있게 도와줘, 내일."

미화가 웃음을 터뜨리자 허연 입김이 퍼져 나왔다. 웃음소리를 듣자 긴장이 조금 풀렸다.

"뭘 어떻게 도와달라는 거야?"

"그건…… 나도 잘 모르겠어. 만나 보면 알지 않을까."

"너 혹시 나 좋아하냐?"

"뭐? 아냐. 무슨 말도 안 되는 소릴."

스스로도 당황한 것이 느껴졌다. 혼잣말을 중얼거리며 필요 이상으로 수선을 떨었다. 애도 미쳤나 보다. 그런 걸 왜 물어보는 거야.

미화는 선뜻 내 부탁을 들어주기로 했다. 우리는 각자 다른 방향으로 걸어갔다. 몇 걸음 만에 멈춰 선 나는 멀어져 가는 미화의 뒷모습을 바라봤다. 동전으로 가득 찬 행복 주머니에 눈독 들이지 않으려고 무진장 애썼다.

　지하철이 도착했다. 다급히 개찰구를 통과해 계단을 뛰어 내려갔다. 스크린 도어를 통과하자마자 문이 닫혔다. 숨을 고르는 동안 지하철은 서서히 속력을 높여 캄캄한 터널 안으로 들어갔다.

　나는 무릎 위에 손을 올리고 숨을 몰아쉬었다. 바닥에는 내 복주머니 두 개가 놓여 있었다. 뭔가 이상한 느낌이 들어 홀쭉한 행복 주머니를 들어 올렸다.

　매듭이 조금 풀려 있었다.

　보고도 믿을 수 없었다. 행복 주머니가 맞는지 확인하려고 파란색 복주머니를 앞뒤로 돌려 봤다. 분명 자수 그림이 있었다. 요정의 몸통 부분이 비어 있는, 하늘색 실로 촘촘히 새겨진 손가락 크기의 날개 자수가.

　행복 주머니의 매듭이 완전히 풀린 것은 아니었다. 행복 동전이 나타났을 때 자동으로 들어갈지 튕겨 나갈지 가늠할 수 없을 정도로 애매한 틈이었다. 지하철은 맹렬한 기세로 달려 나갔지만 내 사고는 제자리에 멈춰 있었다. 무슨 수를 써도 풀리지 않던 매듭이 왜 갑자기 풀렸을까. 연기 학원에서 미화와 말다툼을 할 때까지만 해도 행복 주머니는 닫혀 있었는데. 답답한 마음에 관자놀이를 긁었다. 카일의 멱살을 붙잡고 물어보고 싶다. 지금 내가 행복한 것 맞냐고. 행복하니까 안심해도 되는 거냐고.

바지 주머니 속에서 핸드폰이 진동해 깜짝 놀랐다. 모르는 번호로 전화가 걸려 왔다.

"여보세요?"

「너 누구야?」

목소리가 귀에 익었다. 요 며칠 사이에 핸드폰 번호를 나눈 친구가 많았다. 미화의 번호는 바로 연락처에 저장했지만, 다른 친구들은 숫자로만 통화 기록에 남아 있었다. 카일의 일을 돕기 위해서 만난 거니까, 다시 연락할 일이 없을 거라고 생각해 저장하지 않았다.

「방금 그 남자 간병인하고 대화했는데 딸밖에 없다더라. 너 누구야? 왜 나를 도와줬어?」

효성이구나. 편의점에서 아르바이트를 하는, 엄마가 수술을 받아 병원에 입원한 그 여자아이.

"어, 그게, 음……."

어떻게 설명해야 할지 몰라 말을 늘어뜨렸다. 생각해 보면 해명할 필요가 없었다. 어차피 시미트리 시스템이나 데칼코마니에 대해 말해 줘도 믿지 않을 것이다. 그대로 통화를 끊으려는데 효성의 말이 나를 붙잡았다.

「뭘 그렇게 쫄아? 고맙다는 말 전하려고 연락한 거야. 네가 도와준 덕분에 그날 엄마랑 같이 있을 수 있었다고.」

나는 출입문의 유리창에 비친 내 모습을 바라봤다. 칭찬을 받아 머쓱해하면서도 입꼬리가 슬금슬금 올라갔다. 내가 이런 표정을 지을 수도 있구나. 입가에 미세한 경련이 일 정도로 쑥스러움을 주체할 수가 없었다.

"아니, 뭐 대단한 일을 한 것도 아니고. 어머님 몸은 괜찮으셔?"

「어. 수술이 잘됐다더라. 의사 쌤이 그러는데 회복 속도도 빠른 편이래.」

다행이라고, 어머님이 잘 회복했으면 좋겠다고 말하고 전화를 끊었다. 뿌듯함이 느껴져 주먹을 말아 쥐고 지하철의 기둥을 가볍게 두드렸다.

등 뒤에서 동전 떨어지는 소리가 들렸다. 주위가 조용했다. 지하철은 어느새 역에 정차해 문을 활짝 열어 두고 승객을 기다리고 있었다. 나는 동전을 주웠다. 요정 그림에 날개가 달려 있었다. 기쁜 것도 잠시, 동전에서 연기가 피어올랐다. 동시에 곧 출입문이 닫힌다는 안내 멘트가 흘러나왔다.

연기가 되어 사라지려는 동전을 들고 안절부절못하다가 행복 주머니를 내려다봤다. 매듭이 조금 풀린 틈에다 동전을 억지로 밀어 넣었다. 문이 닫힌다는 안내 멘트가 반복해서 나왔다. 나는 동전이 사라지기 직전에 주머니 안으로 집어넣는 데 성공했다. 두 손을 번쩍 들고 탄성을 내지르자 주위 사람들이 키득거렸다. 때마침 한 사람이 간발의 차이로 지하철에 올라 탄 것이다. 누가 보면 그 사람이 지하철에 탄 것을 보고 내가 환호한 줄 알 것이다.

　창피해서 집에 도착할 때까지 출입문을 보고 서 있었다. 오늘따라 차창에 비친 내 얼굴이 낯설었다.

13

다음 날 아침, 승현은 잠이 덜 깬 얼굴로 나를 맞이했다. 녀석의 얼굴엔 황당과 짜증이 뒤섞여 있었다.

"야, 눈 털고 들어와."

나는 어깨와 머리에 내려앉은 눈을 훌훌 털어 냈다. 집 안으로 들어가 냉장고 문부터 열었다. 컵에 주스를 따르는 동안, 승현이 뒤따라왔다. 머리칼은 떡이 져 있고, 눈곱이 껴서 눈도 제대로 뜨지 못했다. 저런 녀석에게도 여자 친구가 있다는 사실이 나는 아직도 믿기지 않는다.

"그 안경은 뭐냐?"

"패션."

승현은 대놓고 콧방귀를 뀌었다. 주스를 마시며 친구의 복

주머니를 살펴봤다. 눈대중으로 봐도 불행 주머니보다 행복 주머니에 동전이 더 많이 들어 있었다. 놀라운 것은 불행 주머니가 닫혀 있다는 것이다. 이런 경우는 또 처음 봤다. 즉, 승현의 복주머니에는 불행 동전이 나타나도 들어가지 않는다는 뜻이었다.

평소 승현의 행실을 보면 쉽게 납득이 갔다. 승현은 매사에 긍정적이고 작은 일에도 늘 감사했다. 어렸을 때부터 그랬다. 시험을 망쳐서 최악의 성적표를 받은 날조차도 최고의 하루로 바꾸는 능력을 가지고 있었다.

"나 이따가 데이트한다."

"예? 뭐라고요?"

눈살을 찌푸린 상태로 승현이 고개를 내 쪽으로 내밀었다. 내 친구지만, 지금 표정은 정말 기가 막히게 못생겼다.

"뭐냐. 너 여친 생겼냐?"

"아직, 여친은 아니야. 근데 또 모르지."

"와, 내가 살다 살다 네가 데이트하는 걸 다 보네. 로맨스 하나 없는 '우정물'이었는데. 어쩐지, 그래서 편의점 아르바이트도 했던 거구나?"

헤실헤실 웃으며 승현이 농담을 건넸다.

"누군데? 어? 자랑 좀 해 봐."

"지난번에 말한 애 있잖아."

"누구?"

"그 왜 사격장에서 말한 애. 유미화라고, 내 데칼코마니 있다고 말했잖아. 기억 안 나?"

가만히 기억을 더듬던 녀석은 입을 쩍 벌렸다. 갑작스러운 반응에 나도 덩달아 놀랐다. 승현은 믿기지 않는다는 듯 손으로 입술을 가렸다.

"야, 왜 그래……. 그거 네가 쓴 소설이잖아."

"아, 뭔 헛소리야. 그때 말한 거 진짜라고."

"아씨, 무서워 죽겠네. 정신 차려, 인마! 너 지금 귀신에 홀린 거라고!"

승현은 냅다 내 멱살을 잡고 흔들었다. 하도 세게 흔들어 대는 탓에 안경이 벗겨질 뻔했다. 나는 흥분한 친구를 떨어뜨리고 미화의 SNS에 들어가 프로필 사진을 보여 줬다. 얼마 전 '투 드림' 연극을 준비하면서 친구들과 함께 찍은 사진들이 게시물로 올라가 있었다. 승현은 프로필 사진을 확대해 미화의 얼굴을 이리저리 살펴본 뒤에야 내 말을 믿었다.

"그래서 말인데 옷 좀 빌려주라."

"싫어. 꺼져."

우리는 거실로 이동하면서 실랑이를 벌였다. 나는 처음이자 마지막이 될지 모르는 데이트를 도와달라고 했고, 승현은 내가 옷을 더럽게 입는다며 거부했다. 승현의 어깨를 두드리는 것으로 겨우 설득했다.

"대신에 뭐 묻히면 진짜 죽는다. 나 아주 까다로워."

방은 승현의 성격이 잘 반영되어 있었다. 책상은 언제든지 어지를 수 있도록 깔끔히 정리되어 있었고, 바닥엔 먼지 하나 없이 깨끗했다. 침대 머리맡과 맞닿은 벽면의 높은 곳에는 액자가 걸려 있었다. 어린 승현이 태권도복을 입고 찍은 사진이었는데, 가까이 다가가서 보면 갈기갈기 찢긴 사진 조각들을 테이프로 붙인 흔적이 남아 있었다.

태권도 선수의 꿈을 포기했을 때, 승현은 저 사진을 찢었다. 또래에 비해 운동 신경이 뛰어났지만 십자인대가 파열되어서 더는 운동을 할 수 없었다. 승현의 어머니는 퍼즐 조각처럼 흩어진 사진 조각을 일일이 찾아 붙였다. 최근 들어 그때 일이 자주 생각났고, 진심으로 승현이 부러웠다. 승현의 어머님은 행동으로 사랑을 표현할 줄 아셨다.

승현이 붙박이장을 열었다. 내 방의 옷장과 비슷한 크기지만 옷이 세 배는 더 많았다. 깨끗한 방과는 다르게 붙박이장에는 옷이 되는대로 구겨 넣어져 있었다. 승현은 상하의를 몇 벌 골라 거실 소파에 펼쳐 놓았다. 내 눈에는 비슷비슷해 보이는 바지와 옷을 승현은 내 몸에 갖다 대며 고민했다.

"원하는 스타일 같은 거 있어?"

"멋있는 스타일."

"장난하지 말고."

간만에 승현의 정색하는 얼굴을 봤다.

"진심이야."

"응. 넌 무난하게 생겼으니까 단정한 게 좋겠다."

우리는 쉽게 타협하지 못하고 계속 설전을 벌였다. 약속 시간까지 얼마 남지 않았다고 하자 승현은 직접 옷을 고르라고 했다. 나는 붙박이장 안을 훑어보고 그중 마음에 드는 옷을 하나 꺼냈다. 왼쪽 가슴에 작게 로고가 그려진 흰색 맨투맨이었다.

"이거 제일 괜찮은데."

"아…… 그거?"

"왜? 아끼는 옷이야?"

"여친이 커플 티로 선물해 준 건데……. 뭐, 한 번쯤은 괜찮겠지. 빌려 입는 건데."

승현의 등 뒤로 동전이 떨어졌다. 승현은 청명인이 아니므로 소리를 듣거나 동전을 볼 수 없었다. 내 반응으로 동전이 나타난 것을 알아챌 뿐이었다.

내가 동전을 집어 들자 승현이 긴장한 얼굴로 선고를 기다렸다. 나는 동전을 눈높이로 들어 올렸다. 동전 속 요정 그림엔 날개가 없었다. 여친이 선물한 옷을 빌려주려고 하자 승현에게 불행 동전이 나타난 것이다.

우리는 소파 위에 펼쳐진 흰색 맨투맨을 쳐다봤다. 웃는 표정의 얼굴 로고가 저주라도 씐 것처럼 불길하게 보였다. 당연히 나는 다른 옷을 고르려고 했다.

"아냐, 이게 너한테 어울려. 괜찮으니까 입어. 불행 동전이 나타났다고 해서 반드시 불행한 건 아니잖아? 만에 하나 불행한 일이 생겨도 친구인데 그 정도는 감수해 준다, 내가."

승현은 막무가내로 그 옷을 나한테 입혔다. 이 옷이 진짜 나에게 잘 어울린다기보다는 친구를 위해 희생하는 자기 모습에 심취한 것이다. 종종 드는 생각인데, 녀석이 우정물이라는 이름을 가졌어야 했다.

흰색 맨투맨에다 검은색 와이드 슬랙스를 입으니 제법 잘 어울렸다. 신발은 승현의 발 사이즈가 커서 내 것을 신었다. 현관의 거울 앞에 서서 모델처럼 자세를 취했다. 오늘 입은 복장 중에서 가장 마음에 들었다.

"신발이 정말 매우 별로지만, 이 정도면 구색은 맞춘 것 같군. 몇 시에 어디서 만나냐?"

"1시, 홍대."

"오케이, 잘 들어."

승현은 내 머리를 붙잡고 이마를 맞댔다. 그러고는 권투 선수의 코치처럼 내 뺨을 찰싹 때리며 충고했다.

"이상한 헛소리 하지 말고 농담도 하지 마. 아니, 그냥 아무 말도 하지 마. 닥치고 얘기 잘 들어주고 와. 알았어?"

"야, 내가 무슨 시합 나가……."

"쉿. 내 말 잊었어? 아무 말도 하지 말라고. 오케이?"

나는 한숨을 내쉬며 마지못해 고개를 끄덕였다.

승현의 집을 나와 엘리베이터에 올라타고 나서 핸드폰을 확인했다. 과외 형에게서 문자가 와 있었다. 문자 시간을 보니 내가 승현의 집에 들어갈 즈음이었다.

「과제 왜 안 보냄?」

맞다, 과제가 있었지. 지난번에 소설의 뒷부분을 써서 보내라고 했는데, 미화를 만난다고 새카맣게 잊고 있었다. 핸드폰으로 시간을 확인했다. 지금 써서 보내도 늦은 것은 마찬가지였다.

「죄송해요. 급한 사정이 생겨서요. 오늘 저녁까지 꼭 보낼게요!」

눈을 딱 감고 메시지를 보냈다. 형은 곧바로 메시지를 읽었지만 아무리 기다려도 답장을 하지 않았다. 화가 난 것 같았다. 과제 좀 늦게 보낸 걸로 이런 반응을 보이니 당황스러웠다. 내가 매일 이러는 것도 아니고, 이번에 한번 늦은 건데.

아파트를 빠져나와 롱 패딩 주머니에 두 손을 넣고 걸었다. 잿빛 하늘과 느리게 떨어지는 함박눈, 찬 바람에 시린 코끝. 지금은 소설을 쓰고 싶은 마음이 전혀 들지 않았다. 소설보다 더 소설 같은 일이 눈앞에 펼쳐지고 있었다.

*
**

미화는 약속 장소에 먼저 도착해 있었다. 지하철역 출구 앞이라 사람이 많았지만, 멀리서 봐도 미화의 얼굴이 눈에 띄었다. 나는 느릿느릿 걷는 사람들을 하나둘 앞질렀다. 발걸음이 가벼웠다. 이어폰을 빼서 주머니에 넣자 쨍그랑거리는 소리가 들렸다. 제자리에 멈춰 뒤를 돌아봤다. 소복이 쌓인 눈 위로 사람들의 발자국이 어지러이 찍혀 있었다. 그중, 내가 조금 전에 만들었을 발자국 위에 동전이 떨어졌다.

짧은 순간, 여러 생각이 스쳐 지나갔다. 꼭 확인해야 할까. 행복 동전이라면 기분 좋게 미화를 만날 수 있겠지만, 불행 동전이면 어쩌지. 나는 과연 예고된 불행 앞에서 행복할 수 있을까. 찬 공기가 옷깃 사이로 스며들었다. 주먹을 쥔 상태에서 동전과 미화를 번갈아 쳐다봤다. 궁금해서 미칠 지경이었다. 곧 나한테 찾아올 것이 행복인지 불행인지.

뒤를 돌아보지 말라는 하데스의 경고를 무시한 오르페우스처럼, 나는 기어이 동전을 주워 확인했다.

"너 그렇게 입으니까 사람 같다, 야."

미화가 내 차림새를 보고 환하게 웃었다. 나는 미소로 화답했다. 웃으면 복이 온다는 말이 사실이기를 바랄 뿐이었다.

　꽉 쥔 주먹 속에서 동전이 사라지는 게 느껴졌다. 딱딱한 금붙이의 형체가 허물어지면서 손바닥이 간질간질했다. 날개도 없는 요정이 자꾸 어디로 날아가려는 건지 모르겠다.

14

눈발이 날리기 전까지는 분위기가 괜찮았다.

우리는 같이 점심을 먹고 홍대 일대를 돌아다녔다. 수많은 사람 중에서 우리 둘만 특별한 존재가 된 것 같은 느낌이 생소하면서도 기분 좋았다. 나는 데이트 경험이 한 번도 없었기에 미화를 졸졸 따라다녔다. 편집 숍에 들어가서 스티커를 구경하기도 하고, 화장품 가게에 들러 미스트를 뿌렸다. 너무 긴장한 나머지 얼떨결에 승현이 당부한 것을 지키고 있었다.

"너 원래 그렇게 말이 없어?"

"아니."

변명도 단답으로 해서 미화는 조금 답답하다는 표정을 지었다. 어떤 재미있는 얘기가 있을지 고민하다 내가 재미없는 사람이라는 것을 깨달았다. 카일을 만나기 전까지는 계속 소설만 썼다. 종이 위에서는 무수히 많은 사건 사고가 일어났지만, 노트북을 앞에 두고 씨름하는 나의 일상은 무료하기 그지없었다.

미화가 흥미로워할 법한 말을 꺼내기 위해 혼자만의 사투를 벌이던 도중, 어젯밤 일이 생각나 얘기해 줬다. 이전에 도와줬던 효성에게서 고맙다는 전화가 왔고, 행복 주머니의 매듭이 조금 풀려서 동전을 억지로 집어넣은 이야기였다.

"어때? 행복해진 것 같아?"

"그건 잘 모르겠는데."

겉으로는 아무 변화도 일어나지 않았다. 행복 주머니에 동전을 넣었으니 행복해졌을 거라고 막연하게 생각했다.

"행복해졌겠지, 행복 동전인데. 난 요즘 행복할 틈이 없다. 오디션 준비하느라 바빠서. 넌? 방학인데 뭐 하고 지내?"

나는 소설을 쓰는 데 많은 시간을 보낸다고 말했다. 미화는 내가 글을 쓴다는 것에 큰 관심을 보였다. 그러고 보니 미화에게 소설을 쓴다고 말한 적이 없었다.

"글 쓰는 사람 처음 봤어. 언제부터 썼어?"

"이제 1년 됐어."

"1년이면 얼마 안 됐네. 왜 소설가가 꿈이야?"

말하기 쑥스러워 콧등을 긁었다. 미화는 호기심 어린 눈빛으로 대답을 기다려 줬다. 북적이는 인파에 떠밀리듯 걷던 우리는 완만한 오르막길로 방향을 틀었다. 샛길이어서 지나다니는 사람이 얼마 없었다.

"고등학교 2학년 때 스트레스를 많이 받았어. 학교에서는 진로 계획서를 내라고 하지, 부모님은 유명한 대학교 이름을 들먹이면서 돈 잘 버는 직업을 가져야 한다고 하지. 다들 이렇게 해야 한다고 강요만 하고 내 말은 들어주지도 않더라. 그때 처음으로 도서관에 갔어. 거기선 아무도 강요하지 않아. 책은 말을 걸지 않으니까. 심심해서 손에 잡히는 대로 소설책들을 읽었는데 그중에서, 놀라지 마, 나와 똑같은 등장인물이 나오는 거야."

나도 모르게 웃음이 터져 나왔다. 스스로도 처음 듣는 웃음소리였다.

"누군가가 내 삶을 엿보고 그대로 옮겨 적은 것 같았어. 이름만 달랐지 모든 게 너무 비슷했거든. 말투나 행동, 생각하는 것까지. 근데 그 소설이 새드 엔딩으로 끝나는 거야. 난 그때 이미 소설 주인공에 몰입한 상태여서, 뭐지? 누구 마음대로 새드 엔딩이야? 하고 생각했지. 그래서 내 마음대로 결말을 바꿔 봤어. 근데, 이야기라는 게 결말을 조금만 바꿔도 앞의 내용이 크게 바뀌잖아. 바뀐 결말에 도달하기 위해서는 인물도, 사건도 바꿔야 하니까. 그렇게 내가 등장하는 소설을 조금씩 뜯어고치다 보니까 어느새 소설을 쓰고 있더라고."

혼자 묻고 대답하는 사람처럼 나는 고개를 끄덕였다. 웃음을 터뜨린 미화는 비웃는 것이 아니라며 손을 내저었다.

"소설을 쓰게 된 계기가 되게 소설 같아서."

찬 바람이 귀를 에워쌌다. 나는 패딩 주머니에 손을 집어넣고 몸을 웅크렸다. 기분이 이상했다. 부모님의 이혼 얘기를 하는 것보다 소설가의 꿈을 가지게 된 이유를 말하는 것이 더 부끄러웠다. 누구에게도, 심지어 승현에게도 말한 적 없었는데 막상 털어놓고 나니 속이 후련했다.

"그나저나 그 관리자는 언제쯤 행복해지는 방법을 알려 준대? 뭐 들은 거 없어?"

"글쎄. 이제 두 명 남았으니까, 그 둘을 도와주기만 하면 알려 주지 않을까."

"설마 진짜 범죄자 갱생 프로그램은 아니겠지? 혹시 물어봤어?"

나는 고개를 저었다. 대신 레인을 만나서 들은 이야기를 전해 줬다. 카일이 행복을 재분배하는 유토피아를 꿈꾸고 있다는 것, 카일의 일을 돕지 말라고 경고한 것 그리고 불행한 사람에게 행복을 나눠 주는 것은 세상의 법칙에 어긋난다는 것을 말이다.

"마지막 거는 진짜 말도 안 되지 않아?"

"뭐가 말이 안 돼?"

"카일이 부탁한 일이 잘못됐다는 거잖아. 행복을 공평하게 나누는 건 오히려 칭찬해 줘야지."

미화가 걸음을 멈추었다. 넋이 나간 사람 같던 그녀의 눈에 광채가 번득였다.

"잠깐만. 와, 이걸 왜 몰랐지? 우리 그 사람의 일을 도우면 안 되겠는데."

"왜?"

"우리가 누군가를 도와서 행복하게 만들면, 그 사람의 데칼코마니는 불행해지잖아."

"그렇긴 한데……. 불행한 사람을 도우려면 어쩔 수 없잖아."

"아니지. 그 누구도 다른 사람의 행복을 빼앗을 권리는 없어."

허공을 응시하던 미화의 시선이 나에게로 옮겨졌다. 나는 그녀를 제지하듯 두 손을 들었다.

"잠깐만. 그건 너무 비약이 심한 거 같은데. 그동안 우리가 했던 일이 남의 행복을 뺏은 게 아니잖아. 그냥 도움이 필요한 애들을 찾아가서 도와준 것뿐이야. 뭐 대단한 걸 도와준 것도 아니고, 알바 대신 해 주거나 이야기를 들어준 게 전부인데 그게 뭐가 잘못됐다는 거야?"

"난 과정이 아니라 결과를 말하는 거야. 시미트리 시스템이 어떻게 돌아가는지 네가 말했잖아. 한 사람이 행복하면 그의 데칼코마니는 불행한 방식으로 세상의 균형이 맞춰진다고. 결국, 우린 누군가의 행복을 빼앗았던 거야."

미화의 얼굴 위로 레인의 모습이 겹쳐졌다. 불행한 사람이 안타까워서 다른 사람의 행복을 나눠 주는 것이 모순이라던 말. 문장만 다를 뿐, 미화는 레인과 똑같은 생각을 가지고 있었다. 미화의 복주머니에 행복 동전이 가득한 것을 알고 있는 나로서는 도통 이해가 되질 않았다. 내게 행복 동전이 그렇게 많았으면 나보다 불행한 사람들에게 거리낌 없이 나눠 줬을 것이다. 나였으면…….

"지금 나를 이기적인 사람 보듯 쳐다보는데, 넌 내가 행복하려고 얼마나 노력하는지 모를 거야. 그래서 겨우 이만큼의 행복을 얻었는데, 그걸 누군가가 불행하다는 이유만으로 나눠 준다? 나 같으면 싫을 것 같은데. 내 노력으로 얻은 건데 왜 그걸 남한테 나눠 줘? 그 사람은 노력해 봤대? 나한테 허락은 받았고?"

미화의 태도가 돌변한 이유를 알 것 같았다. 그녀는 지금 행복한 사람에게 감정 이입을 하고 있었다. 자기가 가진 행복을 다른 사람이 불행하다는 이유만으로 나눠 주는 게 불만인 것이다.

미화에게 행복이 노력으로 얻을 수 있는 거냐고 따지려다 말았다. 나와 미화는 불과 며칠 전까지 서로의 존재도 몰랐다. 오랜 시간 동안 다른 환경에서 자란 우리의 생각이 똑같을 리 없었다. 오늘은 행복하려고 나왔다. 엉뚱한 일로 감정을 소모해 하루를 망치는 일은 피하고 싶었다.

미화는 눈치가 빨랐다. 의견 차이가 있는 것 같다고, 우린 살아온 환경이 다르지 않냐고 말하며 상황을 마무리 지었다. 아마 오늘 내 일을 돕기로 한 것이 떠오른 모양이다.

눈발이 점점 굵어져서 우리는 오락실에 들어갔다. 시끄러운 게임 소리와 손바닥으로 버튼을 때리는 소리, 사람들의 즐거운 비명이 잡생각들을 지워 버렸다. 필요한 것은 게임을 즐기는 데에 필요한 동전뿐이었다.

나는 만 원권 지폐 한 장을 500원짜리 동전으로 바꾸어 바지 주머니에 넣었다. 미화는 게임 실력이 뛰어났다. 어떤 게임을 하든 그녀에게서 이길 수 없었다. 나는 연이은 패배에도 웃음이 새어 나왔다. 가끔 의견이 맞지 않는 것만 빼면 미화와 함께 있는 것은 즐거웠다. 바지 주머니에 든 동전이 줄어들수록 머릿속의 짐을 덜어 낸 것처럼 정신이 개운해졌다.

더 이상 오락실에 즐길 게임이 없어 나가려는데, 함박눈이 내렸다. 거리의 사람들이 눈을 피해 게임장으로 들어오는 마당에 굳이 바깥에 나갈 이유가 없었다. 우리는 나란히 서서 유리창 너머로 바깥을 내다봤다. 사람들이 많아 우리의 어깨가 부딪히고 점점 가까이 붙었다. 나는 괜히 민망해서 먼 곳으로 시선을 돌렸다.

동전 떨어지는 소리가 들려서 우리는 동시에 뒤를 돌아봤다. 한 사람이 우리 앞에서 다급히 동전을 주웠다. 500원짜리 동전에다 입바람을 불던 그가 우리를 흘겨봤다. 나와 미화는 무언의 미소를 나누었다. 진짜 동전을 주운 사람은 결코 공감하지 못할 미소였다.

"인형 뽑기로 내기할래?"

미화가 제안했다. 눈이 그칠 기미가 보이지도 않고, 재미있을 것 같아서 흔쾌히 받아들였다. 내기는 한 번씩 번갈아 가면서 인형 뽑기를 시도하고, 뽑은 사람이 인형을 가져가는 것이다. 오락실 게임도 잘한다 싶더니, 미화는 인형도 잘 뽑았다. 다섯 판 중 네 번째 판에 미화가 인형 하나를 뽑으면서 내기는 싱겁게 끝났다.

미화는 선물이라며 뽑은 인형을 내게 줬다.

"이걸 왜 줘?"

"너 집에 인형 없지? 머리맡에 하나 두고 자라고."

어디선가 동전이 떨어졌다. 조금 전과는 미묘하게 소리가 달랐다. 좀 더 맑고 청명한 소리. 미화와 나는 각자 등 뒤에 떨어진 동전을 주웠다.

"아…… 내가 행복이네."

미화가 카드 패를 보여 주듯 동전을 들었다. 그렇다면 내 것은 보나 마나 불행 동전이었다. 내가 쓴웃음을 삼키자 미화는 선뜻 동전을 바꿔 줬다.

"오늘은 네가 행복하기로 한 날이잖아."

나는 손바닥에 놓인 행복 동전을 내려다보며 꽉 움켜쥐었다. 미화는 모르고 있었다. 동전은 다른 사람에게 넘겨줄 수 없다는 것을. 그게 가능했다면 우리는 프로필의 아이들을 돕고 다니지 않았을 것이다. 행복 동전이 많은 사람의 것을 훔쳐서 그 아이들의 행복 주머니에 억지로 집어넣으면 그만이었다. 그리고 나 또한 다른 사람의 행복 주머니에서 동전을 훔쳤을 것이다.

내 생각이 맞다는 것을 보여 주듯 손바닥 위의 동전이 불행 동전으로 바뀌었다. 나는 동전을 들어서 보여 주었다. 마음은 고맙지만 동전을 양도하는 것은 불가능하다는 것을 알려 주기 위해서였다.

"뭐 해? 그러다 사라지겠다. 얼른 행복 주머니에 넣어."

뒤통수를 한 대 얻어맞은 것처럼 정신이 멍했다. 한 걸음 떨어진 미화에겐 내가 든 동전이 행복 동전으로 보이는 듯했다. 이 동전의 요정 그림에 날개가 없다는 것은 동전을 쥔 나만 알고 있었다. 나는 안경을 쓰고 미화가 볼 수 없게끔 뒤돌아

섰다. 그리고 행복 주머니에다 동전을 집어넣는 시늉을 했다. 불행 동전은 행복 주머니의 매듭 부근에서 사라졌다.

잠시 후, 또다시 동전 떨어지는 소리가 들리자 넌더리가 났다. 행복인지 불행인지 알 수 없으니 소리만 들어도 무서웠다. 나와 다르게 미화는 웃는 얼굴로 동전을 찾았다. 보물찾기 게임을 하는 것처럼. 그럴 만도 했다. 미화가 발견한 동전은 전부 행복이었으니까. 불행한 적이 거의 없고, 설사 불행 동전이 생성된다고 해도 불행 주머니가 열려 있어서 직접 마주할 일이 없었다.

그녀에게 동전 떨어지는 소리는 행복한 일이 생겼다는 알람이나 다름없었다. 본인은 인정하지 않지만 미화는 분명 행복한 아이다. 적어도 나보다는.

그 뒤로도 이따금씩 동전이 떨어졌다. 불행 동전이 열 번 떨어질 때, 행복 동전은 한 번 떨어지는 꼴이었다. 그때마다 미화는 동전을 바꿔 줬고, 나는 열심히 복주머니에 집어넣는 척했다. 동전을 집어넣는 것에 연연하는 내 모습이 초라하게 느껴졌다. 나와 달리 미화는 함께 노는 것을 즐거워했다. 맛있는 디저트 카페를 알고 있다며 앞장섰다.

미화가 화장실에 가느라 자리를 비운 사이, 몰래 카페에서 나왔다. 어두컴컴한 하늘 아래로 흰 눈발이 휘날리고 있었다. 사람이 붐비는 번화가를 걸으며 피가 날 정도로 아랫입술을 깨물었다.

　나와 미화는 데칼코마니다. 한 명이 행복하면 다른 한 명은
불행해질 수밖에 없었다.

사격장엔 오늘도 사람이 많았다. 한겨울의 실내 데이트 장소로 사격장만 한 곳이 없는 모양이었다. 나는 사람들을 지나쳐 구석으로 갔다. 그곳에는 사격 순서를 기다리는 사람들이 앉을 수 있는 테이블이 마련되어 있었다. 혼자서 테이블 하나를 차지하고 앉아 공책과 볼펜을 꺼냈다. 핸드폰으로 미화의 전화가 걸려 왔지만 모두 무시했다.

승현이 불만 가득한 표정으로 다가왔다. 나는 손을 들어 친구의 걸음을 저지했다.

"나 글 좀 쓰고."

승현은 입도 벙긋하지 못하고 돌아갔다. 굳은 얼굴로 손님의 표적지를 교체해 주고 새 탄창으로 바꿔 끼워 주며 내 쪽을 슬쩍슬쩍 보기만 했다.

　나는 부지런히 볼펜을 놀렸다. 소리 지르고 싶은 마음을 억누르고, 머릿속에 맴도는 생각들을 글로 쏟아 냈다. 눈송이가 묻어 젖은 머리칼에서 물방울이 떨어졌다. 볼펜 잉크가 번지면 번지는 대로 글을 썼다. 아무 사유도 없는 글, 앞뒤 문맥을 고려하지 않은 글, 문장이 아닌 단어를 나열한 글이었다. 손목이 시큰거렸다. 주위 소음이 귓속에 차분히 가라앉았다. 사람들의 웃고 떠드는 소리, 전자식 점수판의 기계음……. 에잇! 텐! 아깝다. 19점만 더 맞히면 제주도 여행권인데. 세븐! 나인! 에잇! 저거, 미션 성공한 사람이 있을까? 파이브, 나인! 다 상술이지. 점수가 너무 높아…….

　마지막 문장에 마침표를 찍고 나서야 볼펜을 내려놓았다. 글이 안 써질 때는 속이 메스꺼웠는데, 오늘은 그럴 틈조차 없었다. 시계를 보니 10분 동안 내리 글만 썼다. 무슨 내용을 썼는지 기억도 잘 나지 않았다. 훑어보니 데칼코마니가 왜 함께 행복할 수 없는지, 모든 사람이 행복해지는 방법 같은 건 없는지 한탄하는 내용이었다.

　“왜 그래. 데이트 잘 안됐냐?”

　승현이 내 옆자리에 앉았다. 나는 공책을 덮으며 말했다.

　“너 여친이랑 있을 때 불행한 적 있어?”

　“음. 그런 적은 없는데, 너 때문에 불행한 적은 좀 많지.”

그제야 승현의 얼굴을 쳐다봤다. 녀석은 어느 때보다도 진지했다.

"여친이 오늘 홍대에서 너 봤대. 나한테 전화해서 물어보더라. 커플 옷 정물이한테 빌려줬냐고."

"우와……."

나는 진심으로 감탄했다. 불운이 이렇게 연속으로 찾아오는 사람도 드물 것이다. 순간 드는 생각은 왜 나한테 커플 옷을 빌려주었느냐는 것이었다. 오늘 아침 승현이 커플 옷을 빌려주겠다고 했을 때, 나는 분명 거절했다. 아, 그때 더 강하게 거절했어야 했는데.

"아는 척 좀 하라고 하지 그랬어. 오랜만에 얼굴 좀 보게."

"그러고 싶었는데, 네가 어떤 여자애하고 같이 있어서 말을 못 걸었다더라. 혹시 커플 티 때문에 너한테 곤란한 일이 생길까 봐."

승현은 진짜 화가 났는지 얼굴에 웃음기가 없었다. 요즘 내 주변 사람들은 하나같이 화가 나 있었다. 과외 형과 미화, 친구 승현까지.

"심지어 그 옷이 나온 지 며칠 안 됐어. 정물이 옷에 관심 없는 것을 아는데, 데이트한다고 우리 커플 티 빌려준 것 아니냐고 따지는 거야. 절대 아니라고 했지. 그랬더니 보여 달라고 우리 집 앞까지 찾아왔어."

154

"하…… 그래서? 어떻게 됐어?"

승현이 핸드폰 아랫부분을 붙잡고 흔들었다.

"안 받아, 연락을. 답장이 조금만 느려도 들들 볶던 애가 답장을 안 해."

실성한 사람처럼 승현이 자조적인 웃음을 흘렸다. 조금 억울한 기분이 들었지만, 말을 아꼈다. 이 사건에서 잘잘못을 따지면 승현과의 관계가 멀어질 것 같았다.

"하, 됐다. 네가 일부러 그런 것도 아니고. 옷도 내가 빌려준 건데."

우리는 여태 크게 싸운 적이 없었다. 큰 싸움으로 번지기 전에 항상 승현이 물러섰다. 지금처럼 내 잘못으로 승현이 화났을 때도 물러서는 쪽은 승현이었다. 나도 냉큼 사과를 덧붙였다.

"미안하다. 나 때문에 여친하고 사이도 안 좋아지고. 진짜 미안해."

"됐다니까. 후…… 그래, 뭐. 데이트는 어땠냐?"

나는 이때다 싶어 구구절절 이야기를 늘어놓았다. 미화는 내 데칼코마니이다, 기억할지 모르겠는데 데칼코마니는 서로 행복과 불행을 주고받는다, 저번에 말하지 않았느냐, 까먹었으면 됐다, 지금 들어라, 오늘 만나 보니 미화가 행복하면 내가 불행해지고, 내가 행복하면 미화가 불행해진다, 미화가 내게 행복 동전을 줘도 동전은 서로 교환할 수가 없다, 좋아하는 사람이 불행해지는 모습을 어떻게 보고 있느냐, 결국 나만 불행해진다······.

"아니, 언제까지 소설 이야기 할 거야. 자꾸 이러면 나 서운해. 어?"

웃긴 놈이었다. 내가 동전을 본다는 사실은 믿으면서 데칼코마니는 왜 믿지 못하는 걸까. 마법 안경을 보여 줄 심산으로 안경 케이스를 꺼낼 때였다. 가까이서 인기척이 느껴졌다. 추위에 얼굴이 시뻘게진 미화가 우두커니 서서 우리를 내려다보고 있었다. 승현은 손님으로 오해해 필요한 것이 있느냐고 물었다.

"자리 좀 비켜 줄 수 있어?"

미화의 목소리는 착 가라앉아 있었다. 승현은 내 반응을 살피고는 금세 눈치챘다.

"아아, 그럼. 여기, 여기 앉아."

미화는 승현이 일어난 의자에 앉았다. 손님들 사이로 매니저 누나에게 쪼르르 다가가 수군거리는 승현의 모습이 보였다. 매니저 누나는 내 쪽을 보면서 놀란 표정을 짓고 있었다.

"왜 말도 없이 그냥 가?"

"그냥, 속이 좀······ 안 좋아서."

미화의 눈을 쳐다볼 수 없어서 시선을 돌렸다. 검은 유리창 너머로 내리는 눈이 보였다. 바람이 멎었는지 눈송이들이 깃털처럼 천천히 떨어지고 있었다. 카메라 렌즈의 초점이 맞춰지듯 검은 유리창에 나와 미화의 모습이 거울처럼 비쳤다. 누가 보면 커플이 싸웠다고 오해할 것이다. 하지만 우리는 사귀는 사이가 아니고, 사귈 수 없으며, 그렇다고 완전히 남이 될 수도 없는 사이였다.

"오늘 너 도와줬잖아. 고맙지도 않아?"

"고마워. 진짜 고맙다고. 됐어?"

나는 잠깐 미화의 얼굴을 보고 나서 다시 눈을 피했다.

"뭐 때문에 화났는지는 모르겠지만 내일도 프로필에 있는 아이 도우러 갈 거지?"

"……."

"나도 행복해지는 방법 빨리 알아야 해. 아까 말했지만, 곧 중요한 오디션이 있어."

오늘 미화가 나를 만나 준 이유는 기분을 맞춰 주기 위해서였다. 우리는 동업자다. 카일이 부탁한 아이들을 도와주고, 그 대가로 행복해지는 방법을 알아내는. 동업자끼리 서로의 기분을 맞춰 주는 것은 업무의 효율을 늘리는 데 무척 중요했다.

"아까는 다른 사람의 행복을 허락도 없이 뺐느냐고 난리 쳤잖아. 그런데 왜 갑자기 아이들을 돕겠다는 거야. 네가 행복할 때는 다른 사람이 불행해도 돼?"

미화는 눈을 치켜뜨고도 아무 반박을 하지 않았다. 레인처럼 원칙을 중요시하는 것처럼 보이지만 결국 그녀도 자기 행복을 최우선으로 생각하는, 모순적인 사람이었다.

어색한 기류가 흐르자 나는 미화를 피할 겸 화장실에 갔다. 자리로 돌아왔을 때, 미화는 사라지고 없었다. 핸드폰에 내일 보자는 문자 메시지만 남겨져 있었다.

"이야, 한창 좋을 때다. 응? 좋겠어?"

승현이 능글맞은 미소를 지으며 다가와 내 옆구리를 찔렀다. 그러고는 나중에 알려 달라면서 내 가방을 두드리고 떠났다. 잠시 후 다시 돌아와서는 빠른 시일 내에 커플 옷을 깨끗하게 세탁해서 돌려주지 않으면 유혈 사태가 일어날 거라고 경고했다. 예전부터 느껴 왔지만, 종잡을 수 없는 녀석이다. 뭘 알려 달라는 건지.

미화의 메시지 아래에는 과외 형이 남긴 메시지가 있었다.

「과제 아직 안 했어?」

긴 한숨을 내쉬었다. 한차례 과제 기한을 미루었으니 또 미룰 수는 없었다. 그렇다고 글을 쓴 기분은 아니었다. 나는 오늘 공책에 쓴 글을 힐끔 봤다. 문장이 엉망이었지만 모조리 사진을 찍어서 과외 형에게 보냈다. 과제가 이전에 썼던 데칼코마니 소설의 다음 내용을 쓰는 것이니까 상관없을 것이다.

"정물."

나는 걸음을 멈추고 주위를 두리번거렸다. 아파트의 공동 현관 앞에는 겨울바람이 휘몰아치고 있었다. 목소리의 주인은 찾지 못했고, 그새 공동 현관의 센서 등이 꺼졌다.

누군가 어둠 속에서 천천히 걸어 나왔다. 카일이었다. 그는 풀 한 포기 없는 아파트 화단에 서 있었다. 얼굴 형체가 잘 보이지 않을 정도로 사위가 어두웠다.

"오랜만이에요, 카일. 거긴 좀 어둡지 않아요?"

"어쩔 수 없어. 이 세상에 조금이라도 오래 머물려면."

나는 남은 시간이 얼마인지, 관리자들에겐 행복 동전 하나가 얼마만큼의 시간으로 환산되는지 묻지 않았다. 시간이 없다고 말하는 것은 카일의 입버릇이었으므로 이젠 그러려니 했다.

"행복 주머니의 매듭이 조금 풀렸군."

카일의 말에 뒤를 돌아봤다. 지금은 안경을 쓰지 않아서 보이진 않지만, 마치 보이는 것처럼 웃었다. 어려운 수학 문제를 혼자 힘으로 풀었을 때처럼 뿌듯했다.

"별짓을 다 해 봤어요. 손으로도 풀어 보고 가위로 잘라 보고⋯⋯. 대화를 통해서 행복 주머니의 매듭을 풀 수 있는 것,

맞죠? 그동안 제가 불행했던 이유도 행복 주머니가 닫혔기 때문이고요."

"타인의 관심이나 공감으로도 풀려. 더 정확히는 행복할 수 있는 상태가 되어야 하지. 그래야 진짜 행복이 찾아왔을 때도 행복할 수 있으니까……. 그 아이들을 만날수록 네 행복 주머니도 점점 열릴 거다. 물론, 매듭이 완전히 풀리진 않겠지만."

"왜요?"

"근본적인 문제를 해결한 게 아니니까. 네 과거에 행복을 받아들일 수 없는 원인이 있을 거야. 매듭은 그걸 해소해야만 완전히 풀려. 대화나 공감으로는 한계가 있다."

카일은 입에 주먹을 갖다 대고 발작적으로 기침했다. 끊길 듯 끊기지 않는 카일의 기침 소리가 한겨울의 침묵을 깨웠다.

"어디 아파요, 카일?"

"앞으로 자주 만나는 건 좀 힘들겠다. 내일은 혼자 해야 할 것 같은데, 할 수 있지?"

카일이 안쓰러웠지만, 혹여나 내 동정심을 사려고 아픈 척 연기하는 것은 아닌지 의심됐다. 레인을 만난 이후로 색안경을 끼고 카일을 보게 됐다. 미화도 프로필의 아이들을 돕는 것을 회의적으로 말해서 더 신경 쓰였다. 그 아이들을 돕는 것을 나만 긍정적으로 생각하는 건 아닌지.

"궁금한 게 있는데 물어봐도 돼요?"

"빨리해. 시간 없어."

"사람마다 복주머니 크기가 왜 다른 거예요?"

"복주머니는 그 사람의 마음 상태와 관련이 있어. 더 많은 행복과 불행을 감당할 수 있을 만큼 마음이 커지면, 복주머니도 함께 커지지."

마음 상태. 까먹지 않으려고 그 단어를 입 안에서 웅얼거렸다. 그래서 사람마다 복주머니 크기가 제각각이었구나. 나이와 상관없이.

"카일이 건네준 프로필, 전부 행복 주머니가 닫힌 아이들 맞죠? 행복 동전이 행복 주머니에 들어가지 않고, 그래서 불행한 아이들."

카일은 빠르게 고개를 끄덕여서 다음 말을 보챘다.

"왜 불행한 아이들만 돕는 거예요?"

"……난 알거든. 행복한 사람들이 행복을 가지려고 얼마나 악착같이 구는지, 빼앗은 행복을 얼마나 하찮게 여기는지……."

"빼앗은 행복이요? 다른 사람의 행복을 빼앗을 수도 있어요?"

카일은 점점 사라지는 자신의 두 손을 바라봤다. 그의 몸과 어둠의 경계가 허물어지고 있었다.

"젠장, 요즘 도대체 왜 행복 동전을 안 만드는 거야? 소설을

쓸 때 행복하다며. 그럼 소설을 쓰면 되잖아. 하여튼 인간들
은⋯⋯!"

카일이 발악하듯 소리쳤다. 어느 순간, 경계가 사라지고 카
일은 어둠 그 자체가 되어 버렸다. 나는 허공에 대고 카일의
이름을 연이어 불렀다. 강한 바람이 달려들어 내 목소리를 가
로챘다.

카일의 상태가 좋지 않은 이유를 짐작해 봤다. 최근에 나는
행복 동전이 나타나는 족족 행복 주머니에 억지로 집어넣었
다. 카일은 내게 동전이 나타난 것도 모르고 있었다. 소멸하지
않은 행복 동전은 오롯이 내 것인 셈이었다.

카일에게는 미안하지만 나도 내 행복이 우선이다.

16

이른 아침, 나는 엄마 아빠가 출근한 뒤에 나갈 채비를 했다. 손에 잡히는 대로 옷을 갈아입고, 승현에게 빌린 흰색 맨투맨은 빨래 바구니에 담았다. 내 빨랫감도 생각나 몇 벌 더 던져 넣었다. 내가 부산스럽게 돌아다니자 산책하러 나가는 줄 알았는지 꼬미가 졸졸 따라다녔다.

"산책은 다음에 가자. 오늘은 내가 좀 바빠서."

미화를 만나는 것은 좋지만, 데칼코마니의 특성을 고려하면 앞으로 같이 다니기 어려웠다. 서바이벌 게임도 아니고, 둘 중 한 사람만 행복할 수 있다니……. 곱씹을수록 가혹한 방식이다.

준비를 거의 끝마칠 무렵, 미화에게서 연락이 왔다. 나는 오락실에서 미화가 선물해 준 강아지 인형을 보며 전화를 받았다.

「오늘도 애들 만나러 가?」

"아니, 몸이 안 좋아서. 오늘은 좀 쉬려고."

이젠 거짓말하는 것이 숨 쉬듯 자연스러웠다. 미화는 더 이상 캐묻지 않고 전화를 끊었다. 나는 롱 패딩을 걸쳐 입고 서류 봉투를 꺼냈다. 카일이 부탁해서 아이들을 만나는 것은 아니었다. 내 행복 주머니의 매듭을 푸는 데 아이들이 필요하니 만나는 것이다. 이 방식으로 행복해지는 것이 증명되면, 그때 엄마 아빠에게도 써먹어 볼 생각이다.

나는 긴 숨을 내쉬고 봉투에서 새 프로필을 한 장 꺼냈다. 만약 카일이 관리자들의 세상에서 수배자이고 나를 이용하는 거라면, 나도 카일을 이용하면 그만이다.

*
**

문화독서실은 아파트 단지 내에 있는 작은 곳이었다. 바깥에서 추위에 덜덜 떨다가, 독서실에 들어가는 학생들의 후미에 따라붙어 함께 안으로 들어갔다. 총무로 보이는 대학생 남자가 카운터에 앉아 있었지만, 드나드는 사람이 많아서 그런지 회원증을 확인하지 않았다.

연초의 독서실에는 결연한 의지로 무장한 사람들이 모여 있었다. 학생이 대다수였고, 공무원 시험을 준비하는 대학생들도 많았다. 빈자리가 없어 난감하던 차에 구석진 곳에 자리를 하나 발견해 앉았다.

가볍게 둘러봤지만 독서실 특성상 누가 누구인지 구분되지 않았다. 실내는 어두컴컴하고, 책상마다 칸막이가 있어서 사람들의 뒤통수만 보였다. 프로필 종이를 팔랑거리며 돌아다니자 사람들이 눈총을 쏘았다. 내 자리로 돌아와서 머리를 쥐어뜯었다. 하루 동안 프로필 아이 두 명을 만나려면 시간이 촉박했다.

좋은 수가 없을지 고민하는데, 사방에서 의자 끄는 소리가 들렸다. 벌써 점심시간이었다. 아침밥을 거르고 나와서 위장이 꿈틀거렸다. 밥부터 먹고 프로필 아이를 찾으려는 찰나, 좋은 방법이 떠올랐다.

점심을 먹으려는 사람들이 하나둘 독서실에서 나왔다. 나는 프로필을 들어 사람들의 얼굴을 하나하나 비교했다. 네 번째 프로필의 주인공 김연우는 지독한 공붓벌레다. 프로필을 통해 알아본 바로는 생활 반경이 집과 독서실뿐이었다. 전국 모의고사 등수가 다섯 손가락 안에 들고, 수험생들이 선망하는 대학교 입학이 거의 확실시된 아이. 아직 나오지 않았지만 김연우도 사람이니 밥은 먹겠지. 나는 내 비상한 머리에 감탄하며 기다렸다.

한 시간 후, 식사를 끝마친 사람들이 독서실로 되돌아왔다. 그들은 같은 자리에 서 있는 나를 이상하다는 듯 쳐다봤다. 내 머리가 비상하지 않은 건지, 아니면 김연우라는 아이가 사람이 아닌 건지 헷갈릴 즈음 한 남자아이가 독서실에서 나왔다. 프로필 사진을 얼마나 많이 들여다봤는지 한눈에 김연우라는 것을 알아봤다.

"집중력 대단하다, 너."

나는 연우의 옆에 따라붙으며 말을 걸었다. 연우는 흔히 모범생 하면 연상되는 모습을 빼다 박았다. 안경을 썼고, 앞머리는 옆으로 가르마를 탔으며, 몸이 가늘었다.

"날 알아?"

연우가 걸음을 멈추고 눈에 힘을 주어 쏘아보았다. 익숙한 반응이었다.

"이번에 독서실 새로 등록했거든. 겨울 방학 동안 공부를 할까 해서. 지금 밥 먹으러 가? 나도 혼자인데 같이……."

"미안, 좀 불편해."

연우는 쌀쌀맞게 대꾸하고 다시 걸었다. 누군가한테 쫓기는 것처럼 걸음이 빨랐다. 욕설이 목구멍까지 차올랐지만 참고 뒤따라갔다.

연우를 따라 한 분식집에 들어갔다. 옆 테이블에 앉자, 연우가 냉랭한 눈빛을 던졌다. 나는 안경을 꺼내 쓴 다음, 가운뎃 손가락을 이용해 콧등 위로 밀어 올렸다. 예상대로 연우의 행복 주머니는 닫혀 있었고, 동전이 얼마 없는지 힘없이 쪼그라들어 있었다.

나는 연우와 같은 김치찌개를 주문했다. 김치찌개가 얼큰하다는 둥, 해장하는 기분이라는 둥 혼잣말을 남발하자 연우는 귀에 이어폰을 꽂았다. 보통 독한 놈이 아니었다. 연우는 김치찌개에 밥을 말더니 10분 만에 깨끗이 비웠다. 나는 녀석을 따라 허겁지겁 먹다가 입천장이 다 데었다. 사레가 들려 기침이 터져 나왔다. 입 안의 밥알이 사방으로 튀었다.

"아, 씨. 드러워 죽겠네."

연우가 혼잣말을 중얼거리며 자리에서 일어났다. 나는 냅킨을 뽑아 입가를 닦고 쫓아갔다.

연우는 걷는 도중에도 수시로 핸드폰을 꺼내 시간을 확인하는 등 조바심을 냈다. 나는 연우를 따라가는 것만으로도 등에서 땀이 났다. 아파트 단지를 한 바퀴 걷고 나서, 연우는 다시 독서실에 들어갔다. 점심시간이 산책까지 포함해 30분도 채 되지 않았다.

연우의 독서실 자리는 등 뒤를 신경 쓰지 않아도 되는, 나와 같은 라인에 있는 자리였다. 나는 의기양양한 미소를 지으며 자리에 앉았다. 녀석은 이제 독 안에 든 쥐다. 적당히 타이밍을 기다리다가 녀석이 쉬러 나갈 때 말을 걸어야지.

시간을 때울 겸 소설책을 꺼내 읽었다. 5분도 지나지 않아 눈꺼풀이 무거워졌다. 독서실 내부는 한겨울에도 춥지 않도록 온도가 설정되어 있었다. 배부르고 따뜻하니 콧물과 졸음이 쏟아졌다.

"저기, 여기서 자면 안 돼."

누군가 내 어깨를 흔들어 깨웠다. 총무였다. 나는 입가에 묻은 침을 손등으로 훔쳤다. 잠자는 새에 코골이라도 했는지 주위에서 사람들이 킥킥거렸다. 시간을 확인해 보니 오후 3시였다.

"회원 카드 좀 보여 줄래?"

"회원 카드…… 잠시만요."

회원 카드를 찾는 척하면서 연우를 바라봤다. 녀석은 쌤통이라는 듯 나를 보며 웃었다.

*
**

독서실에서 쫓겨난 이후, 나는 새 프로필을 확인했다. 사실상 마지막이었다. 카일은 내용이 비어 있는 '김준일'은 만나지 않아도 된다고 했다.

다섯 번째 프로필의 주인공 예림은 현재 입시 학원에 다니고 있었다. 예술고등학교에 재학 중이며 2학년 때는 학생회에 참가할 정도로 학교 활동에 적극적이었다. 프로필 사진이 남달랐다. 여태 만난 아이들은 증명사진처럼 꼿꼿이 앉은 자세였는데, 예림은 스튜디오에서 찍은 것처럼 자연스러운 자세를 취하고 있었다. 생김새를 보면 꼭 배우를 할 것 같은 아이였다.

"뭐 해, 담배 사 오라니까?"

나는 예림이 내미는 만 원짜리 지폐를 보며 눈을 끔뻑였다.

30분 전, 나는 예림이 다니는 입시 학원을 찾아갔다. 학원 수업이 끝난 그녀의 뒤를 밟았고, 사람들이 많은 대로변에서 말을 걸었다. 예림은 나를 처음 보는 것인데도 별로 경계하지 않았다. 나는 수작 부리려는 것이 아니라 도움을 주러 왔다고, 원한다면 무엇이든 도와주겠다고 말했다. '무엇이든'이라는 대목에서 예림이 눈을 반짝였다.

그리고 지금, 예림은 내게 담배를 사다 달라고 하고 있었다. 이 여자애도 행복 주머니의 매듭이 묶여 있었다. 빈약한 복주머니를 보고 있자니 안타까운 마음이 들었다. 그게 진짜 동전이 아니고 경제적인 상황과 아무 관련이 없다는 것을 알면서도, 꼭 가난한 사람을 마주한 것 같았다.

"어떤 담배?"

예림은 한참을 고민하다가 되물었다.

"무슨 담배가 괜찮아?"

"난 담배 안 피워서 몰라."

"그럼, 유명한 거 있잖아. 그중에서 아무거나 사다 줘."

대화하는 것만 봐도 예림은 담배를 피우지 않는 듯했다. 호기심일까?

"어디 뚫어 놓은 데 있어?"

"없어. 저기 편의점 보이지? 저기 알바생이 어리숙해 보여서 어제 가 봤는데, 거절당했어. 내가 좀 어려 보여서 티가 나나 봐. 너라면 되지 않을까?"

복주머니의 매듭만 풀 수 있다면 무슨 일이든 할 수 있었다. 연우처럼 아예 상종하지 않는 것보다 나았다.

20대 아르바이트생은 매장에 들어갔을 때부터 나를 주시했다. 연초라서 미성년자들이 술이나 담배를 사러 오는 경우가 꽤 많은 듯했다. 나는 의미 없이 매장을 돌아다니면서 어떻게 해야 할지 고민했다. 시도라도 해 볼까. 마음을 굳히던 그때, 전화가 걸려 왔다. 며칠 전 요양원에서 같이 봉사했던 성철이었다.

「번호만 교환하고 처음 연락하네. 잘 지냈어?」

"그럭저럭 잘 지내지. 넌?"

「나야 뭐 맨날 요양원에 있지. 선행 클럽 어떻게 진행되고 있나 궁금해서 연락했어.」

매대에 진열된 컵라면을 만지작거리며 슬쩍 카운터를 쳐다 봤다. 내 통화 내용에 귀를 기울이던 직원과 눈이 마주쳤다.

"어, 좋아. 구상이 거의 끝나가는데, 조금 더 확실히 하려고 교수님께 조언을 구하는 중이야."

「아는 교수님이 있어? 와, 너 인맥 장난 아니다. 진짜 제대 로 하는구나.」

"그럼. 학기 시작하면 바쁠 텐데 미리미리 해야지. 스읍, 근 데 사람이 안 구해져서 문제네. 선례도 없고 자문을 구하기도 어렵고. 아무도 이런 프로젝트를 해 본 적이 없나 봐."

「그러면 일단 우리끼리 시작하자. 우리가 한 선행을 기록하 는 건 어때?」

성철은 오늘 한 선행을 자랑스럽게 늘어놓았다. 그래 봤자 지하철에서 자리를 양보하고, 거리에서 주운 지갑을 경찰서 에 맡긴 것이 전부였다. 한술 더 떠서 자리를 양보받은 사람 과 지갑을 되찾은 사람의 기분이 어땠을지, 그들이 주위 사람 에게 어떤 긍정적인 영향을 끼쳤을지를 상상해서 떠들었다. 얼마나 바보 같은 거짓말을 했는지 이제야 알았다. 선행이 사 회에 미치는 영향을 연구하는 클럽이라니, 두루뭉술하고 하 찮았다.

성철과 긴 통화를 마치고 끊었다. 나는 행사 중인 이온 음료 세 개를 골라 카운터로 향했다. 핸드폰을 귀와 어깨 사이에

끼우고 계속 통화하는 척했다.

"벌써 행동으로 옮기다니 대단한데? 고생했다, 야. 아, 저 담배도 하나 주세요."

편의점을 나오니 그사이에 바람이 거칠어져 있었다. 나는 검은색 비닐봉지를 흔들며 골목길에 들어갔다. 예림은 왜 이렇게 오래 걸리느냐고 핀잔을 줬다.

"담배는?"

비닐봉지 속을 이리저리 들여다보며 예림이 물었다.

"미안, 못 샀어. 나도 좀 어려 보이나 봐."

"장난해? 내 돈으로 이걸 샀다고?"

나는 주머니에서 만 원을 꺼내 그대로 돌려주었다. 분이 가시질 않는지 예림은 돈을 낚아채고 내게 떠넘기듯 비닐봉지를 돌려주었다. 그러다 이온 음료 하나가 바닥에 떨어졌다.

"아무리 봐도 넌 담배 피울 것 같지 않은데…… 혹시 누가 너한테 사 오라고 시켰어? 아니면 호기심이야?"

"뭔 소리야. 내가 피우려고 사다 달라는 건데. 하, 됐다. 내가 오늘 처음 본 애랑 무슨."

예림은 붙잡을 틈도 주지 않고 골목길 안으로 들어갔다. 멀어지는 예림의 뒷모습을 지켜보다가 쭈그리고 앉아 이온 음료를 주워 비닐봉지에 담았다. 오늘 만난 모범생과 양아치는 만만치 않은 강적이었다. 생각해 보면 성철도 새임도 미화 덕분에 의심을 덜 받고, 쉽게 도울 수 있었다. 만약 미화가 있었다면. 나는 생각을 떨쳐 내기 위해 도리질을 쳤다. 앞으로 미화를 만나는 일은 결코 없을 거야.

한겨울이라 해가 일찍 떨어졌다. 거리에 땅거미가 내려앉는 것을 보자 허무함이 몰려왔다. 하루 종일 소설도 못 썼는데, 행복 주머니의 매듭도 풀지 못했다. 이대로 하루를 날릴 수는 없었다.

17

새임은 새 자작곡을 불렀다. 나는 억지웃음이라도 지었지만, 승현은 그마저도 하지 않았다. 뚱한 얼굴로 빨대를 입에 물고 쪼록쪼록 이온 음료를 마셨다. 승현이 아무 반응을 보이지 않자, 갈수록 새임의 노래는 들어주기 힘든 지경에 이르렀다. 1절이 끝나고 기타 반주가 이어질 때, 승현이 무릎을 짚고 일어났다. 나와 새임은 동시에 그를 올려다봤다.

"미안, 나 이제 알바 갈 시간이야."

"너 아직 한 시간 남았잖아."

승현은 날카로운 눈초리로 나를 쏘아봤다. 그리고 새임의 시선을 의식하며 도로 자리에 앉았다.

"목마를 텐데 음료라도 마시면서 해."

나는 이온 음료에 빨대를 꽂아 새임에게 주었다. 이로써 아까 편의점에서 산 음료 세 개는 모두 친구들에게 나눠 주었다. 새임은 음료를 한 모금 마시고 내려놓았다. 연주할 곡의 기타 코드와 가사를 확인하고, 목을 푸느라 바빴다.

"좀 도와달라는 게 음치 교정하는 거였냐?"

승현이 이를 악물고 속삭였다.

아침 일찍부터 모범생과 양아치를 만났지만 이렇다 할 성과를 얻지 못한 나는 만났던 아이들에게 연락을 돌렸다. 효성은 오늘 아르바이트 근무가 없는 날이었다. 편의점 아르바이트 이외에는 우리 사이에 접점이 없었고, 단둘이 만날 구실을 찾기도 어려웠다. 성철을 만나는 것은 내가 부담스러워서 먼저 연락할 엄두가 나질 않았다. 만나면 선행 클럽에 대해 캐물을 텐데, 더 이상 지어낼 거짓말도 없었다. 그래서 새임을 찾아왔다. 단둘이 만나기는 어색해서 승현을 데려왔다.

"쟤 노래 엄청 잘 불러. 누가 보고 있을 때만 긴장해서 못 부르지."

"그러니까, 우리가 눈앞에서 사라져 주면 잘 부르겠네."

"라이브를 잘하고 싶대. 사람들 앞에서."

승현은 고개를 젖히고 긴 숨을 내쉬었다. 그게 기분을 전환하는 의식이라도 되는 듯 승현의 얼굴이 밝아졌다.

"맞다, 저번에 뭐 받았냐?"

"뭐를?"

"짜식, 모르는 척하기는. 네 여친이 깜짝 선물 줬잖아."

미화를 말하는 건가. 강아지 인형은 깜짝 선물이 아닐뿐더러 승현에게는 말한 적이 없었다. 무슨 말인지 계속 못 알아듣자 승현이 가방을 확인했느냐고 물었다.

"어제 사격장에서 너 화장실 갔을 때, 걔한테 갔었거든. 인사라도 하려고. 근데 너 가방에다 뭐를 넣더라고. 서류 봉투 같은 거? 뭐, 그런 거였어. 싸워서 몰래 화해 선물 넣었으니까 비밀로 해 달라고 하던데 우리 사이엔 비밀 없잖아. 그치? 그러니까 말해 봐. 뭐 받았냐?"

나는 황급히 메고 왔던 가방을 열었다. 소설책과 공책, 볼펜, 안경 케이스, 서류 봉투가 들어 있었다. 가방의 다른 주머니까지 모두 확인해 봤지만 선물 같은 건 찾을 수 없었다. 서류 봉투를 꺼내서 프로필을 확인해 봤다. 처음 만난 효성부터 성철, 새임, 연우, 예림 그리고 아무 내용이 적혀 있지 않은 김준일까지. 총 여섯 장이 맞았다.

승현의 말만 들어서는 무슨 일이 있었는지 모르겠지만, 미화가 서류 봉투를 건든 것은 확실히 수상했다.

"선물 뭔데? 없어?"

"그런 거 없어. 네가 잘못 본 거 아냐?"

"뭘 잘못 봐. 걔가 선물 넣었다고 말까지 했는……."

나는 승현의 말을 들은 척도 안 하며 가방에다 프로필과 봉투를 쑤셔 넣었다. 마침 준비를 끝마친 새임이 노래를 부르기 시작했다. 승현은 눈을 감았다. 귀를 막을 수 없으니 눈이라도 막으려는 듯했다.

새임이 갑자기 노래를 멈췄다.

"도저히 안 되겠어. 두 명은 아직 무리인 것 같아."

"아…… 안 돼? 그럼 승현아, 잠깐 빠져 있자."

승현은 눈을 휘둥그레 뜨고 손가락으로 자기 몸을 가리켰다.

"잠깐 나가 있어. 아직 두 명은 힘들대."

"하, 진짜."

승현은 자리에서 일어나 부스를 나갔다. 나는 금방 투입될 수도 있으니 멀리 가지 말라고 일러두었다.

관객이 한 명으로 줄어드니 새임의 노래가 훨씬 안정되었다. 나는 뒤돌아 앉은 채로 성심성의껏 노래에 맞춰 고개를 끄덕였다. 내 행복 주머니는 무릎 위에 올려놓았다. 참을성 있게 지켜보면 벽시계의 분침이 움직이듯 묶여 있는 끈이 조금씩 풀리는 모습을 볼 수 있었다. 기교가 뛰어나거나 가창력이 대단히 뛰어난 것은 아니었지만, 새임의 노래에는 확실히 말로 표현할 수 없는 생동감이 있었다. 노래를 좋아하는 감정이 전달되는 느낌이었다.

우리는 지난한 노력 끝에 새임이 1.5명까지 소화할 수 있다는 것을 확인했다. 여기서 0.5명이란, 부스 바깥에서 노래를 듣는 승현을 의미했다. 부스의 문을 열어 놓았기 때문에 새임은 승현이 자기 노래를 듣고 있다는 것을 알았지만 모습을 볼 순 없었다. 사람이 눈앞에 있는 것보다 그편이 덜 의식됐다.

나는 새임에게 장족의 발전이라고 칭찬했다. 그새 자존감이 높아진 새임은 평소처럼 은근히 우쭐거렸다. 새임의 행복 주머니는 내 것보다 많이 풀려 있었다. 행복 동전이 나타나도 튕겨 나가지 않고 주머니 안에 들어갈 정도였다. 내 행복 주머니가 새임의 것만큼 풀리려면 멀었지만, 새임이 기뻐하는 모습을 보니 피로 하나만큼은 확실히 풀렸다.

*
**

다음 날 점심, 문화독서실 복도에서 나를 발견한 연우는 지체 없이 카운터로 걸어갔다. 나는 팔짱을 끼고 여유로운 걸음으로 다가갔다.

"총무 형, 회원도 아닌 애가 자꾸 들어와요."

"누구?"

"어제 코 골면서 잤던 걔요. 지금 여기 옆에…….''

나는 당당히 독서실 회원 카드를 내밀었다. 연우가 회원 카드를 뺏어 갔다. 다른 사람의 것은 아닌지, 분실된 것을 주워 사진만 바꾼 것은 아닌지를 꼼꼼히 검사했다. 의심 많은 그를 위해 총무 형이 사실을 확인시켜 주었다.

"그 친구, 오늘 아침에 등록했어."

쫓아낼 방법이 사라지자 연우는 나를 투명 인간 취급했다. 화장실에서 나란히 볼일을 볼 때도, 휴게실에서 정수기 물을 마실 때도, 분식집의 옆자리에 앉아 김밥을 집어 먹을 때도 그는 나에게 눈길조차 주지 않았다. 나는 연우의 옆얼굴에 시선을 고정하고, 사장님의 오색찬란한 정성이 들어간 김밥을 우물거렸다.

아파트 단지를 걷던 연우는 참지 못하고 소리를 꽥 질렀다.

"진짜 왜 이렇게 졸졸 따라다니는 거야?"

"너 모의고사 전국에서 놀지?"

나는 준비한 말을 꺼냈다.

"내가 공부하려고 마음먹었는데, 어떻게 하는지 잘 몰라. 그래서 따라 하는 거야. 그 왜 영어 공부할 때 섀도복싱 하고 그러잖아."

"섀도잉이겠지."

"그래, 그거. 그림자라는 뜻 있잖아."

"그림자는 섀도고. 섀도잉은 미행하다, 따라다니다. 지금 네가 하는 짓거리, 그게 섀도잉이야."

연우의 영어 발음은 외국인처럼 유창했다. 같은 또래에게 지적당해서 기분이 머쓱했다. 뭐라고 말을 꺼내기도 전에 연우는 나를 지나쳐 독서실로 들어갔다. 나는 허공에다 한숨을 내뱉어 입김이 흩어지는 것을 지켜봤다. 조금 친해지면 저 자신만만한 뒤통수를 쥐어박으리라 다짐했다.

다른 방식으로 접근할 필요가 있었다. 자리로 돌아온 나는 줄이 그어진 노트를 펼쳤다. 연우의 이름을 적고 아래에다 연상된 단어를 적었다. 예민한 성격, 조급함, 지적, 지적하는 것을 좋아함.

실행은 세 시간 후에 이루어졌다. 연우가 휴게실에 갈 때까지 기다리다 보니 시간이 지체됐다. 소설을 쓸 때도 이렇게 오래 앉아 있던 적이 없었는데 정말 독종이다. 나는 연우를 따라 휴게실로 들어간 다음 큰 소리로 혼잣말을 했다.

"하, 답답해 미치겠네. 어떻게 푸는 거야, 이거. 답지를 봐도 뭐 알 수가 있어야지……."

모의고사 문제집을 한 손에 받쳐 들고 볼펜으로 머리를 긁었다. 연우의 시선이 느껴졌다. 제자리에 서서 문제 푸는 시늉을 하다 연우와 눈을 쳐다봤다.

"야, 너 혹시 수학 잘하냐? 내가 도저히 이해가 안 가는 부분이 있어서."

그 순간, 연우의 입술이 씰룩였다. 별로 관심이 없는 척하지만, 내가 어떤 문제를 풀지 못하는지 알고 싶어서 안달이 난 얼굴이었다.

"너 공부 잘하잖아. 이것 좀 알려 줘라."

"뭔데?"

연우가 문제집을 들여다봤다. 까칠한 말투는 변함없었지만 풀이 방법을 자세히 알려 줬다. 나는 안경테를 만지작거리며 연신 감탄사를 내뱉었다. 연우의 등 뒤로 행복 주머니를 확인했다. 복주머니의 매듭이 조금씩 풀리고 있었다.

"이것도 모르면서 대학에 어떻게 가려고 그래?"

연우는 누군가를 가르치거나 알려 줄 때 행복을 느꼈다. 상대보다 우월하다는 것을 느꼈을 때 행복한 게 특이했지만, 생각해 보면 사람마다 행복의 조건은 모두 달랐다. 스트레스받으며 소설을 쓰는 사람의 행복이나 노래를 부르는 사람의 행복을 다른 사람은 이해하지 못할 것이다.

나는 연우의 설명에 열심히 고개를 끄덕이면서 예림의 행복 주머니를 풀 방법을 떠올렸다. 단순하게 생각하면, 사람은 원하는 것을 가졌을 때 행복했다.

18

편의점에 들어가자 효성은 나를 반갑게 맞이해 줬다. 계획의 절반은 성공한 거나 다름없었다.

"어머님 몸은 괜찮으셔?"

"지금은 많이 괜찮아지셨어. 이젠 너무 심심하다고 난리야."

"다행이다. 간병인은 더 이상 안 불러?"

"응, 혼자 움직일 정도는 되셔서."

한 손님이 들어와서 도시락을 사 갔다. 나는 손님이 나간 것을 확인하고, 이상하게 보이지 않도록 말투에 신경 써서 말했다.

"내가 오늘 대타 뛰어 줄게. 네가 어머님 옆에서 좀 챙겨 드려."

"아, 괜찮아. 옆에 사람이 계속 있어야 할 정도는 아니야."

나는 포기하지 않았다. 부모님은 효도할 때까지 기다리지 않는다, 어머님이 혼자 적적하실 텐데 네가 말동무를 해 주라고 설득했다. 방향을 잘못 잡은 걸까. 효성은 내 도움을 한사코 거절했다. 이유를 들어 보니 내가 공짜로 일을 대신 해 주는 것을 부담스러워했다.

"진짜 괜찮아. 난 부모님한테 용돈 받아서……."

미쳤지. 효성 앞에서 용돈 받는다고 자랑하다니. 나는 괜스레 안경테를 밀어 올렸다. 효성은 왜 자꾸 자기를 도와주느냐고 물었다. 나는 성철에게 써먹은 거짓말을 끌어다 앵무새처럼 반복했다. 거짓말이 술술 나올 정도로 변한 내 모습이 놀라웠다.

효성은 예상보다 큰 관심을 보였다. 선행 클럽에 어떻게 들어가느냐며 내 학교를 물어봤다. 다행히도 우리는 같은 학교가 아니었다. 그러자 효성은 연합 동아리로 만드는 것을 제안했다.

"나 사복과 들어가려고 하거든. 안 그래도 생기부에 적을 게 없어서 걱정했는데, 잘됐다."

"선행이 사복과랑 관련이 있나?"

관련이 있을 거라고 효성이 손뼉을 치며 좋아했다. 선행 클럽으로 생활기록부를 채울 생각에 들뜬 모습이었다. 양심에

찔렸지만 잠깐이라도 이 편의점을 접수할 수만 있으면 상관없었다. 효성은 다음에 다시 얘기하자고 말한 뒤, 밸런타인데이 행사 내용을 알려 줬다. 그러고 보니 곧 밸런타인데이였다. 행사 관련 포스 조작법을 배우면서, 피라미드처럼 쌓인 초콜릿 상자들을 구경했다.

이윽고 효성이 편의점을 떠났다. 나는 고개를 들어 매장의 CCTV 위치를 확인했다. 카운터 앞쪽에는 사각지대가 없어 보였다.

「편의점 뚫었어. 아래 주소로 와.」

문자 메시지로 편의점 위치를 보내자 예림이 즉시 답장했다.

「뭐? 어떻게?」

「있어, 그런 게. 옷 두껍게 입고 얼굴 전부 가리고 들어와.」

한참 후에 예림의 답장이 왔다.

「알았어.」

이따가 벌어질 일을 머릿속으로 시뮬레이션했다. 일이 수월하게 풀릴 것 같아 콧노래가 절로 나왔다.

핸드폰으로 전화가 걸려 왔다. 이제는 성철의 이름만 봐도 스트레스가 솟았다. 잠깐 머뭇거리다 전화를 받았다. 성철은 밑도 끝도 없이 오늘 어떤 선행을 했는지 이야기했다. 그동안 말하고 싶은 것을 어떻게 참았는지 신기할 지경이었다. 나도 지금 뜻깊은 일을 하는 중이라는 것을 알려 성철의 입을 막았다.

「돈도 안 받고 편의점 알바를 대신 해 준다고? 이야, 대단한데. 어디야? 나도 도와줄게.」

"됐어. 여기 편의점도 작고, 나 혼자서도 충분해."

「그럼 가서 물건 정리라도 할게. 명색이 클럽인데, 우리 둘이서 함께 활동한 적이 없잖아.」

갑자기 손님이 몰려들어서 전화를 끊었다. 손님이 모두 나간 다음에는 발주 물품들을 정리하느라 연락할 새가 없었다. 성철은 우직하게 계속 전화를 걸었다. 무시할 수 있는 수준을 넘어서 편의점 주소만 찍어서 보내 줬다.

30분도 안 돼서 덩치 큰 남자애가 편의점에 들어왔다.

"이야, 오랜만이다. 응? 근데 너 원래 안경 썼었냐?"

성철은 편의점을 한 바퀴 둘러보고 카운터 안쪽으로 들어왔다. 두 명이 서 있기엔 비좁았고, 손님 한 명을 맞이하는 데 직원이 두 명이나 서 있는 것도 이상했다. 성철이 매대에 차곡차곡 물건을 정리하는 동안, 나는 카운터를 지켰다. 지난번에 일할 때보다 시간이 느리게 흘렀다.

한 시간 후, 예림이 나타났다. 예림은 편의점 조끼를 입고 카운터에 서 있는 내 모습을 보고 박수를 치며 웃었다.

"대단하다. 설마 나 때문에 알바 시작한 건 아니지?"

"그건 아니니까 걱정하지 마. 뭐 어떤 걸로 줘?"

내가 일러준 대로 예림은 옷을 두껍게 입고 모자를 눌러썼다. CCTV로는 미성년자인지 알아볼 수 없을 것이다.

"그럼, 저 파란 걸로 하나 줘 봐."

담배 진열대를 돌아봤다. 종류가 너무 다양해서 찾는 데 한참 걸렸다. 예림이가 가리킨 파란색 하나를 집어서 카운터 위에 올려놓았다. 대걸레로 매장 청소를 하던 성철이 어느새 카운터 앞에 와 있었다.

"둘이 친구 아냐?"

"맞아."

예림의 목소리가 낮게 가라앉았다.

"지금 내가 잘못 들은 건가? 친구면 미성년자잖아."

예림은 대답하지 않았다. 무슨 상황인지 설명해 달라는 듯 나를 쳐다봤다.

"이 친구가 담배를 못 구한 지 좀 돼서. 마침 내가 여기서 편의점 알바를 하고 있으니까……."

"아무리 친구라도 이건 아니지."

성철은 두꺼운 손으로 카운터 위에 놓인 담배를 덮어서 자기 몸 쪽으로 끌어당겼다. 그러고는 카운터에 기대서 거절의 뜻으로 미소를 지어 보였다.

"네가 여기 점장이야? 뭔데 안 된다고 난리야?"

예림이 두 눈을 부라렸다. 성철은 담배가 얼마나 몸에 해로

운지 설명하면서 예림과 말싸움을 했다. 이런 상황은 예상하지 못했다. 카운터 밖으로 나가 두 사람을 말리는데, 이상한 점을 발견했다.

예림과 나의 행복 주머니의 매듭이 비슷한 것이다. 성철의 매듭이 흔히 볼 수 있는 리본 모양이라면, 나와 예림의 것은 훨씬 복잡하게 여러 번 꼬여 있었다.

다른 아이들의 매듭 모양을 떠올려 봤다. 좀 전에 만난 효성의 행복 주머니부터 새임과 연우의 것까지. 매듭의 풀린 정도만 다를 뿐 매듭 모양은 똑같았다. 오직 나와 예림의 것만 달랐다.

불길한 예감이 등줄기를 훑고 지나갔다. 마법 안경을 얻은 이후로 행복 주머니가 닫힌 사람들은 많이 봤지만, 매듭의 모양은 모두 제각각이었다. 카일이 부탁한 아이들 중 네 사람이나 매듭 모양이 똑같은 것이 우연일 리 없었다.

"야, 우정물. 담배 해로운 거 몰라? 너 지금 애한테 독을 파는 거야. 애가 중독되어서 죽는 걸 도와주는 거라고."

"고작 담배 하나에 뭘 그렇게 쫄아. 덩치가 아깝네."

예림은 성철이 쥔 담배를 억지로 빼앗으려고 달려들었다. 두 사람의 힘겨루기가 시작되자 분위기가 걷잡을 수 없이 험악해졌다. 이러다 무슨 일이 생길 것 같아 성철의 팔을 붙잡아 말렸다. 동전들이 요란한 소리를 내며 우수수 떨어졌다. 누구의 것인지, 행복인지 불행인지 알 수 없었다.

성철이 가볍게 팔을 뿌리쳤다. 나는 강한 힘에 떠밀려 균형을 잃었다. 어딘가에 이마를 부딪혔고, 무엇인가 몸 위로 우르르 쏟아졌다. 뒤이어 등허리에 강한 충격이 전해졌다. 정신이 아찔했다. 일순, 아무 소리도 들리지 않았다. 눈을 질끈 감았다 뜨자 성철의 커다란 덩치가 보였다. 그는 파랗게 질린 얼굴로 입을 벙긋거리고 있었다. 뜨끈한 무엇인가가 뺨을 타고 흘러내렸다.

시야가 선명해졌지만 의식은 점점 멀어졌다. 바닥에 떨어진 마법 안경, 서둘러 편의점을 빠져나가는 예림의 뒷모습, 바닥에 널브러진 밸런타인데이 행사 초콜릿들⋯⋯. 딸랑거리는 편의점의 종소리를 끝으로 나는 정신을 잃고 말았다.

*
**

행복의 조건은 모두 다르다.

누군가는 자기편이 있다는 것에 행복을 느꼈다. 다른 사람의 불의를 도와야 행복한 사람이 있는가 하면, 다른 사람 앞에서 노래를 불렀을 때 행복한 사람도 있었다. 어떤 사람은 남을 가르칠 때 행복해했다. 확실치 않지만 일탈에 행복을 느끼는 사람도 있는 것 같다.

엄마 아빠는 언제 행복할까.

줄곧 침대에 누워 있던 나는 상체를 일으켜 세워 앉았다. 부모님이 행복해하는 순간은 손에 꼽을 정도로 적었다. 어렸을 때, 학교에서 좋은 성적을 받아 오거나 상을 타면 그때 기뻐하셨다. 나를 자랑스러워하고 칭찬해 주었다. 그것들은 부모님이 원하던 것이지 내가 원하던 것은 아니었다.

사람은 원하는 것을 얻거나 원하던 것을 이루면 행복하다. 아이들을 만나면서 깨달은 것 중 하나다. 엄마 아빠가 원하는 것을 줘야 했다. 이혼을 다시 생각할 정도로.

나는 생각을 마치고 침대에서 내려왔다. 방문을 나서기 전, 거울에 비친 내 모습을 봤다. 손바닥만 한 크기의 붕대 스티커가 이마에 붙어 있었다.

소파에 누워 텔레비전을 보던 아빠는 안방 문 앞에 선 나를 발견하고 똑바로 앉았다. 다급한 발소리가 들리더니 꼬미가 다가와 나를 올려다봤다. 재미난 일을 기대하듯 눈빛이 초롱초롱했다. 나는 손잡이의 서늘한 감각을 느끼며 문을 열었다. 엄마는 여느 때처럼 컴퓨터 앞에 앉아 뉴스 기사를 읽고 있었다.

"엄마, 나 소설 그만 쓰려고."

당혹감을 감추지 못하던 엄마의 눈빛에 서서히 반가움이 나타났다.

19

거실의 텔레비전 소리가 줄어들었다. 아빠가 귀를 쫑긋 세우고 우리의 대화를 엿듣고 있는 모습이 상상됐다.

"갑자기 무슨 소리야?"

"갑자기는 아니야. 몇 달 전부터 계속 생각했어."

목울대가 뜨거워졌다. 어려운 자리도 아니고, 어려운 말을 하는 것이 아닌데도 말을 꺼내기가 막막했다. 침을 삼키면서 간신히 말을 이었다.

"문창과도 못 들어갈 것 같고, 소설로 벌어먹고 살 수 있을지도 모르겠고. 그냥 입시 준비해서 대학 갈까 봐."

분위기를 어둡게 만들고 싶지 않아 억지로 웃었다. 엄마는 자리에서 일어나 다가오더니 내 손을 어루만졌다.

"그래, 잘 생각했어. 지금이라도 정신을 차려서 다행이다."

"무슨 소리야. 소설을 그만 쓴다니."

언제 다가왔는지 아빠가 방문 앞에 서 있었다. 우리가 함께 있자 꼬미가 꼬리를 흔들며 우리 사이를 돌아다녔다. 복슬복슬한 강아지의 털이 닿아 발목 부근이 간지러웠다.

"미안해, 아빠. 그동안 과외받게 해 줬는데. 그래도 나 1년 동안 악착같이 했어. 진짜 매일 책 읽고 글 쓰고. 말 못 했는데 너무 힘들었어. 몇 달 전부터는 과외비가 아깝다는 생각이 들 정도로……."

"그래. 말 나온 김에 과외부터 그만두자."

얼마나 내 소설에 무관심했으면, 엄마는 과외 형의 이름은 커녕 핸드폰 번호도 몰랐다. 아빠는 엄마에게 과외 형의 연락처를 알려 주면서도, 지금 상황이 얼떨떨한 눈치였다.

성질이 급한 엄마는 과외 형에게 전화해서 당장 과외를 그만두겠다고 통보했다. 내가 정신 차렸다는 이야기를 자랑처럼 덧붙였다. 엄마의 특기였다. 상대가 후회할 시간을 갖지 못하도록 궁지에 몰아넣고, 내뱉은 말을 지킬 수밖에 없게 만들었다.

"정말 괜찮겠어?"

엄마가 통화하는 동안, 아빠가 조용히 물었다. 진심이 아니라는 것을 안다는 듯한 표정이었다. 나는 아빠를 안심시키려고 활짝 웃었다.

"진짜 괜찮아. 소설이야 나중에 대학 들어가고 나서 써도
되고."

*
**

그날 우리 가족은 모처럼 치킨을 시켜 먹었다. 주방 식탁에
둘러앉아 내 진로에 대한 이야기를 나누었다. 엄마는 1년 동
안 죽어라 공부해서 유명 대학에 합격한 친구의 자식 이야기
를 들려주었다. 또 반수를 해 몇 단계 높은 대학에 들어간 친구
의 동생 이야기도 했다. 한동안 엄마의 입방아에 성공 신화가
오르내렸다. 실체 없는 행복을 이야기하는 것 같았다.

엄마는 평소에도 입시에 관심이 많았다. 안방에서 뉴스 기
사만 읽는 줄 알았는데, 입시 관련 정보를 수집하는 것에 더
많은 시간을 할애하고 있었다. 엄마는 고등학교 2학년 때의
내 성적으로 갈 수 있을 만한 대학교를 추려서 알려 주었다.
나도 한 번씩은 들어 본 이름들이었다. 아빠는 엄마의 말을
묵묵히 듣다가 그 대학은 괜찮다, 그 대학은 조금 별로다, 하
는 식으로 한두 마디 얹었다.

놀라운 것은 대화를 나누는 것만으로도 대학에 합격한 것
처럼 느껴졌다는 것이다. 정말로 남은 1년 동안 죽어라 공부

하면 대학에 갈 수 있겠다는 자신감이 생겼다. 나는 열의에 불타는 사람처럼 눈을 동그랗게 떴다.

이로써 내 역할은 끝났다. 이제 부모님이 어떻게 나올지 지켜보는 일만 남았다. 저녁 자리를 정리하고 방에 들어갔다. 과외 형으로부터 메시지가 와 있었다.

「소설 그만두는 거, 진짜 네 생각이야?」

「네. 계속 고민하고 있었어요. 부모님을 통해서 연락드린 건 죄송해요.」

나는 책상 앞 의자에 앉았다. 책장에는 숙제처럼 여겨지는 소설책들과 스프링 노트들이 꽂혀 있었다. 손에 닿는 공책을 꺼내 펼쳐 봤다. 습작 노트에는 과외 형이 아니라면 누구도 읽지 않을 문장들이 빽빽하게 적혀 있었다.

「그래, 그만두는 건 네 자유지……. 근데 과외비는 선불이야. 아직 수업 한 번 남았고.」

과외 형은 환불 이야기를 꺼내지 않았다. 과외비를 돌려주는 대신 남은 수업을 마저 하고 끝낼 생각인 듯했다.

「내일 수업은 쉬자. 며칠 머리 좀 식혔다가 소설의 다음 내용을 써서 보내. 네가 가장 자신 있어 하는 글이니까 그걸로 과외 마무리 짓자. 알겠지?」

나는 알겠다고 답장했다. 환불을 받든 남은 수업을 진행하든 아무 상관 없었다.

*
**

엄마는 내가 정신을 늦게 차리는 바람에 남들보다 한참 뒤처졌지만, 유명 학원과 개인 과외 몇 군데를 알아봤으며, 그중 하나를 선택하면 서울 소재의 대학에는 들어갈 수 있을 거라고 확신했다.

"엄마 생각엔 이 학원이 제일 괜찮은 것 같은데, 네 생각은 어때?"

엄마가 오랜만에 내 의견을 물었다. 나는 엄마가 벌여 놓은 판에 맞장구를 쳐 주었고, 그 결과 나흘 뒤부터 입시 학원을 다니게 됐다. 아빠는 별말이 없었다. 엄마의 의견에 동의한다고 말했지만, 실은 엄마와 말씨름하는 것이 싫어서 피하는 것이다.

문제집을 사고 독서실도 등록해 놓으라며 엄마가 돈을 주었다. 이미 독서실을 등록해 놨다며 회원 카드를 보여 주자 엄마는 놀라움을 금치 못했다. 내가 이 정도로 진심일 줄은 몰랐다는 것이다. 연우를 만나려고 문화독서실을 등록한 것이 엄마의 신임을 얻는 발판으로 쓰일 줄이야.

이걸로 엄마 아빠가 이혼을 취소할 거라고 생각하지는 않는다. 그러나 두 분 사이에 긍정적인 기류가 흐르는 것은 분명했다. 더 이상 서로 투명 인간 취급을 하지 않았고, 아빠가 출근할 때 엄마는 현관까지 나가서 배웅했다. 남은 숙려 기간 동안에도 두 분의 사이가 좋아질 수 있도록 최선을 다할 생각이었다.

그런데 엄마가 짐을 정리하는 모습을 보고야 말았다. 화장실에서 볼일을 보고 나오는 길에 안방에서 부스럭거리는 소리가 들려 조용히 방문을 열었다. 엄마는 옷가지들을 개켜서 파란색 이삿짐 박스에다 집어넣고 있었다. 엄마의 얼굴은 무서울 정도로 차분했다. 어젯밤부터 오늘 아침까지 아빠와 내게 보여 주었던 밝은 모습이 모두 신기루 같았다.

집 안 어디선가 핸드폰 진동음이 울렸다. 나는 조심스레 방문을 닫고 내 방으로 돌아왔다.

「미안하다……. 내가 가끔 힘 조절을 못 해. 이마는 좀 괜찮냐?」

방문을 잠그고 성철의 전화를 받았다. 편의점 일을 떠올리자 이마의 상처가 욱신거렸다. 부모님의 문제만으로도 벅찬데, 또 다른 문제가 있었다.

"난 괜찮아."

「아, 정말 다행이다. 난 또 많이 다친 줄 알고…….」

"그보다 궁금한 게 있는데."

그날, 나는 성철과 예림의 싸움을 말리다 밸런타인데이 행사 매대에 부딪혔다. 철제 선반이 무너지고, 네모난 초콜릿 상자들이 내 몸 위로 쏟아졌다. 편의점에 들어온 손님이 도와줄 정도로 처참한 광경이었지만, 예림은 뒤도 돌아보지 않고 도망갔다.

의식을 잃었던 나는 성철의 무자비한 따귀에 정신을 차렸다. 피가 많이 나서 걱정했는데 이마가 조금 찢어진 정도였다. 수건으로 지혈한 뒤 편의점에서 파는 붕대를 이용해 임시로 이마를 묶었다.

성철과 이름 모를 손님 두 명이 도와준 덕분에 사고를 수습할 수 있었다. 몇몇 초콜릿은 포장지가 뜯어지거나 망가져 팔 수가 없었다. 그것들 모두 성철이 구매했다.

「줄 사람이 없는데⋯⋯. 만약에 생기면 주지 뭐.」

그때까지만 해도 나는 편의점에서 벌어진 사건을 해프닝으로 여겼다. 다음부터 친구들에게 담배를 팔거나 피우지 말라고 성철이 설교를 늘어놓았지만 웃어넘길 수 있었다.

경찰이 편의점에 도착하면서 문제가 심각해졌다. 미성년자에게 담배를 판매했다는 신고가 들어왔다고 했다. 집에서 쉬고 있던 점장님이—그날 처음 얼굴을 봤다—헐레벌떡 뛰어왔고, 영업 정지에 대한 이야기가 오갔다. 다행히 CCTV만으로는 예림이 미성년자인지 아닌지 알 수 없었다. 하지만 우리 세 사람이 실랑이 벌이는 장면은 고스란히 찍혀 있었다. 손님이 미성년자가 아니라면 담배 사는 것을 왜 막았는지 해명하느라 성철과 나는 진땀을 흘렸다.

　나는 신고자를 증오하는 한편, 대체 누가 신고한 것인지 궁금했다. 예림이 들어오고 나갈 때까지 매장에는 우리 세 사람뿐이었다.

　"진짜 아는 애를 불러다 담배 판 거 아니지?"

　경찰을 돌려보내고 나서 점장님이 물었다. 나는 절대 아니라고 거짓말했다. 점장님은 우리에게 화내지 않았다. 대신 효성에게 전화해 왜 말도 없이 대타를 맡겼느냐고 윽박질렀다. 나도 효성도 점장님에게 말하는 것을 깜빡했다.

　효성에게는 미안하지만, 그 순간만큼은 안경을 잃어버린 것이 더 걱정되었다. 편의점 어디에서도 안경이 보이지 않았다. 당시에는 경찰이 들이닥치면서 경황이 없었지만 시간이 지나자 불안감이 엄습했다. 안경이 일반인의 손에 들어가고, 나아가 세상에 알려지면 어떻게 될까. 누군가 그 안경을 악용한다면. 최악의 경우를 상상하는 버릇 때문에 나는 며칠 동안 밤잠을 설쳤다.

　"혹시…… 그날 내 안경 못 봤어?"

　큰 기대를 하지 않고 물어봤는데, 성철의 입에서 뜻밖의 대답이 튀어나왔다.

　「안경? 네가 쓰던 거, 그거 네 친구가 가져갔는데.」

　미간을 찌푸리자 이마에 쑤시는 듯한 통증이 전해졌다. 눈을 감고 붕대 스티커를 어루만지면서 고통이 가라앉기를 기다렸다. 내 친구? 예림이를 말하는 건가?

"걔가 그 안경을 가져갔다고? 확실해?"

「어. 우리 중에서 안경 너만 쓰고 있었잖아. 너 기절하고 그 여자애가 다시 돌아와서 안경 가져가길래 원래 걔 건가 했지.」

값어치가 나가는 것도 아니고 안경을 가져갈 이유가 없었다. 예림이 가져갔다는 것은, 그러니까 써 보지도 않고 가져갔다는 것은 그 안경이 어떤 것인지 알고 있다는 뜻이었다.

나 말고도 마법 안경의 존재를 아는 사람은 미화뿐이었다.

20

미화와 연락이 닿질 않았다.

마지막으로 통화한 것은 사흘 전 아침, 집에서 연우의 프로필을 뽑던 날이었다. 그때까지만 해도 먼저 연락을 할 정도로 미화는 아이들을 돕는 일에 적극적이었다. 하지만 편의점에서 예림이 내 안경을 가져간 이후 연락이 두절됐다. 우연이라고 하기에는 시기가 절묘하게 맞아떨어졌다.

"어우, 추워 죽겠네. 언제 나오는 거야?"

승현이 추위에 몸을 떨며 중얼거렸다. 우리는 연기 학원의 건물 앞에서 수업이 끝나기를 기다리고 있었다. 그간 있었던 일을 얘기하자 승현은 불같이 화내며 나보고 앞장서라고 했다. 당장 연기 학원에 쳐들어가자는 것을 말리느라 애먹었지만 항상 자기 일처럼 나서는 친구가 든든했다.

바깥에 한 시간 넘게 서 있으니 발가락이 꽁꽁 얼어서 감각이 없었다. 밤이 되면서 기온이 더 내려갔는지 추위에 살이 에이는 듯했다. 전봇대 뒤에 숨어서 발을 동동 구르던 승현의 인내심이 바닥나고 말았다.

"아무리 생각해 봐도 네 여친 좀 이상해. 남자 친구 안경을 왜 훔쳐 가?"

"여친 아니라니까."

미화는 머리가 좋고 약삭빠른 아이다. 어떤 발뺌을 할지 모르므로 신중하게 움직여서 현장을 잡아야 했다. 나는 주먹을 말아 쥐고 그 안에다 따뜻한 입김을 불어 넣고 비볐다. 학원 유리창에 비친 불빛이 하나둘 꺼지기 시작했다. 10분을 더 기다리자 수업을 마친 아이들이 건물에서 나왔다. 나는 눈을 가늘게 뜨고 아이들의 얼굴을 바라봤다. 대부분 옷차림이 두껍고, 모자나 헤드셋을 쓰고 있어서 얼굴을 알아보기 힘들었다.

그사이 낯익은 얼굴이 보였다. 예림이었다. 쏟아져 나오는 아이들 사이에서 예림의 얼굴을 발견하자 심장이 얼어붙는 것 같았다. 아이들 틈에 끼어 멀어져 가는데도 당황한 탓에 말을 걸 수 없었다. 카일이 부탁한 아이가 미화와 같은 연기 학원에 다니는 것이 과연 우연일까?

"야, 네 여친 나왔다."

승현이 어깨로 내 몸을 툭 건드렸다. 예림이 멀리 사라질 즈음 미화가 나왔다. 학원 건물을 빠져나온 미화는 특유의 빠른 걸음으로 혼자 걸어갔다. 거리가 멀어서 내 것인지 확실치 않았지만 그녀는 안경을 쓰고 있었다. 그동안 안경을 쓴 모습은 본 적이 없었는데. 심장이 세차게 뛰면서 불이 붙은 것처럼 가슴이 뜨거워졌다.

나는 감각이 둔해진 다리를 힘겹게 옮겼다. 정면에서 불어오는 바람을 뚫고 걸어가 미화의 팔을 붙잡았다. 미화의 얼굴에 긴장감이 어렸다. 내가 더 놀랐다. 은색 테에 동그란 안경알. 미화가 쓴 것은 카일이 준 마법 안경이었다.

미화는 내 손을 뿌리치고 달아났다. 당장 뒤쫓았지만 온몸이 얼어붙어서 뜻대로 움직여지질 않았다. 빙판길에서 휘청거리며 무기력하게 미화의 이름을 외치던 그때, 승현이 나를 앞질렀다. 두 팔을 휘저으며 전속력으로 달리더니 금세 미화를 따라잡아 멈춰 세웠다. 난데없는 추격전에 학원 학생들과 행인들의 이목이 집중됐다.

"맨날 글만 쓰니까 체력이 그따구지."

승현이 구박해도 맞받아칠 수 없었다. 말을 꺼내지도 못할 정도로 호흡이 가빴다. 셋 중에서 가장 조금 달렸지만, 격한 운동을 한 사람처럼 나는 승현과 미화 앞에서 헛구역질을 해댔다.

우리 세 사람은 연기 학원 근처의 카페에 들어갔다. 적당한 자리에 앉아 외투를 벗고 마주 앉았다. 승현은 내 안경을 쓰고 있는 미화의 모습이 마음에 들지 않는다는 듯 그녀를 쳐다봤다. 미화도 만만치 않았다. 승현에게 눈길 한번 주지 않고, 오로지 나에게만 시선을 두었다.

"너 예림이하고 무슨 사이야?"

내가 물었다.

"먼저 확실히 말해 둘 게 있어. 안경을 가져간 건 예림이 생각이야. 내 지시가 아니고."

미화는 아무렇지 않게 예림의 이름을 꺼냈다. 관자놀이 부근이 지끈지끈 아파 왔다.

"무슨 일인지 말해 봐. 처음부터 끝까지."

자기도 할 말이 많다는 듯 미화가 당당히 말문을 열었다.

홍대에서 만나 놀던 날, 미화는 말없이 사라진 나를 괘씸하게 여겼다. 데칼코마니의 책임론을 운운하며 행복해질 수 있도록 도와달라고 해서 도와줬고, 심지어 행복 동전도 나누어 주었는데 갑자기 사라졌으니까 화가 날 만도 했다. 문제는 그 다음이었다. 미화는 내가 갑자기 사라진 이유가 행복해지는 방법을 독점하기 위해서라고 생각했다. 데칼코마니는 함께 행복할 수 없으므로, 그 방법을 알아내는 사람이 행복을 쟁취하는 것은 불 보듯 뻔했다.

미화에게는 곧 중요한 웹드라마 오디션이 있었다. 합격하기 위해서는 행복해지는 방법을 반드시 알아야만 했다. 실력만으로 오디션 합격을 보장하기 힘들다는 것을 숱한 탈락의 경험으로 알고 있었다.

"네가 카일의 일을 도와서 행복해지는 방법을 알아내면 난 불행해진다는 소리잖아. 그것만큼은 막아야 했어. 나 혼자 행복해도 합격할까 말까인데."

사격장에서 내가 잠시 자리를 비운 틈에 미화는 갈색 서류 봉투를 꺼냈다. 아직 만나지 않은 아이 중 한 명을 예림의 프로필과 바꾸었다. 만일을 위한 보험이었다. 미화의 예상대로 내가 함께 다니지 않는다면, 카일의 일을 완수하지 못하게 만들 작정이었다. 나는 아이들을 만나기 전까지는 프로필의 이름과 내용을 자세히 확인하지 않았다. 성철과 만난 이후, 선입견을 갖고 사람을 대하는 것이 얼마나 나쁜지 깨달았기 때문이다. 그런데 그것이 화근이었다. 나는 프로필이 바뀐 것도 눈치채지 못했다.

미화는 만약 정물이라는 남자애가 찾아오면 무리한 일을 시키라고 예림에게 부탁했다. 예림은 같은 연기 학원에 다니는 친구로 미화의 사정을 전부 알고 있는 아이였다. 그래서 나를 곤란하게 만들려고 담배 심부름을 시킨 것이다. 어쩐지 나를 처음 봤는데도 별로 경계하지 않더라니.

담배가 아닌 음료를 사다 줬을 때, 두 사람은 내가 포기한 줄 알았다. 하지만 나는 기어이 예림을 편의점으로 불러냈고, 미화는 이때다 싶어 경찰에 신고했다. 순전히 나를 불행에 빠뜨리기 위해서였다. 내가 불행해야만 자신이 행복할 수 있으므로.

예림이 편의점 바닥에 떨어진 안경을 가져가면서 덜미가 잡혔다. 그것은 미화와 상의 없이 예림이 독단으로 저지른 일이었다. 미화가 왜 그랬냐고 다그치자, 예림은 호기심이 생겨서 그랬다고 털어놓았다. 자신이 언제 행복하고 불행한지 알고 싶었다고. 예림은 청명인이 아니었다.

"안경을 가져간 건 사과할게. 나도 예림이가 그럴 줄은 몰랐어. 근데, 이 모든 건 네가 자초한 일이기도 해."

승현은 입 모양으로 감탄을 내뱉으며 나를 쳐다봤다. 자기가 들은 것이 맞느냐는 듯한 표정이었다.

"네가 날 멀리했잖아. 혼자만 행복해지는 방법을 알아내려고. 난 네가 아이들 만나는 일도 도와줬고, 심지어 행복 동전도 나누어 줬어. 내가 그때 얼마나 많이 준 줄 알아? 행복 주머니 좀 봐봐. 아, 너한테는 안 보이려나?"

미화는 한껏 거드름을 피우며 말했다. 누가 보면 제 안경인 줄 알겠다.

"와 진짜 누가 데칼코마니 아니랄까 봐. 김칫국 마시는 게 똑같네, 둘 다."

승현이 고개를 절레절레 흔들었다. 미화의 시선이 승현에게 향했다.

"무슨 말이야?"

"동전은 다른 사람하고 못 바꾼대. 한 번 복주머니에 들어간 동전을 빼낼 수도 없고. 그날, 얘는 행복 동전을 집어넣는 시늉만 한 거야. 실제로는 불행 동전만 잔뜩 만들어졌댄다."

미화는 당황하는 모습을 숨기지 못했다. 그녀는 의자 아래로 손을 뻗어서 꼼지락거렸다. 승현의 말이 사실인지 복주머니 속 동전을 꺼내서 확인하는 듯했다.

"안경 내놔."

나는 그녀의 눈을 빤히 들여다보며 손을 내밀었다. 미화는 아깝다는 듯이 천천히 안경을 넘겨줬다. 안경을 쓰자 필터를 씌운 것처럼 카페의 풍경이 바뀌었다. 사람들의 등과 하얀색 실로 연결된 복주머니들이 보였다. 매듭이 묶인 복주머니도 있고, 동전이 가득 들어 있어서 바닥으로 흘러넘치는 복주머니도 있었다. 드디어 내가 사는 세상으로 돌아온 기분이었다. 언제부턴가 현실이 비현실적으로 느껴지고, 비현실이 현실처럼 느껴졌다.

"그 관리자가 행복해지는 방법을 알려 주면, 나한테도 알려 줄 거야?"

형세가 역전되었다고 생각했는지 미화는 불안한 목소리로 물었다.

"당연하지. 약속했잖아."

나는 덤덤하게 대답했다. 미화는 생각에 잠긴 얼굴이었다. 아마 내 대답에 놀란 것 같다.

"대체 언제 행복해지는 방법을 알려 주겠대?"

승현이 물었다.

"나도 몰라. 못 본 지 며칠 됐어."

나는 손가락으로 미간을 주물렀다. 마지막으로 만난 카일은 안색이 좋지 않았다.

"나 사흘 뒤에 중요한 오디션이 있어."

미화가 간절한 목소리로 나와 승현의 주의를 집중시켰다.

"청소년 웹드라마인데, 이번엔 진짜 돼야 해. 관리자가 언제 나타날지 모르니까……. 너 행복 동전이 나타날 때마다 억지로 복주머니에 집어넣는 거 알아. 그거 사흘만 멈춰 줘."

"내, 내가 귀가 먹었나? 너 지금 뭐라고 했어? 너 행복해지자고 얘한테 불행해지라는 거야, 지금?"

정작 나는 가만히 있는데, 승현이 화를 냈다.

"너 모르나 본데, 이거 정물이가 나한테 먼저 제안했던 거야. 그것도 만나자마자. 난 맨입으로 부탁 안 해. 오디션 끝나면, 행복하지 않도록 자제할게. 정물이 부모님의 숙려 기간이 끝날 때까지."

"정물이가 불행해진다고 네가 오디션에 합격한다는 보장도 없잖아."

"할 수 있는 건 다 해 봐야지. 사람은 행복에 영향을 많이 받는다는데."

두 사람이 언성을 높이며 말싸움을 하는 동안, 나는 멍하니 허공을 응시했다. 이삿짐 박스에 옷을 정리하던 엄마의 모습이 아른거렸다. 눈을 감았다. 할 수 있는 건 다 해 봐야 한다는 미화의 말을 곰곰이 되새겼다. 안경은 무사히 내 손에 들어왔고, 닫힌 행복 주머니에다 동전을 집어넣는 방법도 알고 있었다. 그렇다면 마지막으로, 정말 마지막으로 한 번만 더 시도해 볼 수 있지 않을까.

"솔직히 정물인 계속 불행했잖아. 3일쯤 더 불행해진다고 뭐가 달라져?"

천천히 눈을 떴다. 승현의 입은 쩍 벌어져 있었고, 자신의 말실수를 깨달은 미화는 스스로에게 짜증을 내고 있었다. 두 사람은 힐끔힐끔 내 눈치를 봤다. 나는 침착하게 말문을 열었다.

"나한테 좋은 생각이 있어."

21

집에 들어가 현관문을 닫고 이중, 삼중으로 잠갔다. 승현과 미화를 돌아보면서 나는 영화 속 좀도둑처럼 비장한 표정으로 말했다.

"시작해 볼까?"

꼬미는 안방으로 향하는 우리의 앞을 막았다. 입은 하나인데 사람은 셋이니, 한 사람씩 돌아가며 바짓단을 물었다. 우리 집 강아지는 낯선 사람이 집에 들어왔다고 해서 짖는 법이 없었다. 화장실에 들어가 잘 씻기만 한다면 도둑이 들어와도 가만히 있을 아이였다. 나는 검지를 들고 엄한 목소리로 비키라고 말했다. 꼬미는 어금니를 드러내며 으르렁거렸다. 시간이 얼마 없었다. 언제 엄마 아빠가 집에 들이닥칠지 몰랐다.

"야, 안 되겠다. 화장실에 들어가서 손발만 씻자."

"뭐? 싫어. 그냥 지나가면 되잖아."

미화가 미간을 좁히며 질색했다. 꼬미의 특성을 잘 아는 승현은 고분고분 양말을 벗고 바짓단을 걷어 올렸다.

"우리 집 강아지는 누군가 집에 들어오면 씻을 때까지 절대 안 물러나. 샤워할 거 아니면 손발이라도 씻어."

무슨 이런 강아지가 있느냐고 투덜거리면서도 미화는 내 말을 따랐다. 우리 세 사람은 번갈아 가며 화장실에 들락거렸다. 나올 때는 바짓단이 무릎까지 올려져 있고, 양손에는 양말을 쥐고 있었다. 꼬미는 공평하게 우리의 종아리를 핥았다.

내가 먼저 안방 문을 열고 들어갔고, 미화와 승현이 따라왔다. 우리는 각자 흩어져서 컴퓨터와 화장대, 서랍장을 맡았다.

30분 전, 나는 카페에서 미화에게 제안했다. 사흘 동안 행복해지지 않을 테니 내 일을 도와달라고.

부모님의 사이가 좋아졌다고 생각한 것은 내 착각이었다. 짐 정리를 하는 엄마처럼 아빠도 내가 모르는 곳에서 이혼을 준비하고 있을지도 몰랐다. 소설을 포기하는 것만으로는 충분하지 않다는 것을 뼈저리게 깨달았다. 엄마 아빠는 스스로 행복해질 수 없었다. 두 사람의 행복 주머니에 행복 동전을 집어넣어서 변화하도록 만들어야 했다. 내가 나한테 했던 것처럼.

"광고창이 엄청 많이 뜨네. 죄다 입시 학원 광고……."

승현은 컴퓨터 화면에 무작위로 뜨는 광고창을 하나씩 닫았다. 미화는 화장대 옆에 놓인 낡은 노트를 살폈다.

"아, 내 입시 학원 찾느라 그랬을 거야."

나는 서랍장의 두 번째 칸을 닫고 세 번째 칸을 열었다. 내용물들이 서로 드잡이하며 요란한 소리를 냈다.

"웬 입시 학원?"

"소설 그만 쓴다고 했거든."

안방이 순식간에 조용해졌다. 거실에서 혼자 방울 달린 장난감을 가지고 노는 꼬미의 기척이 들릴 정도로. 승현은 바퀴 달린 의자를 돌렸고, 다이어리를 들춰 보던 미화도 내 말에 관심을 보였다.

"소설을 안 쓴다니. 그게 뭔 소리야?"

"그게……. 그렇게 됐어. 나중에 이야기해 줄게."

나는 승현뿐만 아니라 미화의 눈치도 봤다. 이유는 잘 모르겠다. 아주 조금, 그녀에게 미안한 마음이 들었다. 승현은 나중에 아주 자세히 이야기해야 할 거라고 으름장을 놓았다. 한동안 마우스 누르는 소리와 책장 넘기는 소리가 이어졌다. 주머니 속에서 핸드폰이 진동했다. 부모님의 연락일 수도 있어서 얼른 꺼내서 확인했다. 과외 형이었다.

「추가로 보낸 부분 피드백을 안 했네. 지금 소설 내용 괜찮

아. 이루어질 수 없는 사랑 같은 건 좀 진부하긴 한데, 서스펜스의 조건 중 하나인 '금기 사항'을 활용해 본 것만으로도 좋은 시도라고 생각해. 앞으로 그 부분을 집중적으로 파고들어 봐. 금기 사항을 더 무겁게 하고, 금기 사항을 어겼을 때의 페널티도 만들면 긴장감이 더 심화될 거야. 데칼코마니 두 사람이 이어질 듯 말 듯 이어지면 안 돼. 무슨 말인지 알지?」

사격장에서 쓴 글에 대한 피드백이었다. 나는 미화를 흘겨보며 답장했다.

「걱정하지 마세요. 이어질 일 없으니까.」

"야, 이거 어머님께 말씀드려. 메신저 자동 로그인 이거."

승현의 말에 나는 서랍을 닫고 다가갔다. 컴퓨터 모니터엔 즐겨찾기와 인터넷 방문 기록, 그리고 메신저 대화창이 띄워져 있었다. 곧 내가 다니게 될 입시 학원의 선생님과 엄마가 나눈 대화였다.

「어머님, 정물 학생이 1년 동안 소설을 썼다고 말씀하셨는데, 솔직히 말씀드리면 국어 성적도 딱히 좋진 않아요. 다른 과목도 성적이 좀……. 생기부에도 적힌 게 없고요. 백일장 수상 경력이나 하다못해 독서 동아리라도 했으면 좋았을 텐데, 많이 아쉽네요. 어머님도 아시겠지만 기록이 중요하잖아요. 이러면 입시 차원에서는 1년을 헛되이 보낸 거나 마찬가지라서요……. 제가 기분 나빠지라고 말씀드리는 것은 아니고요.

그만큼 정물이가 더 열심히 해야 한다는 말입니다.」

「좋은 말씀 감사합니다, 선생님. 정물이가 많이 늦었죠? 제가 더 일찍 정신 차리게 했어야 하는데……. 하지만 저는 제 아들이 글을 쓰며 보낸 1년이 헛된 시간이라고 생각하진 않아요. 저는 정물이가 글 쓰는 것을 지지한 적이 없어요. 단 한 번도요. 그런데 1년 동안 혼자 부딪치고 애쓰는 것을 보니까 정말 좋아하는구나, 하는 생각이 들더라고요. 분명 정물의 인생에 긍정적인 영향을 끼쳤을 거라 믿어요.」

선생님의 메시지를 읽고 엄마가 얼마나 애가 탔을지 생각해 봤다. 또, 양손의 검지로 한 자, 한 자 어렵게 키보드를 눌렀을 엄마의 모습을 떠올렸다.

실은 소설을 포기하기로 다짐하면서 겁이 났다. 지난 1년 동안의 노력이 헛된 것은 아닌지, 남들이 다 말하는 인생의 중요한 시기를 흘려보낸 것은 아닌지. 엄마의 말대로 소설을 쓴 시간이 내 인생에 어떤 영향을 끼쳤을까. 행복과 불행처럼 눈에 보이지 않지만 느낄 수 있는, 어떤 긍정적인 영향이 있었을까.

"그거면 어머님 것은 된 것 같은데."

미화는 자신 있는 목소리로 말했다.

"그럼, 이제 아빠 것만 남았나."

나와 승현이 가세해서 아빠에 대한 단서를 찾았다. 서랍을 여닫는 소리가 시끄러웠는지 꼬미가 다가와 짖었다.

"너희 아버님, 여행 좋아하시는 것 같아."

낡고 두툼한 지갑을 열어 보며 미화가 말했다.

"설마. 우리 아빠 어디 나가는 걸 질색하는 분이야. 주말엔 집에만 계시고."

미화는 직접 확인해 보라는 듯 오래된 지갑과 파우치를 건넸다. 그곳엔 아빠가 젊은 시절에 찍은 여행 사진이 빼곡히 들어 있었다. 혼자 배낭을 메고 산의 정상에서 찍은 사진, 바닷가에서 두 팔을 벌리고 찍은 사진, 엄마와 함께 신혼여행 가서 찍은 사진……. 사진 속 촘촘하던 시간의 흐름이 갑자기 널뛰었다. 그다음 사진부터는 엄마 아빠의 얼굴에 주름이 보이기 시작했고 갓난아기인 내가 등장했다. 마지막 사진은 모래사장에서 아빠가 나를 안고 있는 사진이었다.

그러고 보니 아빠는 종종 여행을 가고 싶다고 말했다. 텔레비전으로 챙겨 보는 것도 여행 예능이었다. 수많은 단서가 주위에 맴돌고 있었다. 내가 발견하지 못했을 뿐이었다.

*
**

안경에다 고글까지 쓴 탓에 시야가 흐렸다. 옷을 네 벌이나 껴입고, 승현의 패딩까지 빌려 입어서 상체가 풍선처럼 부풀어 있었다. 하도 갑갑해서 스키 장갑이라도 벗고 싶었지만 두꺼워서 손에 잡히질 않았다. 장갑 벗는 것을 포기하고 밤하늘을 올려다봤다. 뿌연 구름이 보름달을 뒤덮고 있었다. 옆에서는 미화가 목소리 톤을 바꿔 가며 연습했다. 안녕하세요, 어머님. 안녕하세요, 어머님? 아아, 안녕하세요, 어머님? 어머님.

"야, 어머님 퇴근 시간 맞아?"

승현이 핫팩을 세게 흔들고는 뺨과 목에 문질렀다.

"조금만 기다려 봐. 곧 올 거야."

"지금 몇십 분째야. 얼어 뒤지겠네."

우리는 아파트 공동 현관 앞 지상 주차장에 쭈그려 앉아 있었다. 자동차들이 주차되어 있어서 몸을 숨기기에도, 엄마를 관찰하기에도 적절한 장소였다.

엄마는 평소보다 퇴근이 늦었다. 이미 집에 도착할 시간인데. 나는 다리가 저려서 무릎을 짚고 일어났다. 허리를 좌우로 돌리며 스트레칭했다. 저 멀리서 누군가가 빠르게 걸어오는 것이 보였다.

"야, 저 사람 우리 엄마야?"

괜히 엄마를 못 알아보는 게 아니었다. 마법 안경 위로 고글을 써서 조금만 거리가 멀어도 사물이 잘 보이지 않았다. 이런 사실을 모르는지 승현은 네 엄마를 왜 자신한테 묻느냐며 고개를 내밀었다. 그러고는 잽싸게 뛰어나갔다. 나와 미화는 자동차 뒤에 몸을 숨기고 그들을 지켜봤다.

"어? 어머님, 안녕하세요!"

승현이 큰 목소리로 인사했다. 엄마는 괴한을 만난 것처럼 화들짝 놀라다가 가슴을 쓸어내렸다.

"승현이구나. 어휴, 깜짝 놀랐네……. 여긴 어쩐 일이니?"

"아, 정물이가 연락이 안 돼서요. 걱정돼서 와 봤어요."

"연락이 안 돼?"

"네. 요즘 연락이 통 안 되던데요. 저 말고도 다른 친구들 연락을 전부 무시하고……."

"정물이 너 말고 친구 없는데……."

두 사람 사이에 침묵이 흘렀다. 나는 참담한 심정으로 이마를 붙잡았다.

"저, 저 말고도 간간이 연락하는 친구가 있거든요. 아무튼, 며칠 전부터 갑자기 수능 공부를 한다더니 완전 마음먹었나 봐요. 정물이가 그렇게 열심히 공부할 줄은 몰랐어요."

"아…… 그러니?"

"네. 완전 다른 사람이 된 것 같아요. 별일이 있는 건 아니죠? 공부만 하는 거죠?"

"그래. 무슨 일 있는 건 아니야."

"하하, 다행이네요! 어, 그런…… 안녕히 계세요, 어머님."

승현은 공손하게 인사하고 서둘러 걸어갔다. 엄마는 승현의 뒷모습을 보며 고개를 갸웃거렸다. 그리고 몇 걸음 못 가서 전화를 받았다.

"어머님, 안녕하세요. 저, 입시 학원 강사입니다. 지난번에 상담해 드렸던……. 잠깐 통화 가능하실까요?"

미화는 성인 여자 선생님의 말투를 흉내 냈다. 자기는 연기를 못하는 편이라고 말했지만 내 생각은 달랐다. 미화가 연기하는 것을 두 눈으로 보고도 믿기지 않았다. 전혀 다른 인격체가 미화의 몸에 들어간 것 같았다.

"다른 건 아니고요. 저번에 학원 오셔서 입학 모의고사 봤잖아요? 그 성적이 생각보다 엄청 잘 나와서요."

나는 자동차 너머로 얼굴을 빼꼼 내밀었다. 예상대로 엄마가 걸음을 멈췄다. 엄마는 바깥에서 중요한 연락을 받으면 항상 제자리에 서서 통화했다.

"소설 때문에 시간을 허비한 건 아닌지 내심 걱정하셨을 텐데, 정물이 공부도 꽤 열심히 했나 봐요. 학원 수업 따라가는 데 지장 없겠어요. 물론 지난번에 제일 먼저 말씀하신 그 대학교는 현실적으로 조금 어려워요. 그래도 이 상태로 1년 동안 열심히 하면, 어머님이 말씀하신 마지막의 마지막 대학교에는 들어갈 수 있을 것 같아요. 정물이가 공부하려는 의지도 대단하고요."

그때, 엄마의 눈에 띄지 않도록 먼 길을 돌아온 승현이 허리를 숙인 채 다가왔다. 여기서 뭐 하고 있느냐며 내 등짝을 때렸다. 미화의 연기에 감탄하느라 내 차례라는 것을 잊었다. 나는 차갑게 식은 배달 포장 용기를 들고서 엄마의 등 뒤로 향했다. 고글과 두꺼운 패딩, 스키 장갑까지. 정체가 발각되지 않도록 배달 기사님으로 위장한 상태였다.

엄마의 발뒤꿈치 부근에 놓인 두 주머니를 확인했다. 왼쪽은 매듭이 절반쯤 풀린 행복 주머니였고, 오른쪽은 동전으로 가득 찬 불행 주머니였다. 엄마는 감사하다고, 정물을 잘 부탁한다며 인사했다. 선생님이 있지도 않은 허공에다 왜 인사하는 건지. 그리고 학원 선생님이라면 엄마보다 나이도 어릴 텐데 왜 저렇게까지…….

허공에 행복 동전이 만들어졌지만, 행복 주머니의 입구에서 튕겨 바닥으로 떨어졌다.

나는 동전을 향해 손을 뻗었다. 동전은 스키 장갑의 두툼한 손가락 사이에서 번번이 미끄러졌다. 장갑을 벗으려고 발버둥 쳤다. 이빨을 이용했다가 실수로 손가락을 깨물었다. 숨이 가빠졌다. 다행히 엄마는 계속 통화하고 있었다. 아마 미화가 온갖 애드리브로 시간을 끌고 있을 것이다.

은색 동전에서 연기가 피어오르고 있었다. 회색 구름으로 뒤덮인 밤하늘의 보름달 같았다. 고생 끝에 오른손의 스키 장갑을 벗어 던진 순간, 엄마의 목소리가 또렷이 들렸다.

"선생님, 우리 정물이 잘 부탁드립니다. 안 해서 그렇지 공부하면 잘할 놈이에요. 어렸을 때 공부를 정말 잘했거든요……."

눈앞이 뿌옇게 변했다. 온몸을 무장할 게 아니라 귀를 막았어야 했다. 왜 어렸을 때 이야기를 꺼내는 걸까. 그 시절에 한 번쯤 공부를 잘하지 않은 애가 어디 있다고. 눈물을 훔치고 싶지만, 손등으로 고글의 유리알만 닦았다. 여러 번 눈을 감았다 뜨면서 남은 눈물을 쥐어짰다. 몇 번의 헛손질 끝에 동전을 행복 주머니의 틈에 쑤셔 넣었다.

"뭐, 뭐 하세요?"

인기척을 느낀 엄마가 뒤돌아봤다. 깜짝 놀라 하마터면 고개를 들 뻔했다.

"죄, 죄송합니다. 넘어져서……."

"괜찮아요?"

엄마는 나를 부축해 일으켜 세우고, 음식이 담긴 비닐봉지를 주워서 내 손에 쥐어 주었다.

"아이고, 추운데 고생 많아요."

나는 고개를 꾸벅이고 도망치듯 자리를 벗어났다. 울음이 진정되지 않아 아파트 단지를 벗어난 뒤에도 계속 달렸다. 미화와 승현은 영문도 모르고 나를 따라 한밤중에 달리기 시합을 했다.

22

아빠에게는 다른 방법으로 접근했다.

"여보세요. 아빠 어디야? 아직 집에 안 들어갔지? 나 지금
스트레스 풀러 사격장 가려고 하는데 같이 가자."

아빠는 처음에 피곤하다며 난색을 표했다. 하지만 아빠는
상대가 무리하게 부탁하면 쉽게 거절하지 못하는 타입이었
다. 부자지간의 추억을 만들자며 연이어 부탁하자 아빠는 알
겠다고 대답했다.

잠시 후, 지하철역 출구에서 아빠와 만났다. 나는 자주 가
는 사격장이 있다며 앞장서서 승현이 아르바이트하는 곳으
로 갔다.

사격장에 들어가자마자 입간판을 처음 보는 척 호들갑을

떨었다.

"와, 미쳤다. 아빠, 이거 봐봐. 미션에 성공하면 제주도 비행기 왕복권을 준대."

그 말에 솔깃했는지 아빠는 미션 내용을 꼼꼼히 확인했다. 입간판에는 큼지막한 숫자가 프린트된 A4 용지들이 붙어 있었다. 권총과 소총, 저격총 등의 목표 점수가 기존보다 낮아져 있었다.

몇 시간 전, 사격장 사장님이 퇴근한 뒤 우리는 매니저 누나를 섭외했다. 시미트리 시스템이나 데칼코마니에 대해 말할 수 없으므로 거짓말을 했지만.

"방학이 끝나기 전에 가족 여행을 가고 싶은데, 돈이 많이 든다고 부모님이 싫대요. 제가 모은 용돈으로 가자고 하면 곧 죽어도 싫다고 말할 분들이에요. 그래서 말인데 혹시……."

계획을 들은 매니저 누나는 대견하다며 흔쾌히 허락했다. 아빠와 내가 미션에 성공한 것처럼 꾸미기로 말을 맞췄다. 세 장의 비행기 왕복권 티켓값은 미리 매니저 누나에게 드렸다.

"어서 오세요. 두 분이신가요?"

사격장 유니폼을 입은 미화가 천연덕스럽게 아빠와 나를 맞이했다. 매니저 누나와 직원은 장소와 상황만 제공할 뿐 관여하지 않기로 했다. 실행은 우리 몫이었다.

"네, 두 분 미션 이벤트로 선택하셨고요. 저쪽 자리에 가서 하시면 돼요."

우리는 승현의 안내를 받아 자리를 옮겼다. 승현이 내 단짝 친구라는 것을 아빠는 몰랐다. 이번 계획은 나에 대한 아빠의 무관심 덕분에 실행할 수 있었다. 어린아이처럼 눈을 반짝인 아빠는 겉옷을 벗은 다음, 사격 자세를 잡고 첫 발을 쐈다.

"이거, 반동이 생각보다 실감 나네."

아빠는 한 발씩 신중하게 조준하고 쐈다. 나는 적당히 상황을 보면서 아빠와 사격 속도를 맞췄다. 총알을 모두 소진하자 승현이 다가와 붉은색 버저를 눌렀다. 레일이 돌아가며 표적지가 다가왔다. 승현은 아빠를 등지고 서서, 미리 구멍을 뚫어 높은 점수로 조작한 표적지와 방금 내가 대충 쏜 표적지를 바꿨다.

"정물 너, 글 안 쓰고 사격장만 다녔어?"

중앙을 벌집으로 만들어 놓은 내 표적지를 보고 아빠가 혀를 찼다.

"이 정도는 기본이지. 아빠, 군대에서 사격으로 포상도 받고 그랬다며. 실력 발휘 좀 해 봐."

"참나."

아빠는 본때를 보여 주겠다는 듯 넥타이를 풀고 셔츠의 소매를 접어 올렸다. 가끔 아빠는 허세를 부릴 때가 있었다. 나는 아재 개그만큼이나 그 허세를 질색했는데, 이번에는 진짜

221

였다. 다음 사격 때 월등히 높은 점수가 나왔다. 전체 점수가 너무 높게 나오면 의심을 살 수도 있어서 이번에는 내 표적지를 교체하지 않았다.

총기별 사격이 끝날 때마다 승현은 아빠와 나의 표적지를 들고 카운터로 갔다. 목표 점수에 도달하지 못하는 불상사를 막기 위해서 실시간으로 미화와 점수를 계산했다. 이벤트의 목표 점수를 한참 아래로 낮춰 놓았지만 조심해서 나쁠 것은 없었다.

모든 사격을 끝내고 우리는 함께 카운터 앞으로 갔다. 미화가 계산기를 두드리며 우리의 점수를 더했다. 잠시 후, 밝은 목소리로 미션에 성공했다고 말했다. 의심이 많은 아빠는 핸드폰을 꺼내 점수를 다시 계산해 봤다. 목표 점수를 넘었다는 것을 두 눈으로 확인하자 짧게 환호성을 내질렀다.

"정말 축하드려요!"

미화는 얼굴 근육을 총동원해서 진심을 담았다. 아빠는 떨듯이 기뻐하면서도 비행기 왕복권을 언제까지 써야 하는지, 추가 비용이 나오는지, 사격장과 협찬을 맺은 호텔은 제주도의 어디에 있고 가격이 얼마인지 캐물었다. 예상하지 못한 질문에 미화는 입간판의 내용을 훔쳐보고 얼버무렸다.

"아버님, 정말 기분 좋으시겠어요. 가족하고 함께 가실 건가요?"

아빠는 어색한 미소를 지으며 뒷목을 긁었다. 그리고 사격장에서 자체 제작한 비행기 왕복권을 들었다.

"그래야죠. 언제 한번 여행 가나 했는데…… 이걸 핑계로 갈 수 있겠네요."

동전 떨어지는 소리가 들렸다. 나는 서둘러 안경을 쓰고 아빠의 등 뒤에 바짝 붙었다. 행복 주머니의 벌어진 틈 사이로 행복 동전을 밀어 넣었다. 아빠가 뒤를 돌아보다가 내 머리를 툭 쳤다. 나는 재빨리 내 신발 끈을 잡아당겨 풀었다.

"뭐 해?"

"신발 끈이 풀려서."

"가만히 있어 봐."

아빠는 한쪽 무릎을 꿇고 앉아 신발 끈을 묶어 줬다. 나는 시선을 어디에다 둘지 몰라 고개를 돌렸다. 카운터에 선 미화와 승현은 성공의 의미로 서로 주먹을 가볍게 부딪쳤다. 매니저 누나와 직원분들도 흐뭇한 얼굴로 우리를 지켜봤다.

우리는 계획이 성공적으로 마무리될 줄 알았다.

"자, 잠깐만! 자기야, 우리 점수 넘었어! 와, 이걸 해낸다고!"

행복에 겨운 사람의 목소리와 동전 떨어지는 소리를 듣고 온몸에 소름이 돋았다. 한 20대 커플이 목표 점수가 낮춰진 입간판을 보며 소리를 지르고 있었다. 진실을 아는 사람들 모두 경악에 휩싸였다. 매니저 누나가 어두운 얼굴로 입간판을 들어 창고로 옮겼다. 20대 커플이 표적지를 한데 모아 카운터로 걸어왔다.

"미션 성공하셨어요? 저희도 방금 그 미션 성공했는데!"

최악의 상황이라는 것을 아는지 모르는지, 아빠는 난생처음 보는 커플에게 축하의 말을 건넸다. 낯선 사람과 스스럼없이 대화를 나누다니 평소의 아빠라면 절대 하지 않았을 행동이었다.

"감사합니다. 저희 여기 진짜 많이 왔거든요. 드디어 성공했네요."

"전 오늘 아들 녀석하고 처음 왔는데, 하하. 정물아, 아빠가 뭐랬어. 아직 안 죽었다고 했지?"

아빠와 커플의 어색한 웃음소리가 사격장에 울려 퍼졌다.

*
**

승현은 혼이 나간 얼굴로 그네를 탔다. 가로등 불빛에 희미하게 드러난 승현의 얼굴이 검었다. 어둠에 멀어 버릴 것 같아 손등으로 눈을 문질렀다. 미끄럼틀 구조물에 기댄 미화는 팔짱을 낀 채 신발코로 바닥을 툭툭 때리고 있었다.

"진짜…… 미안하다. 비행깃값은 어떻게든 내가……."

"정말 미안하긴 하냐?"

그네 타는 것을 멈추고 승현이 원망의 눈초리를 던졌다.

"미안하긴 하냐고."

빈정거리는 말투에 반발심이 들었지만, 꾹 참았다. 하필 내가 행복할 때 승현이 불행해지다니. 진짜 세상은 한 치 앞도 예측할 수 없었다. 매니저 누나는 사태가 심각해져서 사장님에게 말할 수밖에 없다고 했다. 조작된 점수로 미션을 성공한 커플의 비행깃값을 물어 줘야 하는 것은 물론이고, 잘하면 승현이 아르바이트에서 잘릴 수도 있었다.

"하, 여친한테 일주년 선물 폼 나게 해 주고 싶었는데…….아닌가? 어차피 여친하고 사이도 안 좋은데 내가 왜 걱정하지? 이대로 헤어지면 일주년도 안 오잖아."

승현은 혼자 말하고 대답하는 희극 배우처럼 너털웃음을 터뜨렸다. 잠시 뒤에는 웃음이 말끔히 가신 어조로 말을 걸었다.

"너 소설은 왜 포기하냐?"

미화도 발 장난을 멈추고 나를 바라봤다.

"부모님이 이혼하지 않게 하려고 그렇게 말한 거긴 한데…….솔직히 잘 모르겠다."

"뭐가?"

숨을 들이마시자 얼음장 같은 공기가 콧속으로 밀려들었다. 곧이어 흐릿한 입김이 흘러나와 어둠 속에 번졌다.

"정말 소설을 포기하는 게 낫겠다는 생각도 들고."

"그게 뭔 헛소리야. 너 글 쓰는 거 좋아하잖아."

승현의 목소리가 커졌다. 녀석은 사격장에서 벌어진 사건을 목격했을 때보다 심각한 표정을 짓고 있었다.

"재능도 없는 것 같고, 이걸로 대학에 갈 수 있을지도 모르겠어서."

"아직 1년이나 남았는데 뭘 벌써부터 포기해? 할 수 있으면서도 안 하는 게 가장 멍청한 짓인 거 몰라? 넌 내 모습을 봤으면서도……."

엄마처럼 잔소리하는 승현의 말을 듣자 이마의 상처가 욱신거렸다. 왜 주변 사람들은 나를 못 잡아먹어서 안달일까. 소설을 써도 뭐라고 하고, 안 써도 뭐라고 하고.

"내가 소설을 쓰든 말든, 너랑 상관없잖아."

나는 패밀리 레스토랑에서 썼던 승현의 말투를 따라 했다.

"새끼야, 넌 말을 해도……."

승현은 그네에서 내려 위협적으로 다가왔다. 그러나 감정이 격해졌는지 말을 잇지는 못했다.

어릴 적, 십자인대 파열로 태권도 선수의 꿈을 잃은 승현은 종일 집에만 틀어박혀 지냈다. 나는 친구가 걱정되어서 녀석의 집에 자주 찾아갔다. 컴퓨터 게임을 하고 놀다 보면 금세 세상이 노을로 뒤덮였고, 그럼 코찔찔이 시절의 승현이 잘 가라고 손을 흔들었다. 항상 다음에도 또 놀러 오라는 말을 덧붙였다. 당시 친구 무리에서 승현을 챙긴 것은 나뿐이었다.

그 후로, 승현은 내 일이라면 발 벗고 나서서 도와줬다. 나는 그런 승현의 태도를 당연하게 여겼다. 내게 빚진 친구의 마음을 이용한 것이다. 무슨 일이 있어도 승현이 도와주리라는 것을 알았으니까. 승현을 이용할 때마다 자기혐오라는 감정이 찾아와 마음을 들쑤셨지만 줄곧 외면해 왔다.

"별 지랄을 다 해 가면서 도와줬더니 이젠 관심도 가지지 말라고? 진짜 제멋대로네. 인생 혼자 살다 금방 죽어, 인마. 어휴 됐다. 내가 또 무슨 소릴 하냐, 네 앞에서."

승현은 씩씩거리며 걸음을 돌렸다. 놀이터엔 미화와 나만 남았다. 나는 태연한 척 미소를 지었다.

"오늘 도와줘서 고맙다. 약속은 지킬게. 뭐, 당분간 행복할 일이 없으니 지킬 수밖에 없겠지만."

미화의 표정은 모호했다. 약속을 지키겠다는 말에 떨떠름한 것 같기도 하고 화가 난 것 같기도 했다. 왜 그럴까? 내가 소설을 포기해서 불행해진다면, 그건 미화에게는 희소식이었다. 우리는 데칼코마니이므로 상대의 불행을 기쁘게 받아들여야 하는 관계가 아니었던가.

미화가 가까이 다가오자 그녀의 표정을 자세히 볼 수 있었다. 조금 전 승현과 똑같은 표정이었다. 하고 싶은 말이 있지만 쉽게 꺼내지 못해 입술을 달싹이는 얼굴. 그녀는 끝내 어떤 말도 꺼내지 못하고 놀이터를 빠져나갔다.

＊＊

그날 밤, 내가 집에 들어갔을 때 엄마 아빠는 주방 식탁에서 이야기를 나누고 있었다. 식탁에는 맥주 캔과 와인 잔, 땅콩이 놓여 있었다.

"갑자기 술? 무슨 일 있어?"

"얘가, 꼭 무슨 일이 있어야 마시나."

엄마의 목소리가 밝았다. 아빠는 취기에 얼굴이 붉어져 있었다.

꼬미가 자꾸 보채서 샤워부터 하고 나왔다. 편한 복장으로 갈아입고 식탁의 한 자리를 차지해 앉았다. 머리칼에서 물방울이 떨어져 어깨 부근이 차가웠다. 부모님은 서로 눈치를 보고 있었다. 잠시 후, 아빠가 조심스럽게 말문을 열었다.

"이혼 말인데……. 하지 않기로 했다."

땅콩을 집어 먹던 나는 그대로 굳어 버렸다. 잘못 들은 것은 아닌지 부모님을 번갈아 쳐다봤다.

"정물이 네가 가운데서 많이 힘들었지? 아직 학생인데 얼마나 스트레스를 받았을지……."

"갑자기 무슨……."

울음이 터지지 않도록 입술을 꽉 깨물었다. 고개를 숙이자 눈물이 뺨을 타고 흘렀다.

"아들, 지금 정말 중요한 시기인 거 알지? 이제 스트레스받지 말고 공부에만 전념해. 우리 아들은 할 수 있어. 엄만 믿어."

엄마가 내 팔을 부드럽게 어루만졌다. 나는 손등으로 눈물을 연신 닦아 냈다. 이 말을 얼마나 듣고 싶었는지 두 사람은 모를 것이다. 아빠가 흐느낌을 멈추지 못하는 내게 다가와 꼭 안아 주었다.

나는 행복을 원한 것이 아닐지도 몰랐다. 단지 불행해지지 않기를 바랐을 뿐.

우리 가족은 오랫동안 대화를 나누었다. 광대가 뻐근할 정도로 웃었고, 자정이 넘어서야 자리를 정리했다. 내일은 입시학원 첫 수업이 있는 날이었다. 아빠가 설거지하고, 엄마는 행주로 식탁을 닦았으며, 나는 쓰레기를 치웠다. 분리수거함에 맥주 캔과 와인 병을 버렸다. 유리끼리 부딪치는 쨍한 쇳소리를 듣다가 한 가지 사실을 깨달았다.

행복 동전이 떨어지지 않았다. 어느 누구에게서도.

23

쉬는 시간은 10분이었다. 의자 끄는 소리가 들리면, 나는
누구보다 빨리 강의실을 빠져나갔다. 건물 밖으로 나가 숨을
크게 들이마셨다. 폐부 깊숙이 찬 공기가 들어가는 것을 느끼
며 눈을 문질렀다.

입시 학원에서 수업을 듣는 첫날, 깊은 잠에서 깨어난 기분
이었다. 소설이라는 허구의 바다에서 헤엄치다가 얕은 수면
까지 걸어 나온 기분. 햇볕에 달구어진 모래사장을 밟고 서자
비로소 현실이 보였다. 맨발로 한 가지 목표를 향해 달려가는
수험생들이. 불안하고도 간절한 표정으로 한곳을 바라보는
내 또래의 얼굴들이. 밀려오는 파도가 발목을 간질이며 유혹
했다. 소설이 낫지 않느냐고. 소설을 쓰는 동안에는 현실을 외

면할 수 있을 거라고.

나는 주머니에서 500원짜리 동전을 꺼내 손가락으로 튕겼다. 동전이 허공에서 핑그르르 돌다가 바닥에 떨어졌다. 어젯밤에도 이 동전 떨어지는 소리가 들렸어야 했다. 엄마 아빠가 이혼하지 않겠다고 했으니 부모님 두 분 중 한 분이라도, 하다못해 나한테라도 행복 동전이 떨어졌어야 했다.

행복 동전이 제 발로 복주머니에 들어간 것은 아니었다. 마법 안경을 쓰고 부모님과 나의 행복 주머니를 확인해 봤지만 매듭이 완전히 풀리지 않았다. 그렇다면 남은 가설은 하나뿐이었다. 부모님이 이혼하지 않는 것이 우리 가족에게 행복한 일이 아니라는 것. 뭔가 잘못되어도 단단히 잘못됐다는 생각이 들었다.

벌써 쉬는 시간이 끝나갔다. 나는 차갑게 식은 500원을 주운 뒤 강의실로 올라갔다.

내 옆자리에는 못 보던 아이가 앉아 있었다. 후드 모자를 뒤집어쓴 그 아이는 책상에 엎드려서 꼼짝도 하지 않았다. 쉬는 시간에 자리를 옮긴 건가. 강사가 들어오고 수업이 시작됐다. 나는 몰래 소설책을 꺼냈다. 시간을 죽이는 데 소설만 한 게 없었다. 수업 내용은 이해하기 어려우니 집에 가서 인터넷 강의를 들어야겠다고 생각하며 책장을 펼쳤다.

소설에 몰입되면서 강사의 목소리가 점점 작게 들렸다.

"오랜만이다, 정물."

깜짝 놀라 옆자리를 쳐다봤다. 아이는 책상에 엎드린 채 고개만 돌렸다. 처음 보는 얼굴이지만, 상황 자체는 어딘가 익숙했다. 이렇게 갑자기 등장할 만한 사람은 한 명밖에 없었다.

"카일?"

"레인이다."

여자애의 눈이 형형하게 빛났다. 나이와 전혀 어울리지 않는 눈빛이었다. 나는 자세를 고쳐 앉고, 주위를 살폈다. 학생들은 열성적으로 수업하는 강사에게 집중하고 있었다.

"무슨 일이에요? 갑자기……."

"카일이 붙잡혔다."

칠판을 봐야 한다는 것도 잊고 레인을 쳐다봤다.

"내일 아침 카일의 재판이 열릴 거야. 네 도움이 아주 컸어. 카일이 계속 이쪽 세상에 들락거렸으면 잡기 힘들었을 텐데."

기억해 보면 근래에 행복 동전이 소멸된 적이 없었다. 행복 동전이 만들어질 때마다 악착같이 행복 주머니에다가 집어넣었다. 카일이 이쪽 세상에 나타나면 관리자들이 추적하기 어려운 듯한데, 어쩌다 보니 내가 카일의 도주로를 차단한 셈이었다.

"재판을 받으면 카일은 어떻게 되는데요?"

"관리자 직위가 박탈되고 소멸되겠지. 영원히."

레인에게서 위화감이 느껴졌다. 얼굴은 선한 인상의 10대 여자아이였지만 말투는 딱딱하고 권위적이었다. 관리자가 다른 사람의 모습으로 변장할 수 있는 줄은 몰랐다. 카일은 항상 똑같은 모습으로 나타났는데.

"요즘에도 카일의 아이들을 만나고 다니던데. 심지어 그 아이들의 행복 주머니도 대부분 열었고."

"돕고 싶어서 도왔는데, 뭐가 잘못됐어요?"

"그 아이들, 카일이 10년 전부터 담당한 애들이야. 넌 지금 범죄자를 돕는 거라고."

"이게 왜 범죄자를 돕는 거예요. 사람이 사람을 돕는 건데."

"불특정 다수를 도우면 상관없지만, 특정 아이를 돕는 건 안 된다고 지난번에 말하지 않았나?"

"……우연의 일치예요. 그냥 길 가다가 만난 아이들을 도운 거라고요."

레인의 눈빛이 살기등등해졌다. 지난번에 레인을 만났을 때는 겁을 먹었지만 이제는 하나도 무섭지 않았다. 정확히는 눈에 뵈는 것이 없었다. 부모님의 이혼 문제로 머리가 터져 버리기 직전이었다.

"어디서 별것도 아닌 게 까불어. 확 행복 주머니 닫아 버릴까 보다."

나는 레인의 눈을 똑바로 쳐다봤다. 그제야 레인은 자신의 말실수를 인지한 듯 표정을 바꿨다. 그녀의 시선이 갈 곳을 잃고 방황했다. 이런 반응을 보면 꼭 사람 같았다.

"당신들은 행복 주머니를 닫을 수 있어요? 직접?"

"거기 학생."

목소리가 들리는 곳으로 고개를 돌렸다. 강사와 학생들이 힐난하는 눈빛을 던지고 있었다.

"수업 시간에 떠들면 안 돼. 차라리 잠을 자든가, 핸드폰을 해."

"죄송합니다."

강사는 언제 그랬냐는 듯 학생들의 시선을 사로잡아 수업을 진행했다. 나는 충격에서 헤어나지 못했다. 행복 주머니가 닫힌 사람은 불행했다. 행복 주머니가 닫혀 있으면 행복 동전이 생성되어도 들어가지 못하고 사라지기 때문이었다.

행복 주머니를 닫을 수 있다는 것은 그 사람을 불행하게 만들 수 있다는 뜻이었다.

"관리자가 왜 사람의 행복 주머니를 닫아요?"

"시미트리 시스템을 유지하기 위해서는 어쩔 수 없는 상황이 생기기 마련이야. 넌 어려서 이해하지 못하겠지만."

"설마 제 행복 주머니도 당신들이 닫았어요?"

"아니, 네 행복 주머니는 우리가 닫은 게 아니야. 네가 스스로 닫은 거지."

이야기를 들을수록 더 이해가 되질 않았다. 나는 카일을 만나기 전까지만 해도 복주머니의 존재를 알지 못했다. 하물며 복주머니의 끈을 묶을 수 있을 리가.

"카일의 안경까지 건네받았다며. 그걸 쓰고 아이들을 만나고 다녔으면 봤을 거 아냐. 그 아이들과 네 행복 주머니의 매듭이 다르다는 것을."

레인의 말이 맞았다. 카일이 건네준 프로필의 아이들은 행복 주머니의 매듭이 모두 똑같았다. 예림은 미화가 프로필을 바꿔치기했으니 다른 것이었다.

"간혹 그런 관리자가 있어. 이 세상에 나오고 싶어서 담당한 인간의 행복 주머니를 닫는 관리자가. 카일이 바로 그런 부류야. 얼마나 행복 동전을 갖고 싶었으면, 아이들의 행복 주머니를 닫고 다녔겠어?"

가만히 말을 듣고 보니 뭔가 이상했다. 카일이 행복 동전을 갖고 싶은 욕망 때문에 아이들의 행복 주머니를 닫았다고 치자. 그래야 행복 동전이 소멸되고 관리자가 이 세상에 나올 수 있으니까. 하지만 이해가 안 가는 부분이 있었다.

"카일이 10년 전부터 그 아이들의 행복 주머니를 닫았다고 쳐요. 행복 동전을 얻기 위해서. 근데 왜 이제 와서 행복 주머니를 열려고 하는 거예요?"

레인은 대답하지 못하고 우물쭈물했다.

"혹시 카일이 수배되고 붙잡힌 것과 연관이 있는 거예요?"

"그 아이들과 접촉하지 않겠다고 약속하면, 네 행복 주머니의 매듭을 풀어 줄게."

막다른 길에 몰린 범인처럼 레인이 회유의 말을 꺼냈다.

"매듭만 풀면 너도 다른 사람들처럼 행복해질 수 있어. 행복 동전을 가질 수 있다고. 어때?"

손톱이 살갗을 파고들 정도로 주먹을 세게 쥐었다. 레인은 자신이 불리할 때마다 사람들에게 이런 제안을 하고 다닌 것 같다. 한두 번 해 본 말투가 아니었다. 얼마나 많은 사람이 레인의 꾀에 넘어갔을지 상상조차 되지 않았다.

"제가 보기에는요, 당신이 더 범죄자 같아요."

레인은 나를 빤히 쳐다보더니 조용히 자리에서 일어나 강의실을 나갔다. 수업 도중에 어디 가느냐고 강사가 외쳤지만 1분도 안 돼서 수업이 진행됐다. 아무 일도 없었다는 듯이.

*
**

저녁 8시가 되어서야 모든 수업이 끝났다. 학생들이 초췌한 얼굴로 학원 건물을 빠져나갔다. 나는 아이들 틈에 섞여 거리를 걸었다. 정처 없이 밤거리를 헤매며 머리가 터지도록 생각하고 또 생각했다.

레인의 말이 사실이라면, 시미트리 관리자는 사람의 복주머니를 닫을 수 있었다. 행복 주머니를 닫는 것은 그 사람을 불행하게 만드는 행위다. 말할 것도 없이 나쁜 짓이고, 카일이 사람들의 행복 주머니를 닫고 다녔다면 범죄자로 붙잡혀 재판받는 것도 납득이 됐다. 하지만 카일은 무려 10년 동안이나 아이들의 행복 주머니를 닫았다. 내가 이해되지 않는 부분은 바로 그것이었다. 그동안 카일을 멀쩡히 내버려 두었으면서 왜 이제 와서 범죄자로 취급하고 붙잡았는지.

카일이 아이들의 행복 주머니를 열려고 하는 이유와 10년 만에 그 행동이 위법 행위로 바뀌고 카일이 붙잡힌 이유. 시미트리 관리자들이 어마어마한 비밀을 숨기고 있을 거라는 예감이 들었다.

나는 카일 덕분에 복주머니의 존재를 알게 됐다. 나와 성향이 다른 친구들을 도우면서 행복에 대해 많은 것을 배웠다. 부모님이 정말 이혼을 하지 않을지는 좀 더 지켜봐야겠지만, 우리 가족이 화목해진 것도 사실이었다. 카일에게 진심으로 고마웠다. 고맙다는 말을 직접 전해 주고 싶고, 그의 일을 돕고 싶었다.

그리고 이건 명백한 계약 위반이었다. 나는 부탁한 일을 성실히 도와줬는데, 카일은 행복해지는 방법을 알려 주지 않았으니까.

그동안 카일은 본인이 원할 때 이 세상에 나타났다. 이번엔 내가 카일을 이쪽 세상으로 불러낼 차례였다.

24

카일의 재판이 열리는 내일 아침까지 한 번만 행복하면 됐다. 소설을 쓰는 것은 최후의 방법으로 남겨 두었다. 새벽까지 할 수 있는 걸 시도하고도 행복 동전이 나타나지 않으면, 그때 가서 글을 쓸 것이다. 두려워서 그런 것도 있었다. 내가 가장 좋아하는 소설을 써도 행복 동전이 나타나지 않을까 봐. 소설이 더 이상 내 행복이 아닐까 봐.

나는 아이들을 만나서 행복해지는 길을 택했다. 머릿속에 가장 먼저 떠오른 사람은 승현이었지만 빠른 속도로 지워졌다. 지금 승현이와의 관계는 우리가 친구로 지낸 기간 중에서 최악이었다. 미화에게도 부탁할 수 없었다. 곧 웹드라마 오디션이 있으니 내가 행복해질 수 있도록 도와줄 리 만무했다.

추위를 피해 가까운 카페에 들어갔다. 아이스초코를 한 잔 시켜서 창가 자리에 앉아 핸드폰으로 친구 목록을 살펴봤다.

"여보세요? 어, 지금 연습실이야?"

첫 번째 타깃은 새임이었다. 앉아서 노래를 듣는 일은 아르바이트를 대신 해 주거나 선행을 하는 것보다 훨씬 쉬웠다. 게다가 스튜디오 부스는 24시간 무인으로 운영하지 않던가. 마음만 먹는다면 언제든지 노래를 부를 수 있었다.

「미안, 나 오늘 하루 종일 연습해서 목이 다 쉬었어. 다음에 도와줄래?」

감기에 걸린 것처럼 새임의 목이 쉬어 있었다. 그녀도 인간이라는 사실을 간과했다. 예전의 나였으면 그냥 전화를 끊었을 텐데, 목이 쉬었을 때 대처 방법 같은 것을 검색해서 알려 주었다.

다음 타깃은 연우였다. 문화독서실이라면 이곳에서 그리 멀지 않았다.

「나? 집인데?」

"뭐? 왜 집이야? 공부 안 해?"

날이 추워서 나가지 않았다고 연우가 대답했다. 너무 추운 날 독서실에 있으면 발이 시려서 집중하기 힘들다는 것이다. 이미 독서실에 가서 행복해지려고 계획했던 터라 나도 모르게 신경질을 부렸다.

"날이 춥다고 독서실을 안 가는 건 핑계야."

「갑자기 전화해서 뭔 헛소리야. 이렇게 해도 너보다 공부 잘하거든? 왜 전화했냐? 모르는 거 있어?」

"……어떻게 해야 행복해지냐?"

나는 실낱같은 희망을 안고 물어봤다. 연우는 그동안 내가 아무리 복잡한 문제를 물어봐도 세세하게 풀이 방법을 알려 주었다. 똑똑하고 공부 잘하는 아이니까 이번 문제에도 뭔가 정답을 알고 있을지도 몰랐다.

핸드폰 너머로 연우의 웃음소리가 들려왔다.

「아, 진짜. 올해 들은 말 중 제일 웃겼다. 덕분에 실컷 웃었어. 공부 잘해 봐. 그럼 행복해져.」

연락처 목록을 살피던 도중, 효성의 이름을 발견했다. 핸드폰을 이마에 두드리며 고민하다 얼굴에 철판을 깔고 전화를 걸었다. 찬밥 더운밥을 가릴 처지가 아니었다.

"여보세요?"

아무 대답도 들리지 않았다. 카페는 사람들의 목소리와 스피커에서 울리는 음악 소리로 소란스러웠다. 내가 대답을 못 들었나 싶어 귀에서 핸드폰을 떼고 확인했다. 통화는 정상적으로 연결되어 있었다.

「왜 전화했어?」

효성의 퉁명스러운 목소리가 들렸다. 나는 시간 들여 편의점 사건을 사과했다. 아르바이트에서 잘리진 않았지만, 효성을 난처하게 만든 것은 사실이었다. 그 사건에서 관심을 돌리기 위해 나는 어머니의 안부를 물었다.

「많이 좋아졌어. 얼마 전에 일반 병실로 옮겨서 내가 머무르면서 간병하는 중이야.」

"진짜? 정말 다행이다……. 아, 내가 병문안 갈까? 꽃이랑 과일 같은 거 사 들고 가면 어머님 좋아하시겠는데. 지금 가도 돼?"

효성은 큰 소리로 한숨을 내쉬었다. 조용하던 수화기 너머에 소음이 섞여 들었다. 핸드폰을 들고 병실에서 나온 것 같았다.

「저녁 10시가 다 되어 가는데 병문안이 말이 돼? 너 좋은 아이인 거 아는데, 좀 이상해. 꼭 무슨 목적이 있어서 도와주는 것 같아. 그거 되게 불쾌한 거 알아?」

핸드폰의 시간을 확인해 보니 저녁 9시 50분이었다. 행복해지는 데 혈안이 되어 너무 막무가내로 덤벼들었다. 나는 미안하다는 말을 건네고, 병문안은 다음에 날이 밝을 때 가겠다고 말하며 통화를 끝냈다. 초조함이 느껴져 다리를 떨었다. 남은 사람은 성철밖에 없었다.

*
**

덩치 큰 남자아이가 돌아다니자 카페 내 손님들의 시선이 집중되었다. 그런 시선이 부담스러웠는지 성철은 잰걸음으로 걸어와 평소보다 굳은 얼굴로 맞은편에 앉았다. 어디를 가든 여러모로 주목을 받는 아이였다.

"연락 줘서 고마워. 머리는 좀 괜찮아?"

"신경 안 써도 돼. 거의 다 나았어."

나는 안경테를 매만졌다. 성철의 행복 주머니는 못 본 사이에 매듭이 많이 풀려 있었다.

우리는 서로의 근황을 묻고 답했다. 겨울 방학을 보내는 고등학생의 일과는 시시했고, 이야기를 나눌수록 나는 체념에 빠졌다. 늦은 밤, 카페에서 성철과 함께 행복할 일은 없었다. 대화는 돌고 돌아 편의점 사건으로 되돌아갔다.

"나 예림이를 만났어."

"뭐? 어디서?"

"교회에서."

성철의 말에 따르면, 그는 학교에서 징계를 받아 사회봉사를 시작한 이후부터 교회에 나가기 시작했다. 교회는 겉모습으로 사람을 판단하지 않았다. 선행으로 도울 수 있는 일거리가 많은 곳이기도 했다. 성철이 예림을 만난 곳은 교회 근처의 골목길이었다. 편의점 사건이 마음에 걸렸던 성철은 그녀에게 말을 걸었다. 예림은 성철이 교회를 다닌 지 얼마 되지 않았다는 것을 듣더니 재미있다는 듯 얘기를 털어놓았다.

예림은 모태 신앙이었다. 일요일마다 교회에 가서 성경책을 읽는 것도, 목사의 말을 듣는 것도 숨을 쉬는 것처럼 당연한 일이었다. 종교는 많은 것을 금기시했다. 성적으로 문란하면 안 되고, 비행을 일삼으면 안 되며, 항상 욕망을 억눌러야했다. 예림은 그 말을 철석같이 믿고 실천했다. 예림이 다니던 교회의 목사가 오랫동안 신자들을 성추행했다는 사실이 밝혀지기 전까지는.

교회가 발칵 뒤집혔다. 신문에도 기사가 실렸다는데, 언젠가 나도 들은 적이 있었다. 컴퓨터로 세상의 모든 뉴스를 접하는 엄마가 우리 동네에 파렴치한 목사가 있다며 혀를 찬 적이 있었다. 나는 별 미친놈이 있다며 욕하고 끝냈지만, 예림은 그럴 수가 없었다.

"예림이가 성경으로 한글을 뗐대. 무슨 말인지 알겠어? 얘가 의식을 가지기 시작한 순간부터 보고 들은 모든 게 부정된 거야. 상상조차 안 돼. 예를 들어 나는 누군가를 돕는 게 당연하다고 생각하며 살아왔는데, 그 모든 것이 부정되는 것과 마찬가지잖아. 근데 걔는 담담하게 말하더라. 나보고 교회 다니지 말래. 신도 믿지 말고……. 걔는 지금 교회에서 금기시했던 것들을 보란 듯이 깨뜨리려고 해."

"그럼, 뭐 어떡해? 걔를 선도라도 해야 하나."

나는 혼잣말을 하다 손가락을 튕겼다. 머릿속에 행복 동전을 만들 방법이 번뜩였다.

"그래! 예림이를 돕는 거야. 우리 선행 클럽의 첫 번째 프로젝트로. 비행 청소년을 돕는 방향으로 가닥을 잡으면, 괜찮지 않아? 잠깐, 내일이 주말이던가? 아침에도 예배 있지?"

"그 말, 농담이길 빈다. 아니라면 나 진짜 화날 것 같거든."

성철은 의자의 팔걸이를 꽉 움켜쥐었다. 파르르 떨리는 그의 눈꺼풀에서 긴장이 배어났다.

"남들이 해결해 줄 수 없는 일도 있는 거야. 그냥 안고 살아갈 수밖에 없는 일. 뭐든 해결하려고 하지 마. 다른 사람의 문제는 더욱더."

*
**

"아, 이다음 장면을 못 쓰겠어요."

나는 노트북에서 손을 떼고 온몸에 힘을 뺐다. 흐릿한 광채를 발하는 탁상시계가 눈에 들어왔다. 자정하고도 20분이 지나 있었다.

"동전을 만들려면 정물이 행복해야 하는데, 어떻게 해야 정물을 행복하게 할 수 있을까요?"

「네가 만든 인물인데 네가 모르면 어떡하냐?」

좋은 수가 없는지 오랫동안 골몰했다. 일단 키보드 위에 손을 올렸지만 한 문장도 이어서 쓰지 못했다. 은은한 스탠드 조명의 불빛이 손 위로 번지는 모습을 가만히 지켜봤다.

"그래서 더 모르겠어요. 왜 글자도 너무 가까이서 보면 흐릿해서 잘 안 보이잖아요. 괜히 저를 주인공으로 했나 봐요. 도저히 모르겠어요."

종이 넘기는 소리가 수화기를 통해 넘어왔다. 과외 형은 아마 내 소설을 출력해서 읽고 있는 것 같다. 집 안은 고요했다. 이따금 꼬미가 거실을 돌아다니는 기척이 들렸다.

「네가 쓴 글에서 정물이 스스로 행복 동전을 만든 적은 한 번뿐이야. 소설을 썼을 때.」

"근데 정물이 더 이상 소설을 쓰기 싫어하면요? 소설이 꼴도 보기 싫대요. 지긋지긋하대요, 아주. 그럼 어떡해요?"

「소설을 쓴다고 생각하니까 스트레스받지. 속마음을 털어놓는 기분으로 써 봐. 어차피 주인공은 너잖아? 네 이야기를 써. 욕심부리지 말고, 한 문장씩, 한 단어씩.」

노트북의 텅 빈 백지를 쳐다봤다. 여백만 봐도 머리에 두통이 몰려왔다.

「할 수 있어. 한번 끝까지 해 봐.」

과외 형은 전화를 끊었다. 나는 기지개를 켜고 목 근육을 스트레칭한 뒤 글을 쓰기 시작했다. 과외 형의 말처럼 천천히, 욕심부리지 않고 한 문장씩.

나는 새벽의 한가운데를 관통하고 있었다. 어느 순간부터 꼬미의 발걸음 소리가 들리지 않았다. 얼마나 시간이 흐른 지 모르겠다. 시간을 확인하고 싶지 않았고, 확인할 겨를이 없었다. 나의 모든 신경은 소설에 집중되었다. 현실과 비현실의 경계가 허물어지고, 소설 속 세상에 빨려 들어가는 것 같았다. 내가 주인공이고 주인공이 나인 소설. '동전 떨어지는 소리가 들린다'라고 문장을 쓰자 실제로 동전 떨어지는 소리가 들리는 듯한 착각.

소설 속 문장이었는지 아니면 환청이 들린 건지 구분할 수 없었다. 동전 떨어지는 소리가 영원히 이어질 것처럼 귓속에 맴돌았다.

25

누군가 내 어깨에 손을 얹었다. 엄마일까? 한숨 소리가 들리지 않았다. 아빠? 아니다. 아빠는 내 방에 잘 들어오지 않는다. 천천히 눈을 떴다. 창문으로 희부연 새벽빛이 새어 들어왔다. 방 안에는 아무도 없었다.

나는 찌뿌둥한 몸을 일으켰다. 오늘도 책상에 엎드려서 잤다. 노트북이 켜져 있어서 간밤에 쓴 소설을 다시 읽어 봤다. 밤새 글을 써서 소설의 결말까지 적었는데, 기억이 나지 않았다. 나는 내 이야기를 어떤 식으로 끝맺었을까? 소설의 일부분을 읽다가 노트북 모니터를 덮었다. 지금 확인하면 결말을 수정할 것 같았다.

이 글이 소설로 읽히는 그날에 다시 읽을 것이다.

대신 핸드폰부터 확인했다. 시간을 확인하려는 거였는데, 음성 녹음 애플리케이션이 켜져 있는 것을 발견했다. 빨간색 버튼을 눌러 녹음을 중단했다. 녹음 시간은 15분 남짓. 떨리는 손으로 녹음 파일을 재생했다. 카일의 음성이 들렸다.

익숙한 음성이 들리자 잠기운이 달아났다. 멍하니 카일의 말소리를 듣던 나는 허둥지둥 옷을 갈아입었다. 현관에서 신발을 구겨 신고 집을 뛰쳐나갔다. 손이 시린 것을 참아 가며 지도 애플리케이션으로 목적지까지 가는 방법을 검색했다. 버스 정류장의 위치만 확인하고 달렸다.

달리는 내내 카일의 목소리가 머릿속에서 메아리쳤다.

「먼저 고맙다는 말을 하고 싶다. 덕분에 작별 인사 정도는 할 수 있겠어.」

새벽 공기가 차가웠다. 날카로운 바늘이 뺨을 사정없이 찌르는 것 같았다. 나는 내 하얀 입김을 들이마시며 전력으로 질주했다.

「너의 행복 동전이 소멸됐을 때, 그래서 나한테 이 세상에 나올 기회가 주어졌을 때, 나는 깊은 고민에 빠졌어. 나한테 주어진, 마지막일지도 모르는 이 시간을 어떻게 써야 할지. 너한테 무슨 말을 해 줄 수 있을지. 그러다 결심했다. 너한테만큼은 진실을 알려 줘야겠다고. 주소를 알려 줄게. 거기로 가 봐. 도착하면 녹음 파일을 다시 재생해. 도착했어? 내가 준 안경을 쓰고…….」

이쯤에서 재생을 중지했다. 버스 정류장에서 덜덜 떨며 기다리다가 도착한 버스에 올랐다. 발 디딜 틈이 없을 정도로 승객들이 많았다. 나는 몸이 구겨진 상태로 한 덩어리로 뭉쳐진 승객들과 함께 이리저리 흔들렸다. 삐질삐질 땀을 흘려도 벗어날 수 없었다.

열 정거장을 지나간 다음, 버스에서 내려 한 아파트 단지에 들어갔다. 입구에는 유려한 곡선의 거대한 문주가 위용을 과시했고, 단지 내에는 숲을 연상케 하는 공원이 있었다. 아파트가 아니라 시민 공원에 들어온 것 같아 감탄이 절로 나왔다.

지도 애플리케이션을 수시로 확인하며 걸었다. 땀이 식으면서 으슬으슬한 한기가 끼쳤다. 이곳은 놀랍도록 인적이 드물고, 사람보다 자동차가 훨씬 많았다. 하나같이 값비싼 외제 차였다. 아파트 안으로 들어갈수록 몸이 움츠러들었다. 아파트의 높이가 하늘을 찌를 만큼 높아 난쟁이가 된 것 같았다. 내가 이런 곳에 들어와도 되는 걸까. 그런 생각을 하기 무섭게 등 뒤에서 동전이 떨어졌다. 요정의 그림에 날개가 없는 불행 동전이었다.

카일이 가라고 한 곳은 어느 카페였다. 아파트 단지 안에 있는데도 규모가 상당히 컸다. 문을 열고 안으로 들어가자 감미로운 재즈 음악이 흘러나왔다. 고급스러운 인테리어도 놀라웠지만, 커피의 가격은 더 놀라웠다. 웬만한 한 끼 식사 가격이었다. 나는 주머니에서 천 원짜리 지폐와 동전들을 꺼내 계산했다.

따뜻한 커피를 손에 쥐고 카페의 가장자리에 앉았다. 손님들은 모두 여유로워 보였다. 전쟁터를 방불케 하던 버스 안의 풍경과는 사뭇 달랐다.

나는 귀에 이어폰을 꽂고 녹음 파일을 재생했다.

「……도착했어? 내가 준 안경을 쓰고 주위를 둘러봐.」

주머니에서 마법 안경을 꺼내 썼다. 손님들의 행복 주머니에는 셀 수 없이 많은 행복 동전이 들어 있었다. 한 명도 빠짐없이 모두 말이다. 불행 주머니에도 동전이 몇 개 들어 있었지만, 행복 주머니에 비하면 터무니없이 적었다. 손님들 중 나와 가까운 곳에 앉은 3인 가족을 눈여겨봤다. 브런치를 즐기고 있는 부모와 남자아이의 행복 주머니에도 동전이 가득했다. 얼마나 많은지, 새 행복 동전이 나타나도 주머니에 담기지 않고 튕겨 나갈 정도였다.

「이곳 사람들의 복주머니에 행복 동전이 가득한 거 보여? 바닥에 떨어져 사라지는 수많은 행복 동전들도? 저 사람들은…… 저 행복이 없어도 사는 데 아무 지장이 없어. 하지만 힘없고 가난한 사람들은 저 작은 행복 하나가 간절해. 이 세상엔 최소한의 행복조차 누리지 못하는 사람들이 너무나 많

아. 작고 소소한 행복 하나로 하루를, 인생을 버티는 사람들이 대부분이지.」

바로 옆에서 말하는 것처럼 카일의 말이 생생했다.

「부유하다고 해서 행복한 것도 아니고, 가난하다고 해서 불행한 것도 아니야. 그런데 너희 세상에서 부유한 자들은 날이 갈수록 행복해지고, 가난한 자들은 끝도 없이 불행해져. 부유한 자들이 행복을 독점했기 때문이야. 어떻게 한 줄 알아?」

설마⋯⋯. 나는 카일이 하려는 말을 어렴풋이 깨달았다.

「데칼코마니의 행복 주머니를 닫는 거야. 이 부조리는 누가 먼저 시작했는지 알 수 없을 정도로 아주 오래됐어. 먼 옛날부터 시미트리 관리자들은 너희 세상의 권력자들과 손을 잡았고, 권력자의 데칼코마니를 찾아가 행복 주머니를 닫아 권력자들한테 행복해질 기회를 몰아줬지. 그러곤 행복 주머니에 담기지 못하고 소멸되는 동전들을 받아먹었어. 이 세상에 존재하고 싶어서. 힘없고 가난한 사람들은 영문도 모른 채 평생을 불행하게 살아갔지. 불행이 본인들의 잘못이 아닌 줄도 모르고⋯⋯.」

커피 잔을 들 수 없을 정도로 손이 덜덜 떨렸다. 처음 우리 집에 카일이 나타났을 때도 지금처럼 놀라진 않았다. 나는 침을 꿀꺽 삼키면서 핸드폰의 볼륨을 높였다.

「지금도 관리자들은 너희 세상의 권력자들 옆자리를 꿰차고 앉아 행복 동전을 쓸어 담고 있어. 얼마나 행복이 넘쳐 나는지 아예 너희 세상에 눌러앉아서 사는 관리자도 있다. 진짜 사람이라고 해도 좋을 만큼 겉모습이 감쪽같아. 사고방식도 인간 같고. 나와 같은 세대의 관리자들도 별반 다를 게 없어. 여태 그래 왔으니까, 관습이니까, 기성세대가 했던 대로 권력자와 손을 잡고, 그의 데칼코마니를 찾아가 행복 주머니가 열리지 않게끔 관리했다.」

카일의 이야기를 들으며 카페를 둘러보던 도중, 한 여자와 눈이 마주쳤다. 깔끔한 정장 차림의 그녀는 나를 뚫어지게 쳐다보고 있었다.

「네게 부탁한 아이들은 지난 10년 동안 행복 주머니가 풀리지 않도록 내가 관리한 아이들이야. 그래, 솔직히 말하면 나도 기성세대와 다를 바 없었어. 너희 세상에 존재하고 싶어서, 시간을 가지고 싶어서 아이들의 행복 주머니를 악착같이 달고 다녔지. 하지만 지금은 아냐. 난 우리 관리자들 사이에 만연한 악습을 없애고 싶어. 다른 관리자들은 나를 내부 고발자라며 경멸하고, 이 시간이 지나면 붙잡혀서 재판을 받겠지. 난 이 선택이 잘못이라고 생각하지 않아. 잘못된 것을 바로잡는 것은 잘못된 게 아니니까.」

여자가 자리에서 일어나더니 느긋한 걸음으로 다가왔다. 그녀의 몸에는 복주머니가 달려 있지 않았다.

「다행히도 나와 뜻이 맞는 관리자들이 있고, 그들이 나를 도와주는 중이야. 기성세대는 나 같은 내부 고발자들이 마지막으로 담당한 사람을 모니터링하고 있어. 그들로부터 변화의 조짐이 보이기 시작했으니까……. 정물, 관리자들 사이에서 너 같은 사람을 뭐라고 부르는지 알아?」

"안경 잘 어울린다."

그녀가 내가 앉은 테이블에 합석했다. 가늘게 찢어진 눈매와 긴 생머리, 자신만만한 미소를 띤 여자, 레인이었다. 나는 음성 파일에 녹음된 카일의 말을 끝까지 듣고 나서 귀에서 이어폰을 뺐다.

"카일이 말한 기성세대가 당신인가요?"

"난 카일과 동기야. 뭐야, 그 못 믿겠다는 눈빛은. 하긴, 내가 시간이 좀 많지?"

레인은 다리를 꼬고 깍지 낀 손을 테이블 위에 올렸다. 항상 조급해하던 카일과 달리 그녀는 여유가 넘쳐흘렀다. 얼마나 많은 사람의 행복 주머니를 닫고 다녔을지 생각만 해도 치가 떨렸다.

"카일 걔는 세상 사는 법을 몰라. 가만히 있으면, 중간이 뭐야. 나처럼 호화롭게 생활할 수 있는데. 그렇다고 많은 아이를 담당할 필요도 없거든……. 한번 맞춰 볼래? 내가 담당한 아이가 몇 명일지."

"제가 어떻게 알아요?"

"에이, 그러지 말고. 찍어 봐."

"모른다고요."

레인의 뜻대로 되는 것이 싫어서 차갑게 대꾸했다. 레인은 깜짝 놀랄 만한 비밀을 말하고 싶다는 듯 입술을 씰룩였다. 그녀가 오른손 검지를 곧게 폈다.

"한 명이야. 권력자의 아이 한 명만 담당해도 어중간한 애들 열 명을 관리하는 것보다 행복 동전이 훨씬 많이 들어와. 네가 아까부터 부러운 눈으로 봤던 남자애 있지? 내가 걔 담당이야."

레인은 내가 볼 수 있도록 상체를 돌렸다. 부모님과 브런치를 즐기는 남자아이가 보였다. 지금 이 순간에도 행복 동전이 흘러넘쳐서 소멸되고 있었다.

"다른 관리자들도 열심히 노력하면 나처럼 성공할 수 있어. 카일도 예외는 아니지. 근데 이 자식이 어느 날 우리 관리자들이 썩었다며 전부 엎어 버리겠다는 거야. 뭘 잘못 먹었는지 갑자기 그렇더라고. 지금 우리가 이걸 수습하느라 얼마나 고생하는 줄 알아? 그래, 카일은 그렇다 쳐. 가장 이해가 안 가는 건 내부 고발자들이 마지막으로 담당했던 사람들이야. 너 같은 사람들이 무슨 이유에서인지 가난하고 힘없는 애들을 돕고 있어. 골치 아파 죽겠다, 진짜. 대체 카일이 뭘 제안한 거야? 응? 나한테 말해 봐. 내가 그것보다 좋은 제안을 해 줄게."

레인이 눈썹을 들어 올리며 재촉해 물었다.

"카일은 저한테 특별히 뭘 제안하거나 협박하지 않고 부탁했어요. 자신의 일을 도와달라고."

그녀는 맥이 빠진 얼굴로 어깨를 구부정하게 말았다. 꼬아둔 다리를 풀어 반대로 다시 꼬며 음료를 마셨다. 내 말을 못 믿겠다는 얼굴이었다.

"너희 세상의 권력자들은 그들의 데칼코마니를 불행하게 만들지 않아도 알아서 행복할 양반들이야. 근데 혹시 불행이 찾아오면 처리하기 귀찮고, 또 계약 위반이기도 하니까 우릴 보채는 거지. 한 달 정도 지나면 재판이 끝나고 카일은 소멸될 거야. 이게 무슨 말이냐 하면, 그동안 네가 도운 그 아이들의 행복 주머니를 다른 관리자가 맡아서 다시 닫을 거란 소리지. 그러니까 헛수고 그만해."

핸드폰으로 전화가 걸려 왔다. 엄마였다. 지금쯤 학원에 가지 않은 사실을 알았을 것이다. 불행 동전으로 가득한 나의 복주머니 위로 동전 하나가 생겨났다. 더는 불행 동전이 들어갈 공간이 없어서 튕겨져 나오는 것을 보고 레인이 안타깝다는 듯 혀를 찼다.

"안쓰러워서 볼 수가 없네. 그래, 이 누나가 선심 하나 쓴다. 다른 아이들의 행복 주머니 여는 짓을 그만두면, 네 행복 주머니의 매듭을 풀어 줄게."

"행복 주머니가 열렸다고 해서 행복하리란 보장도 없잖아
요. 행복 동전이 안 만들어지면 말짱 도루묵이니까."

"오호, 눈치가 빠르구나? 오케이. 그럼 네 행복 주머니의 매
듭을 풀어 주고, 네 데칼코마니의 행복 주머니는 닫아 줄게.
어때? 이러면 좀 더 확실하지?"

그 말을 듣는 순간, 미화의 행복 주머니가 눈앞에 아른거렸
다. 금은보화처럼 반짝이던 동전들. 그동안 나는 미화의 집이
잘사는 것보다 행복 동전이 많은 것을 더 부러워했다.

"그렇게 하면 너한테 행복 동전이 마구 쏟아질 거야. 행복
주머니가 차는 것은 순식간이고, 이후에는 막 담지도 못해서
흘리고 다니는 거지. 저 남자아이처럼. 장담하는데, 평범한 네
가 평생 노력해도 저 정도의 행복은 얻을 수 없어."

매력적인 제안이었다. 그렇게만 할 수 있다면 나는 평생 불
행하지 않을 테니까.

"남을 불행하게 만들지 않으면 행복할 수가 없는 거예요?"

"응. 원래 세상이 그래. 모두가 행복하면 행복이 뭔지 알 수
없잖아? 불행한 사람이 있어야 '아, 내가 행복하구나' 하고 깨
달을 수 있지."

"……필요 없어요. 행복 동전은 제가 직접 집어넣으면 되니
까."

레인이 박수를 치며 깔깔거렸다. 재미있는 사실을 어떤 방법으로 알려 줄지, 그리고 내 반응이 어떨지 즐거워하는 얼굴이었다.

"카일한테 못 들었어? 복주머니가 완전히 풀리지 않은 상태에서 행복 동전을 억지로 집어넣는 건, 진짜 행복이 아니야. 가짜 행복이지."

"거짓말하지 말아요. 그 방법으로 우리 가족이 행복해지는 것을 봤는데……."

"진짜 행복해졌다고 생각해? 보통, 본인이 더 잘 알던데. 진짜 행복인지 아닌지는."

마음속에서 의심이 싹을 틔웠다. 부모님이 이혼하지 않겠다고 말한 저녁, 가족 누구에게서도 행복 동전이 떨어지지 않았다. 레인의 말처럼 거짓으로 만든 행복이기 때문이었을까.

"고민이 길면 좋은 선택을 못 해."

레인의 제안을 선뜻 받아들일 수 없었다. 미화가 배우의 꿈을 얼마나 간절히 원하는지 알고 있었다. 말 한마디로 그녀의 꿈을 물거품으로 만들 수 없었다. 그것도 잠시, 불행했던 기억들이 머릿속을 헤집고 다녔다. 엄마 아빠의 부부 싸움과 경제적으로 풍요롭지 못한 집안, 소설을 포기했을 때의 자괴감과 미래에 대한 불안감. 그리고 미화와 부자들의 행복 주머니에 차고 넘치던 행복 동전들.

"어째서 이런 일을 하는 거예요? 카일과 동기라면서 어째서 이렇게 다르냐고요."

나는 결정을 내리지 못해 괜히 레인에게 화를 냈다.

"오래전부터 뻔히 하던 일인데, 우리라고 하지 말라는 법이 있나? 카일이 이상한 거야. 그 방식으로는 세상이 바뀌지 않고, 바뀌더라도 너무 느리게 바뀌어. 지금 시작해도 우리 다음 세대에서나 이루어질 텐데, 그럼 우리는 찬밥 신세잖아. 위아래로 낀 세대라니. 으, 생각만 해도 싫네. 아무튼 요지는 이거야. 너한테 권력자들과 똑같은 혜택을 준다는 것."

레인은 마지막 일격을 가하듯 덧붙여서 말했다.

"평생 불행하게 살았는데, 행복해지고 싶지 않아?"

26

　진행자가 14번을 호명했다. 나서는 사람이 없어서 다시 14번이 불렸을 때, 한 여자애가 손을 번쩍 들었다. 진행자를 따라가는 여자아이의 팔다리가 뻣뻣했다. 미화는 자기 목에 건 번호표를 내려다봤다. 15번, 곧 그녀의 차례였다.

　미화는 손을 마주 비비며 호흡을 가다듬었다. 긴장하지 말자는 말을 주문처럼 외웠다. 몸이 굳으면 발성이 불안정해지고, 그때부터 표정과 행동이 과장되었다. 긴장하는 순간 탈락이라는 것을 그녀는 지난 몇 년 동안의 경험으로 체득했다. 그동안 수십 개의 드라마 오디션에 지원했지만 미화는 한 번도 합격하지 못했고, 그때마다 불합격의 원인을 자신에게서 찾았다. 이번에는 감정선이 과해서 그런가, 긴장한 티가 많이 났나, 아냐 표정이 자연스럽지 못했던 것 같아.

학원 선생님은 배우는 몸이 재산이라고 입버릇처럼 말했다. 미화는 재산을 건들 수 없어서 정신을 괴롭혔다. 잘하지 못하고 있다는 자책이 잘하고 싶다는 욕심을 뒤덮었다. 손목을 긋는 것만이 자해가 아니라는 것을 미화는 알지 못했다. 학원에서 연기를 잘한다는 평가를 받았지만, 오디션에 합격하지 못하면 아무 의미가 없었다. 그녀에겐 컴퓨터 자격증처럼 증명할 수 있는 것이 필요했다. 누구에게라도 떳떳이 말하고 보여줄 수 있는, 당장 부모님에게 인정받을 수 있는 증명서가.

미화는 대기실에 남은 사람들을 돌아봤다. 이들 중 선발되는 사람은 한 명이었다. 이 드라마는 복수의 주인공을 내세우지 않았다. 한 명, 연기를 잘하는 것은 기본이고 외모가 뛰어나면서도 남다른 매력을 가진 한 명만이 살아남았다. 미화는 그 조건에 부합하는 사람이 자신이라고 생각했다. 실수만 하지 않으면 충분히 가능성이 있었다.

유일한 불안 요소는 정물이었다. 정물이 약속을 어기고 행복해지면 모든 것이 백지로 돌아갈 테니까.

미화의 등 뒤에서 동전 떨어지는 소리가 울렸다. 미화가 획 뒤돌아보자 독백 연기를 연습하던 여자아이가 몸을 움찔거렸다. 동전은 어자아이의 몸 앞에 떨어져 있었다. 위치로 보아 미화의 동전이었다. 동전은 언제나 사람의 등 뒤에서 떨어졌다.

요정 그림에 날개가 없는 것을 확인하는 순간, 진행자가 15번을 불렀다. 미화는 동전을 손에 꼭 쥐고 진행자를 따라갔다. 심사 위원들에게 허리 숙여 인사하는 동안 동전이 사라졌다.

원래 강의실로 사용했을 오디션장은 책상을 가장자리로 밀어 두어 공간을 넓힌 것으로 보였다. 심사 위원 세 명이 널따란 책상 하나에 나란히 앉아 있었고, 그 앞엔 지원자가 연기를 하면서 앉을 수 있는 의자가 하나 놓여 있었다.

"연기 시작하셔도 됩니다. 자유 연기부터 할까요?"

한 심사 위원이 말했다. 미화는 3초간 눈을 감고 숨을 깊이 들이마셨다. 바람 부는 날 하늘 위로 두둥실 날아가는 풍선을 상상했다. 배역과 상황에 몰입하는 그녀만의 의식이었다.

미화가 준비해 온 자유 연기가 끝나고 형식적인 칭찬이 오갔다. 그리고 심사 위원들은 한 명씩 돌아가면서 오늘 연기에 대한 진짜 평가를 시작했다. 순발력이 아쉽고 발성이 약하다는, 대부분 부정적인 이야기였다. 미화는 이번에도 탈락하리라고 예감해 고개를 떨어뜨렸다. 불행 동전을 확인하지 않았으면, 아니 행복 동전이 나타났으면 어땠을까 하는 아쉬움이 들었다.

"이게 좀, 진부한 질문일 수 있는데……. 미화 학생은 왜 연기가 하고 싶어요?"

마지막으로 한 심사 위원이 물었다. 미화는 다른 심사 위원들의 반응을 살폈다. 그들도 당황하는 것을 보니 모든 지원자에게 던지는 질문은 아닌 것 같았다.

"제가 아닌 다른 누군가가 되는 그 순간이 즐거워서요. 다양한 배역을 맡아서 연기하는 것도 재미있고, 다양한 감정을 느끼는 것도……."

"온전한 자기 자신이 되어 본 적은 있어요?"

미화는 대답을 머뭇거렸다. 심사 위원은 볼펜 끝으로 머리를 긁으며 덧붙였다.

"아니, 나는 미화 학생이 진짜 연기를 하고 싶은 건지 궁금해서요. 뭔가 진짜 연기가 하고 싶다기보다는, 당장 보여 줄 수 있는 게 연기밖에 없으니까 매달리는 느낌?"

풍선에 미세한 구멍이 뚫렸다. 풍선은 빵 터지지 않고, 바람 빠지는 소리를 내면서 야단스럽게 날아다니다가 눈 깜짝할 사이에 떨어졌다. 바닥에 던져진 풍선은 주먹만 한 크기로 쭈그러들어 있었다. 미화는 고개도 끄덕이지 않고 심사 위원을 쳐다봤다.

"예술이 도피처가 될 수 있는 이유는 '몸을 숨기는 것'에만 집중하기 때문이에요. 근데 미화 학생은 연기를 도피처로 삼으면서 정작 몸을 숨기는 것에는 집중하지 않는 느낌이 들어요. 자꾸 뒤를 돌아본다고 해야 하나."

다른 심사 위원들은 가만히 고개를 끄덕였다. 오직 미화만 이해하지 못하고 있었다.

"나는 지금 미화 학생이 처한 상황도 모르고, 과거에 무슨 일이 있었는지도 모르지만…… 음, 현실을 똑바로 마주해 보는 건 어때요? 예술을 도피처로 삼으려면, 반드시 겪어야 하는 과정이라고 생각해요."

"알겠습니다."

미화는 기계적으로 대답했다. 오디션은 끝이 났다. 지원자가 문을 향해 걸어가는 동안 심사 위원들은 짧게 이야기를 나누었다. 미화는 심사 위원의 말을 곱씹어 생각할수록 분하기 짝이 없었다. 과거의 행복에 매달려 있다는 것은 누구보다 잘 알고 있었다.

고깃집 장사가 잘 안되던 시절에 미화는 행복했다. 많은 것을 누릴 수 없었지만 주말마다 부모님과 함께 시간을 보내고, 한 달에 한 번 있는 외식을 손꼽아 기다렸다. 살면서 한 번쯤 가족 여행을 가는 것이 미화의 가족이 품을 수 있는 최대 크기의 희망이었다. 하지만 고깃집 장사가 잘되기 시작하면서 가족은 형식적인 관계로 변했다. 미화의 부모님은 돈을 벌어다 주고 크고 안락한 집을 제공해 주는 것으로 의무를 다했다고 여겼다. 해외로도 가족 여행을 갈 수 있는 여력이 생겼지만 시간이 따라 주질 않았다.

미화는 가난했던 시절이 더 좋았다. 돈이 부족해도 부모님과의 시간이 부족하지 않았던 시절. 그녀의 행복 주머니에 든 동전들은 모두 어렸을 때 생겨난 것이었다. 가게가 번창하기 시작한 중학교 1학년 이후에 나타난 행복 동전은 미화의 작은 복주머니에 들어가지 못하고 모두 소멸되었다. 미화의 마음은 어린 시절에서 조금도 성장하지 못해 또 다른 행복을 받아들일 수 없었다. 이런 사정을 친구들에게 하소연해도 돌아오는 것은 위로가 아닌 비난이었다. 집에 돈도 많으면서 불행한 척한다는 소문이 떠돌았다. 그녀는 자신의 삶이야말로 지나치게 미화되었다고 생각했다.

"현실에……."

문의 손잡이를 잡은 미화는 충동적으로 뒤돌아서 말했다. 종이에 무엇인가를 끄적이던 심사 위원들이 일제히 고개를 들었다.

"현실에 보이는 건 불행뿐인데, 마주한다고 뭐가 달라질까요?"

심사 위원들의 눈빛에 당혹감이 깃들었다. 미화는 지금이라도 그만둬야 한다고 생각했지만 몸은 그녀의 뜻대로 움직이지 않았다.

"힘들면 과거에 머물러도 되잖아요. 살면서 느낀 모든 행복이 뒤에 있는데, 어떻게 그것들을 전부 저버리고 앞을 봐요?

과거가 있어서 현재의 제가 있는 거잖아요."

미화는 심장이 너무 빨리 뛰어 난감할 지경이었다. 오디션을 보면서 지금처럼 긴장한 적은 없었다. 안 돼, 정신 차려. 몸이 굳으면 목소리가 떨리고, 그러면 표정이……. 본인의 이야기를 하는 순간까지 연기하고 있다는 것을 깨닫자 그제야 미화는 모든 것을 그만두었다. 그녀의 얼굴에 처음으로 자연스러운 표정이 드러났다.

"맞아요, 현실을 마주해도 방법이 없을 때가 있어요. 하지만 과거가 있어서 현재의 미화 학생이 존재할 수 있는 것처럼 현재가 있어야 미래의 미화 학생도 존재할 수 있을 거예요. 시간을 갖고 천천히 자신을 들여다보세요."

미화는 심사 위원의 말을 멍하니 듣다가 꾸벅 인사를 하고 문손잡이를 열었다.

"그리고 지금 그 감정, 잊지 말아요."

문이 닫히기 전, 심사 위원의 목소리가 날아들었다.

*
**

미화가 어디냐고 물어보기에 마트라고 대답했다.

아빠는 주말 아침부터 몸이 찌뿌둥하다며 나가자고 노래를 불렀다. 공원에서 다 같이 배드민턴 치자는 것을 가까스로 말렸다. 운동할 겸 마트에서 장을 보자고 제안한 것은 엄마였다. 그리하여 우리 가족은 간만에 대형 마트에 나와서 가족 행세를 하는 중이었다. 행복 동전은 아직 소식이 없었다.

정육점 코너 앞을 지나가던 차에 미화에게 재차 전화가 걸려 왔다. 미화는 가까운 매대의 통로에 숨어서 손짓하고 있었다. 나는 엄마 아빠에게 공부하면서 먹을 과자를 고르겠다며 슬쩍 벗어났다.

"어쩐 일이야?"

"나 합격했어."

뭘 합격했다는 건지 영문을 알 수 없었다. 타임 세일을 시작한다는 직원의 우렁찬 목소리와 사람들의 술렁거리는 소리가 들렸다.

"오디션 합격했다고."

그 순간, 마치 내가 대학교에 합격하기라도 한 것처럼 가슴이 뭉클해졌다. 미화의 오디션 합격이 이렇게까지 기쁠 줄은 몰랐다.

"정말 잘됐다. 그럼 이제 배우님이라고 불러야 하나?"

"배우님은 무슨. 아직 2차, 3차 오디션이 남았어."

"2차, 3차도 합격할 거야. 넌 연기 잘하니까. 진짜 축하한다, 야."

*
**

몇 시간 전, 나는 레인의 제안을 거절했다. 그녀의 말에 혹한 것은 사실이었다. 복주머니가 차고 넘칠 정도의 행복이라니. 평생 불행 동전을 발견한 나로서는 꿈만 같은 일이었다.

"싫다고? 왜지?"

레인은 진심으로 궁금해하는 얼굴이었다. 나는 테이블 위에 올려놓은 손을 내려다봤다. 초점이 흐려지면서 지난 며칠의 기억을 떠올렸다.

효성이 어머님의 병간호를 할 수 있도록 편의점 아르바이트를 대신 해 줬다. 모든 사람이 성철을 비난할 때, 그의 억울함과 속사정에 귀를 기울여 줬다. 새임이 자신 있게 노래할 수 있도록 노래를 들어줬고, 가르치는 것을 좋아하는 연우에게 다가가 문제 풀이를 물어봤다. 예림은 카일이 건네준 프로필의 아이는 아니었지만, 그녀의 사정을 들은 이상 모른 척할 수 없었다. 기회가 닿는 대로 예림을 찾아가 도와주고 싶었다.

레인의 제안을 받아들이면 이 친구들과 연을 끊어야 했다. 나는 내가 대단한 사람이라고 생각하지 않지만, 친구들이 행복 주머니를 열 수 있도록 도울 수는 있었다.

"저 하나 행복해지자고 다른 아이들을 모두 불행하게 만들 순 없어요. 심지어 제 데칼코마니의 행복 주머니를 닫아 이 모든 사태를 해결한다면, 그 아이한테 불행을 전가하는 거잖아요. 차라리 저 혼자 불행한 게 나아요."

레인은 노골적으로 경멸에 가까운 냉소를 드러냈다.

"네가 그 아이들을 도와 행복 주머니를 열고 다녀도, 네가 행복해지는 건 아냐. 그 아이들의 행복 주머니는 두둑해지겠지만, 네 행복 주머니는 텅텅 비겠지. 앞으로도 쭉 빈털터리 신세일 텐데, 괜찮겠어?"

"그 아이들은 스스로 행복 주머니를 열 수 없지만, 전 할 수 있으니까요."

"죽을 때까지 매듭 푸는 방법을 못 찾는 사람이 태반이야. 알고도 못 푸는 사람도 많고. 어쩌면 평생 걸릴지도……."

"분명 찾을 수 있을 거예요. 그렇게 믿어요, 저는."

레인과 헤어진 뒤 나는 집으로 가는 버스에 올랐다. 맨 뒷자리의 창가에 앉아 이어폰을 귀에 꽂았다. 창밖의 한산한 거리를 내다보며 녹음 파일을 재생했다.

「너 같은 사람을 뭐라고 부르는지 알아? 조력자. 관리자의 내부 고발자들을 도와 세상을 바꾸려는 사람들. 세상이 바뀌리라고 믿는 사람들. 조력자는 우리 관리자들이 저지른 잘못을 바로잡을 수 있는 유일한 존재들이야. 대다수가 타인의 불행을 외면하는 반면, 조력자는 도와주려고 나서지. 그게 바로 너야, 우정물.」

버스 안은 한적했다. 정거장에 도착할 때마다 스피커에서 나오는 안내 멘트 사이로 카일의 목소리가 포개졌다.

「시간이 얼마 안 남았군. 행복해지는 방법을 알려 주지 못해서 미안하다. 하지만 너라면…… 행복 주머니의 매듭을 풀 수 있을 거다.」

나는 창틀에 손을 올리고 턱을 괴었다. 눈이 부셔서 눈을 감았다. 얼굴에 닿는 한 줌의 햇살이 따뜻했다.

*
**

미화가 내 얼굴 앞에 대고 손을 흔들었다. 영화의 필름이 뚝 끊긴 것처럼 시야가 바뀌었고, 나는 다시 시끌벅적한 대형 마트로 돌아왔다.

"오디션 합격한 거 자랑하려고 온 건 아니고, 사실 할 말이 있어서 왔어."

"뭔데?"

"이번에 오디션 보면서 느낀 건데, 우린 자기 행복을 포기해 가면서까지 다른 사람을 행복하게 만들 수 없어. 아, 이게 말이 좀 어려운데."

미화는 조급하게 설명할 방법을 찾다가 손가락을 튕겼다.

"그래! 네가 소설을 포기한다고 해서 부모님이 행복하진 않을 거란 뜻이야. 넌 소설가가 되는 게 꿈이잖아. 그걸 포기하면 네가 불행해지는데 어떻게 부모님을 행복하게 만들 수 있겠어. 네가 행복할 때 상대도 행복한 것이 진짜 행복 아냐? 지금 불행으로 미래의 행복을 살 수는 없잖아.”

무슨 소리인가 했더니, 결국 승현이 했던 말과 똑같았다. 소설과 부모님은 아무 상관도 없다는 말, 그러니 소설 쓰는 것을 포기하지 말라는 말. 지긋지긋함에 실소가 터져 나왔다. 두 사람 모두 내 입장이 되어 보지 않았으니까 할 수 있는 소리였다.

“부모님 이혼하지 않기로 하셨어.”

“진짜? 진짜로 이혼 안 하시겠대?”

“그래, 진짜로.”

“그러면 넌 편해? 그렇게 좋아하는 소설도 못 쓰는데 편하냐고.”

나는 초인적인 인내심으로 고개를 숙이고 작게 욕설을 뇌까렸다. 주먹 쥔 손이 부들부들 떨릴 정도로 감정을 주체할 수 없었다. 대답을 보채는 미화와 눈이 마주치자 결국 폭발하고 말았다.

“야, 오지랖 좀 그만 부려. 다 해결됐는데 왜 찾아와서 난리야. 나 행복해. 행복하니까 신경 끄고 너나 잘해.”

미화가 염려스러운 눈빛으로 나를 쳐다봤다. 내 선택을 걱정하는 눈빛이 미치도록 보기 싫었다. 나는 그대로 미화를 지나쳐서 부모님에게 갔다. 내가 다가가자 엄마 아빠가 떠들썩하게 대화하기 시작했다. 내가 없을 때는 두 분이서 한마디도 섞지 않은 것 같았다.

27

본격적으로 공부를 시작하기 전에 열심히 아이들을 만나고
다녔다.

효성은 나를 용서해 줬다. 어머님께 병문안을 가는 것은 허
락하지 않았지만, 편의점 사건 이전처럼 나를 대해 줬다.

새임은 이제 두 명이 앞에 있어도 떨지 않고 노래를 부를
수 있었다. 리액션 좋고 이타심 많은 성철과 함께 찾아간 것
이 큰 도움이 됐다.

성철은 요즘 선행 클럽의 활동 계획을 세우느라 바빴다. 나
에게 찾아와서 들뜬 목소리로 클럽에 대해 의논하는 일이 잦
아졌다. 나는 사실 그다지 내키지 않는데, 발을 빼기에는 이
미 늦었다. 성철의 열성적인 모습을 보고 있자니 거짓말이었

다는 것을 털어놓을 수가 없었다.

　연우에게는 입시 학원에서 이해하지 못한 문제들을 가져가 물어봤다. 연우는 늘 독서실에 있었다. 학원에 다니지 않으냐고 물었더니, 독학으로도 충분하다는 답변이 돌아왔다. 특유의 무시하는 말투는 여전했지만 항상 성실하게 문제 풀이를 알려 줬다.

　나는 친구들 앞에서 웃고 떠들었지만, 헤어지고 나면 기분이 울적했다. 행복 주머니의 매듭이 풀린 덕에 친구들에게서는 동전 떨어지는 소리가 잘 들리지 않았다. 내게도 행복 동전이 종종 나타났지만 행복 주머니가 닫혀 있어서 바닥에 떨어졌다. 억지로 동전을 집어넣는 것은 그만두었다. 그런다고 행복해지지 않는다는 것을 이제는 알고 있었다.

　독서실을 나와 집에 들어가면 쓰러지듯 잠들었다. 침대 위에는 깨끗이 세탁된 내 옷들이 반듯하게 놓여 있었다. 못 보던 옷이 있어 펼쳐 보았다. 웃는 표정의 캐릭터 로고가 낯익다 했더니 승현이 빌려준 옷이었다. 원래 흰색이었는데 검은 옷과 함께 세탁기를 돌려서 회색으로 물들어 있었다. 절로 한숨이 나왔다. 승현과는 계속 사이가 나빴다. 사과를 하려고 해도 연락을 받지 않았다. 그날 일은 미안하다고, 비행기 티켓값은 꼭 갚겠다고 메시지를 보내도 답장이 없었다.

　입시 학원을 다닌 지 며칠 만에 나는 1년의 공백을 피부로 느꼈다. 강사의 말을 하나도 이해할 수 없었고, 기본적인 문제조차 풀지 못했다. 수업 시간이 따분하고 졸렸지만 몇 시간이고 자리에 앉아 집중하는 학생들을 보면 초조해져서 허벅지를 꼬집어 가며 버텼다. 소설도 중도 포기한 마당에 입시에서마저 낙오자가 될 순 없었다. 본격적으로 공부를 시작한 것은 그때부터였다.

마지막 과외 수업 날짜는 까맣게 잊었다가 과외 형의 연락을 받고 생각났다. 학원의 쉬는 시간에 답장을 보냈다.

「오늘 저녁에 시간 돼요!」

「과제는 했어?」

「아…… 죄송해요. 까먹었어요.」

소설을 완결 지어서 보냈던 날, 과외 형은 추가 과제를 내주었다. 지난번에 보낸 소설의 문장과 서사가 엉망이어서 조금만 다듬어서 다시 보내라고 했다. 미화와 함께 행복할 수 없다는 것을 깨닫고 사격장의 구석에서 휘몰아치듯 썼던 부분이었다. 나는 더 이상 소설을 쓰고 싶은 마음이 없었다. 무엇보다 그 내용을 다듬으면서 그때 느꼈던 좌절감을 또 느끼고 싶지 않았다.

강사는 5분 일찍 강의실에 들어왔다. 강사가 학생들에게 가벼운 농담이나 안부를 물어보는 와중에 과외 형으로부터 답장이 왔다.

「과외는 다음 주로 미루자. 오늘 내가 급한 일이 생겼어.」

과외 형이 수업을 미룬 건 처음이었다. 내가 별의별 이유로 미룬 적은 있어도. 시간 약속을 중요시하는 사람이 당일에 수업을 미루는 것은 있을 수 없는 일이었다.

「무슨 일 있어요, 형?」

「별일 아니야. 자, 이제 일주일이 생겼으니까 과제 할 수 있겠지? 다음 수업 때까지 그 부분만 다듬어서 보내.」

형의 의도를 알아차린 나는 기분이 상했다. 형은 내가 소설을 완결 짓게 할 생각이었다. 과외 수업이 아니라면 나에게 소설을 쓰게 할 명목이 없으니까 수업 날짜를 미룬 것이다.

「형, 그냥 오늘 수업하면 안 돼요?」

「나 급한 일이 생겼다니까.」

「저 바빠서 다음 주에도 과제 제출 못 할 것 같은데요.」

「그럼, 나도 다음 주에 급한 약속이 생기겠지.」

더 이상 장난칠 기분이 아니었다. 개학이 다음 주였다. 공부할 시간도 부족한 마당에 글을 쓸 수는 없었다. 소설을 완성하는 것은 불가능했다. 내 이야기는 소설가의 꿈을 포기한 순간 끝났다. 나는 아무런 답장도 보내지 않은 채 핸드폰의 전원을 껐다.

강사가 교재를 꺼내라고 말했다. 흘러내리는 안경을 올려 쓰며 가방을 뒤졌다. 마법 안경을 쓰는 것은 일상이 됐다. 복

주머니의 상태를 확인하면 상대가 어떤 사람인지 파악하기가 수월했다. 무엇보다 재미있었다. 저 사람은 왜 다른 사람보다 복주머니의 크기가 작고, 저 사람은 왜 행복 주머니가 닫혀 있는지 상상하는 것은 무료한 일상에 소소한 재미를 안겨 주었다.

가방을 아무리 찾아봐도 수학 교재가 보이지 않았다. 어젯밤 연우와 공부하고 나서 독서실에 놓고 온 것 같다. 진짜 되는 일이 하나도 없었다. 아무 문제집이라도 꺼내 놓으려고 가방에 손을 집어넣었다. 빳빳한 표지들 사이에서 거친 서류 봉투가 만져졌다. 가방 정리를 하도 안 하다 보니 들어 있는 줄도 몰랐다. 오랜만에 보니 문득 호기심이 들었다. 프로필을 모두 꺼내서 읽어 봤다. 친구들의 사진을 보자 처음 만났을 때의 기억이 새록새록 떠올랐다.

마지막 아이, 김준일의 프로필 내용이 채워져 있었다.

어떻게 된 영문인지 알 수 없었다. 미화가 바꿔치기한 것은 예림뿐일 텐데. 나는 프로필의 내용을 손가락으로 짚으며 읽었다. 올해로 고등학교 3학년, 농구 클럽의 주장을 맡고 있으며, 공부와 클럽 활동을 병행하는 성실한 학생…… 빔 프로젝터 앞에 서면 몸 위로 영상이 굴곡 지는 것처럼 글자들이 손가락 위에 휘어져서 보였다. 뭔가 이상해서 안경을 벗어 보니 글씨가 사라졌다. 안경을 써야만 글자들이 나타났다.

이걸 쓰면 시미트리 관리자의 시점으로 볼 수 있을 거다.

  나는 헛숨을 들이켰다. 옆자리에 앉은 학생이 눈치를 줬지만 온몸에 흐르는 전율을 감출 수 없었다. 김준일의 프로필 내용은 시미트리 관리자만 볼 수 있었던 것이다. 내용을 훑어보던 나는 '사망'이라고 적힌 부분에서 시선을 멈추었다.

*
**

  대로변에 서서 순대국밥집 간판을 올려다봤다. 가게 안으로 들어가지 못하고 주변을 서성였다. 이곳은 우리 동네다. 여태 그랬던 것처럼, 나는 이곳에 순대국밥 가게가 있는 줄도 몰랐다. 마음의 준비를 하고 나서 가게 안으로 들어갔다. 점심시간이 지나서 그런지 손님은 두 명뿐이었다.

  자리에 앉자 아주머님이 다가와서 주문을 받았다.

  "순대국밥 하나만 주세요."

  아주머님은 고개를 끄덕이더니 계산서에 주문한 음식을 체크하고 주방으로 향했다. 저분이 준일의 어머님이었다.

  프로필에는 준일의 정보가 상세히 적혀 있었다. 준일의 어머님이 어느 곳에서 식당을 운영하는지도 나와 있고, 그들의 집에 빚이 얼마나 많은지도 알 수 있었다. 하지만 '사망'이라는 단어에는 부연 설명이 없었다. 준일이 왜 죽었는지는 중요하지 않다는 듯이. 물론, 그의 아버지에 대한 내용도 찾을 수 없었다.

10분도 안 돼서 준일의 어머님이 주방에서 나왔다. 어머님은 은색 쟁반 위에다 순대국밥과 밑반찬을 담아 테이블에 가져다 놓았다. 밥을 먹으면서 틈틈이 어머님을 살펴봤다. 어떻게 해야 자연스럽게 말을 걸 수 있을지 고민하는데, 갑자기 어머님이 다가왔다. 잘 먹는 모습이 보기 좋다며 편육을 한 접시 주셨다.

"감사합니다. 잘 먹을게요."

"그래요. 천천히 먹어요."

밥을 다 먹고 나서 주위를 둘러봤다. 카운터에서 마지막 손님의 음식값을 결제한 어머님은 방금 나간 손님의 테이블을 치우고 있었다. 지금이 기회인 것 같았다.

"……어머님, 저 준일이 친구예요."

뒤를 돌아선 어머님의 두 눈이 휘둥그레 떠졌다.

"아이고, 그걸 왜 이제 말해? 진작 말하지. 더 필요한 건 없어? 고기 좀 더 줄까?"

"아니에요. 편육도 주셔서 배불러요."

어머님의 행복 주머니는 도저히 풀 수 없을 정도로 단단히 묶여 있었다. 복잡하게 꼬인 매듭에서 어머니의 환한 미소로 눈길을 돌리자 가슴에 어떤 이물질이 덩어리째 걸린 듯한 느낌이 들었다.

"준일이 일은 정말 안타까워요."

어머님은 쟁반을 품에 안으며 자리에 앉았다. 그리고 애써 미소를 지으면서 고개를 끄덕였다.

"제가…… 준일이와 많이 친했던 건 아니라서 잘 몰라요. 혹시 무슨 일이 있었는지 알 수 있을까요? 죄송합니다."

어머니가 이야기를 꺼내기까지는 오랜 시간이 걸렸다. 나는 참을성 있게 대답을 기다렸다. 미화가 내 얘기를 기다려 준 것처럼.

늦둥이로 태어난 준일은 웃음이 많은 아이였다. 말썽 한번 피우지 않고 부모님에게 항상 밝은 모습을 보여 주었다. 준일의 부모님은 하나뿐인 자식을 애지중지 키우고 싶었지만, 현실은 녹록지 않았다. 아이를 키우는 데에는 너무 많은 돈이 들어갔다. 건설 현장에서 일용직 노동자로 일하던 준일의 아버지는 근무 시간을 급격히 늘리다 과로로 쓰러졌다. 평소에 앓던 지병까지 재발하면서 며칠 만에 세상을 떠났다.

준일의 어머님은 쓰러져 가는 순대국밥집을 인수해 아침부터 저녁까지 식당을 운영했다. 생계를 유지하기 위해서였지만, 남편의 죽음을 잊는 방식이기도 했다. 슬픔을 생각할 겨를이 없을 정도로 몸을 혹사하는 것이다. 그럼에도 가세는 더욱

더 기울었다. 이전보다 작은 집으로, 지상에서 지하로 이사를 해도 빚이 불어났다.

준일은 중학교 1학년 때부터 혼자 밥을 챙겨 먹고 다녔다. 그때부터 부쩍 말수가 줄어들더니 엄마에게 어떤 것도 요구하지 않는 아이가 되었다. 용돈을 더 달라고 하지도, 무엇인가를 갖고 싶다는 말도 하지 않았다. 어렸을 때처럼 말썽 한번 피우지 않고 항상 밝은 모습만 보여 주었다. 어머님은 준일이 이 힘든 상황을 이겨 내고 있다고 생각했다. 그러다 작년 여름, 준일은 스스로 목숨을 끊었다. 준일의 일기장에는 삶을 비관하는 내용으로 가득했다. 가난은 불행과 같다고, 평생 이 불행에서 벗어나지 못할 거라고. 일기장의 마지막에는 아버지가 보고 싶다는 글과 어머님에게 죄송하다는 글이 적혀 있었다.

"내가 못났지. 내 슬픔만 생각하느라 준일이를 돌보지도 못하고……."

이야기를 마친 어머님은 눈시울이 붉어져 있었다. 나는 어떤 위로의 말도 건네지 못하고 고개를 숙였다. 불에 덴 것처럼 눈가가 뜨거웠다. 그사이 들어온 다른 손님이 주문을 하는 바람에 어머니가 자리를 떴다. 그동안 나는 냅킨을 여러 장 뽑아 콧물이며 눈물을 닦았다.

"준일이가 참 복이 많아. 이렇게 시간이 지났는데도 친구도 오고 선생님도 오고……."

다시 내 옆으로 돌아온 어머님은 한결 가벼운 목소리로 말했다.

"선생님이요?"

"준일이 학교 선생님이 자주 왔었어. 처음엔 선생님인 줄도 몰라봤지. 남자분이셨는데, 너무 낡고 해진 정장을 입고 계셨거든. 준일이 장례식장에서 본 적도 없고."

울음으로 먹먹했던 귓속이 확 트였다. 나는 메마른 입술을 달싹이며 어머님의 말을 기다렸다.

"자신이 준일이를 돌봐 주지 못했다고, 죄송하다고 계속 말씀하시더라고……. 이후에도 종종 과일을 사 들고 찾아와서 밥을 먹고 가셨는데 어찌나 고맙던지."

"혹시 그 남자…… 아니, 그 선생님 최근에도 오셨어요?"

어머니는 시선을 사선으로 올리며 고개를 갸우뚱했다.

"한동안 발길이 뜸하다가 한…… 일주일 전쯤인가? 새벽 일찍 식당 문 열고 재료를 손질하고 있는데, 가게 앞에 과일하고 손 편지를 놓고 가셨더라고. 준일이를 위해서 세상을 바꿔 보겠다고, 앞으로도 오래오래 건강하게 지내서 지켜봐 달라고 쓰여 있었어."

나는 어머니가 말한 선생님이 누구인지 알았다. 지난 10년 동안 준일의 행복 주머니가 풀리지 않도록 관리한 카일이었다. 일주일 전이라면, 카일이 이 세상에 마지막으로 나타난 날과 일치했다.

애는 왜 비어 있어요?
그 친구는 안 만나도 돼. 내가 이미 만났어.

이제야 카일의 행동이 이해됐다. 관리자들의 악습을 바꾸려는 것도, 나와 만날 때마다 시간이 없다며 서둘러서 사라진 것도.

어머님은 가게 바깥까지 나와서 나를 배웅했다. 다음에 또 놀러 오라며 힘차게 손을 흔들었다. 그동안 카일이 어머님에게 지었을 미소를 생각하면서, 나는 환한 웃음으로 보답했다.

28

학원의 저녁 식사 시간, 나는 화장실에서 양치를 하며 핸드폰으로 홈 CCTV를 재생했다. 소파에 앉아 텔레비전을 보는 아빠의 뒷모습 일부분이 화면에 잡혔다. 저녁 6시 40분, 엄마가 집에 들어왔다. 꼬미가 쪼르르 달려가 꼬리를 흔들며 반겼다. 엄마는 바짓단을 잡아끄는 강아지를 발로 밀어냈다. 샤워하고 나와서 안방에 들어갈 때까지, 엄마는 아빠와 말 한마디 섞지 않았다. 내가 없으면 대화조차 하지 않는 모습이 마트에서 장을 볼 때와 똑같았다. 핸드폰의 전원 버튼을 누르자 검은 액정에 내 얼굴이 비쳤다. 비축해 놓은 감정을 모두 소모한 사람처럼 무표정했다. 나는 침을 그러모아 양칫물과 함께 세면대에 뱉어 냈다.

오늘은 학원 수업이 끝나자마자 집으로 향했다.

「오늘 독서실 안 오냐?」

연우가 메시지를 보냈다. 나는 부지런히 걸으며 언 손으로 답장을 썼다.

「중요한 일이 있어.」

우리 가족은 현관까지 나와서 나를 반겼다. 공부하느라 고생했다며 웃는 아빠와 왜 독서실에 가지 않았는지부터 묻는 엄마, 신발을 벗기 무섭게 바짓단을 끌어당기기 바쁜 꼬미.

"피곤해서 일찍 왔어요."

나는 화장실에 들어가 오랫동안 뜨거운 물줄기를 맞으며 서 있었다. 샤워를 끝마치고 화장실 문 앞에서 머리의 물기를 터는데, 종아리에 축축한 간지러움이 전해졌다. 나는 꼬미를 안아 들고 우리 집 풍경을 돌아봤다. 예전처럼 엄마는 안방에, 아빠는 거실에 있었다. 다른 점이 있다면 안방의 문이 열려 있다는 것이었다.

내 방에 들어가서 침대에 몸을 던졌다. 뻣뻣하게 굳었던 근육이 풀어지자 몸이 나른했다. 꼬미는 침대 위로 풀쩍 뛰어 올라 몸을 둥글게 말고 누웠다. 애착 인형처럼 미화가 선물한 강아지 인형을 머리맡에 두고서. 이대로 눈을 감으면 까무룩 잠이 들 것 같았다. 손으로 이마를 더듬었다. 피부 위로 울퉁불퉁한 흉터가 만져졌다.

상처가 아물려면 시간이 필요했다.

나는 할 이야기가 있다며 엄마 아빠를 주방의 식탁으로 불러 모았다. 부모님은 심상치 않은 분위기를 눈치챘는지 얼굴이 어두웠다. 한밤중에 자식의 부름을 받고 식탁에 둘러앉은 가족. 언뜻 보면 긴장되는 이 순간이 나는 그 어느 때보다도 편안했다.

"언제 이혼하기로 했어? 나 대학교에 합격하면? 아니면 뭐……. 대학교에 입학할 때?"

엄마 아빠는 서로 눈치를 봤다. 이야기가 어떻게 새어 나갔는지 의아하다는 반응이었다.

"그게 무슨 소리야. 이혼하지 않는다고 했잖아. 그치, 여보?"

엄마가 대화를 이끌었다. 아빠는 추임새를 넣으며 엄마의 말에 동의했다. 나는 두 사람의 얼굴을 찬찬히 살펴봤다. 둘 다 침묵을 불편해하고 있었다.

"화목한 척 연기하는 거 다 알아. 나 없을 때 두 사람 대화도 안 하잖아."

"얘는, 집에 돌아오면 피곤하니까 그런 거지. 뭘 그런 것에 의미 부여를 하고 그래?"

아빠는 멍하니 나를 쳐다보다가 엄마가 옆구리를 쿡 찌르자 한마디 덧붙였다.

"그래, 정물아. 너무 걱정하지 않아도 된다. 엄마 아빠 정말로 화해했⋯⋯."

"난⋯⋯ 엄마 아빠가 나 때문에 이혼하는 줄 알았어."

큰일이다. 벌써부터 목이 메었다. 울고불고 떼쓰는 어린아이처럼 보이고 싶진 않았다. 나는 손가락 끝을 손톱으로 꾹꾹 누르며 울음을 삼켰다. 우는 순간, 내가 하려는 말의 진정성이 사라질 것 같았다.

"내가 소설을 쓴다고 고집부렸으니까, 그것만 포기하면 둘의 사이가 좋아질 줄 알았어. 그래서⋯⋯ 소설 그만 쓰겠다고 한 거야. 내가 정말 좋아하는 것을 포기해도 엄마 아빠가 이혼하지만 않으면 괜찮다고 생각했으니까. 근데⋯⋯."

미화가 후련한 표정으로 하던 말이 떠올랐다. 우리는 본인의 행복을 포기해 가면서까지 다른 사람을 행복하게 만들 수 없다고. 내가 깨닫기를 바라는 미화의 간절한 표정이 눈앞에 그려졌다.

"도저히 안 되겠어. 엄마 아빠를 행복하게 만들려고 소설을 포기한 건데, 내가 너무 불행해."

무슨 말인가 꺼내려는 엄마의 손을 아빠가 붙잡아 말렸다. 아빠는 조용히 고개를 저었다. 엄마는 모두 당신 탓이라는 듯 눈총을 쏘았다.

"정물이 네가 대학교에 합격하면 이혼하기로 했다."

아빠가 음울한 목소리로 말했다. 예상은 했지만 목소리로 듣는 것은 차원이 달랐다. 무슨 말을 해도 덤덤하게 듣자고 마음먹었는데 한순간에 무너져 내렸다. 엄마 아빠가 낯설었다. 벌써 이혼한 사람들 같았다.

"앞으로 어쩌려고 그래. 이제 며칠 뒤면 너 개학해. 네 인생에서 가장 중요한 시기라고. 그것 때문에 엄마하고 아빠가 얼마나 애쓰는지 알기나……."

"거짓말 좀 하지 마."

나는 엄마의 말을 자르며 울분을 터뜨렸다.

"그 중요한 시기 이혼 때문에 망쳤다, 그런 소리 듣기 싫은 거잖아. 내가 나중에 원망할까 봐 걱정하는 거잖아."

"애는, 무슨 그런 소리를 해?"

고성에 놀란 꼬미가 테이블 아래에서 컹컹 짖었다. 나는 떨리는 목소리를 진정시키려고 숨을 크게 내쉬었다.

"이제 정말 괜찮으니까, 나 때문에 이혼을 미루진 마. 고3이 뭐라고, 그게 뭐라고 이렇게까지 해. 왜 나 때문에……."

감정이 북받쳐서 말을 이을 수가 없었다. 울음이 목 끝까지 차올라 있었다. 하고 싶은 말이 많았지만 동시에 어떤 말도 하기 싫었다.

"너 때문에 이혼하는 거 아니야."

엄마는 의자를 뒤로 끌면서 일어났다. 그리고 서글픈 눈빛으로 나를 쳐다봤다.

"네 잘못…… 아니라고."

엄마가 안방으로 들어가 문을 닫았다. 울음이 터져 나왔다. 그동안 저 말을 듣고 싶었다. 부모님의 이혼이 내 잘못이 아니라는 것을. 내가 어찌해 볼 수 없는 두 사람의 문제라는 것을.

아빠는 조용히 다가와서 나를 껴안았다. 부드럽게 등을 쓰다듬는 아빠의 손길이 눈물을 부추겼다. 나는 절박한 심정으로 아빠의 팔을 붙잡고 소리 내어 울었다.

초등학교 시절, 그림일기를 쓰기 위해서는 상상력이 필요했다. 상상하는 것은 내게 놀이와 같았다. 놀이공원의 회전목마를 탈 때는 아빠 옆에 엄마를, 계곡의 바위 위에서는 엄마 옆에 아빠를 그려 넣었다. 부모님이 모두 사라진 그날, 놀이가 멈췄다. 해수욕장에서 부모님은 붉어진 얼굴로 서로에게 악다구니를 쓰고 있었다. 싸움이야 흔히 있는 일이지만 그날은 좀 더 심했다. 나는 여느 때처럼 엄마 아빠에게 방치됨으로써 싸움이 시작됐다는 것을 알았고 혼자 모래성을 쌓으며 놀았다. 이렇게 놀고 있으면 둘 중 한 사람이 다가와서 나를 돌봤다.

그날 나는 살면서 가장 큰 모래성을 쌓았다. 지금 와서 생각해 보면 무덤과 비슷한 단순한 모양이었는데, 그때는 정말 근사해 보였다. 자랑하려고 뒤돌아서 부모님을 찾았다. 엄마 아빠는 나를 버려두고 각자 다른 방향으로 걸어가고 있었다. 처음엔 무슨 일이 벌어졌는지 이해하지 못했다. 주위 사람들이 나를 보고 혀를 차며 안타까워했다. 성난 파도가 모래성을 허물어뜨리고 있을 때 낯선 사람이 다가왔고 나는 경찰차에 올랐다. 한 번쯤 경찰차에 타 보고 싶었지만 조금도 기쁘지 않았다. 그 순간에 내가 느낀 감정은 두려움이었다. 어떤 잘못을 저질러서 경찰에 붙잡힌 것 같았다.

경찰은 나를 해수욕장 인근의 호텔에 데려갔다. 호텔 방의 문이 열리고, 문틈으로 난감한 표정으로 서 있는 아빠의 얼굴이 보였다. 엄마는 등을 지고 서 있었다. 그때 깨달았다. 나는 부모님에게 버려질 수도 있는 존재구나. 버려지지 않으려면 어떡해야 할까. 말을 잘 들어야지. 엄마 아빠의 짐이 되지 않도록. 그때의 기억은 지금까지도 악몽처럼 나를 따라다녔다.

오늘 내 선택이 옳은 것인지는 알 수 없었다. 나중에 이 순간을 돌아봤을 때, 후회하지 않기를 바랐다. 나도, 부모님도.

동전 떨어지는 소리가 들렸다. 확인하지 않았다. 행복이라고 믿고 싶다.

29

사격장의 자동문이 열렸다. 미션 이벤트가 적힌 입간판을
지나 실내를 두리번거렸다. 손님에게 사격 방법을 알려 주던
승현은 나에게서 눈을 떼지 못했다. 나는 손님들 틈을 비집고
들어가 카운터 앞에 섰다. 사장님과 매니저 누나가 있었다.

"죄송합니다."

사장님은 카운터 위에 두 손을 올리고 깊은 숨을 내쉬었다.
매니저 누나는 조마조마한 눈빛으로 나를 지켜봤다.

"부모님 사이가 안 좋아서 가족 여행으로 풀고 싶어서 그랬
어요. 정말 죄송합니다."

사장님의 굵은 눈썹이 휘어져 올라갔다.

"말이 좀 다르구나. 승현이는 자기가 했다던데."

무슨 말인지 몰라 당혹스러웠다. 뒤를 돌아보자 승현이 내 시선을 피했다. 친구에 대한 미안함과 고마움으로 머릿속이 뒤죽박죽이었다.

"승현인 이번 달까지만 일하고 그만두기로 했다. 추가로 나간 티켓값은 월급에서 까기로 했고."

"그날 일은 모두 제 잘못이에요. 곧 알바 시작하는데 월급 나오는 대로 갚을게요. 승현이 계속 일하게 해 주시면 안 될까요? 이대로 잘리면, 전 미안해서 쟤 얼굴도 볼 수 없어요. 부탁드려요, 네?"

매니저 누나도 옆에서 거들었다. 친구가 나쁜 의도를 가지고 한 것도 아니고, 실수인데 한 번쯤 기회를 주는 것이 어떻겠느냐는 것이다.

"인생 교육이잖아요, 사장님."

사장님의 입가에 뜻 모를 미소가 머물렀다. 그 말은 내가 승현의 어깨에 손을 올리는 행위처럼 보였다.

"쯧, 그래. 인생 교육이지. 우리 같은 어른이 기회를 주지 않으면 또 누가 주겠어. 학생, 비싼 경험이었다고 생각하고, 다시는 그런 짓 하지 마. 하다못해 사장인 나한테 말이라도 하든가."

"감사합니다. 정말 감사해요!"

나는 합장하는 것처럼 두 손을 가지런히 모아 흔들었다.

사장님은 직원들의 인사를 받으며 퇴근했다. 잠시 후, 승현은 매니저 누나의 배려로 일찍 휴게 시간을 가졌다. 녀석은 컵라면에 뜨거운 물을 받아 테이블에 앉았다. 단단히 화가 났는지 내가 옆자리에 앉아도 알은체하지 않았다.

"나 때문에 많이 곤란했지? 정말 미안하다. 진작 찾아와서 사과했어야 했는데."

"괜찮다곤 못 하겠다. 하도 쌓인 게 많아서."

"여친하고 사이는 좀 괜찮아?"

"무릎 꿇고 싹싹 빌었지. 앞으로 잘하겠다는 약속을 백 번쯤 하니까 용서해 주더라. 커플 티 빌려준 건 아직도 서운해하지만."

속으로 안도의 한숨을 내쉬었다. 나 때문에 헤어졌다면 미안해서 승현을 두 번 다시 볼 수 없었을 것이다.

"나, 다시 소설 쓰기로 했어."

그제야 승현은 내 눈을 똑바로 쳐다봤다.

"부모님은 이혼 안 하시겠대?"

"그건 잘 모르겠어. 아마 이틀 후면 알게 되겠지."

엄마 아빠의 이혼 숙려 기간은 이제 이틀 남았다. 부모님이 어떤 결정을 내리든 존중할 생각이었다. 서로의 속마음을 알았으니 후회는 없었다.

"넌 괜찮냐?"

"어. 이젠 괜찮아."

"그럼 됐다."

승현은 앞머리를 뒤로 쓸어 넘기며 물결 모양의 머리띠를 쓰고 나무젓가락을 반으로 갈랐다. 나를 걱정해 주는 친구가 진심으로 고마웠다. 이 마음은 앞으로 두고두고 갚아야겠다.

"근데, 아주 사소한 문제가 있어."

"뭔데?"

승현은 후후 입바람을 불고 라면을 크게 한입 먹었다. 나는 가방에서 승현이 빌려준 옷을 꺼냈다. 회색으로 물든 맨투맨을 보자 승현은 라면 면발을 뿜으며 기침했다. 간발의 차이로 녀석이 뻗은 손을 피했다. 승현은 무리하게 나를 잡으려다 컵라면 용기를 엎었고, 사격장은 순식간에 아수라장이 됐다. BB탄 총으로 쏴 죽이겠다는 승현이와 기물 파손이라며 말리는 매니저 누나, 테이블을 사이에 두고 요리조리 피해 다니는 나.

겨울 방학이 끝나고 있었다.

*
**

약속 시간 10분 전에 성철이 나타났다. 우리는 간단하게 인사만 나누고 가게 안으로 들어갔다. 준일의 어머님이 운영하는 순대국밥집이었다.

"어머님, 안녕하세요. 준일이 친구 이성철입니다."

성철은 특유의 살가운 목소리로 준일의 어머님에게 인사했다. 그러면서 늦은 밸런타인데이 선물이라며 쇼핑백을 건넸다. 쇼핑백 안에는 손수 포장한 빼빼로가 한가득 들어 있었다. 얼마 전 밸런타인데이 행사 가판대가 쓰러지면서 판매할 수 없게 된 초콜릿들을 성철이 모두 구매했고, 깔끔하게 재포장해서 가져온 것이었다.

"아휴, 뭘 이런 걸 다 가져왔어."

어머님은 성철의 등살을 때리며 고마워했다.

나와 성철은 자리에 앉아서 밥을 먹었다. 어머님은 우리에게 음식을 갖다 주고, 주방에서 요리하느라 분주했다.

이곳에 오기 전, 성철에게 연락해서 시미트리 시스템과 데칼코마니 이야기를 모두 털어놓았다. 개학하면 혼자 프로필의 친구들을 돕는 데 한계가 있을 테니 도와줄 사람이 필요했다. 처음부터 의도적으로 접근했다는 사실을 알면 화낼까 걱정했는데 기우였다.

"네가 말한 동전이나 복주머니 같은 거 보여 주면 믿을게."

나는 마법 안경과 아이들의 프로필을 건네줬다. 안경을 쓴 성철은 VR 체험을 하는 사람처럼 탄성을 내질렀다.

"이거 있으면 사람 돕기 꽤 편하겠는데."

성철이 감탄하며 주위를 두리번거리는 사이, 미화의 문자를 받았다. '언제 한번 놀러 와'라는 메시지와 함께 사진 한 장이 도착했다. 고깃집에서 부모님의 일을 돕는 도중에 찍은 듯한 미화의 셀카였다. 미화에게는 내가 먼저 연락했다. 이전에 화내서 미안하다고, 덕분에 부모님과 이혼에 대해 솔직한 대화를 나눌 수 있었다고 전했다. 미화는 내 사과에는 별다른 언급을 하지 않았다. 내가 인생의 가장 중요한 결단을 내리느라 고생했으니, 이전 일은 눈감아 주는 듯했다.

"그러니까, 선행 클럽을 가장해서 아이들을 돕고 다니자는 거지?"

나는 핸드폰에서 눈길을 들어 성철을 바라봤다.

"맞아."

성철은 프로필을 한 장씩 넘기면서 읽었다. 나는 개학하기 전에 친구들이 다 같이 모이는 자리를 마련할 계획이었다. 각자의 방식으로 치열하게 겨울 방학을 보냈을 친구들과 웃고 떠들고 싶었다. 모두가 행복할 수 있는 상황을 만들면 더욱 좋았다. 아이들의 특성을 생각해 이리저리 궁리하다가 좋은 생각이 떠올랐지만, 예림은 계획에 포함할 수 없었다. 편의점 사건 이후로 예림과 연락이 닿질 않았다. 성철의 말에 따르면 이제는 교회 근처에서도 볼 수 없다고 했다.

"사실, 예림이는 원래 프로필 아이가 아니야."

"무슨 소리야?"

나는 미화가 프로필을 바꿔치기한 사실을 알려 줬다. 지금도 그 순간을 떠올리면 미화에게 서운한 감정이 들었다. 성철은 나와 다른 관점으로 상황을 바라봤다.

"그럼 예림이와 바뀐, 원래 프로필 아이는 누구야?"

*
**

선행 클럽의 첫 번째 활동은 음악 공연이었다. 병원에 입원해 지친 환자분들을 위해 노래를 부르는 자리였다. 말은 거창했지만 노래는 새임 혼자서 부를 예정이었고, 무대는 효성의 어머님이 계신 병실이었다. 사전에 같은 병실 사람들과 간호사분들에게 허락을 받았다.

나와 성철은 거동이 불편한 분들을 도왔다. 감각이 뛰어난 효성은 프로젝트의 기획과 연출을, 셈이 빠른 연우는 총무를 맡았다. 그런데 시작부터 예기치 못한 문제가 생겼다. 새임이 수용할 수 있는 관객 수는 최대 네 명이었다. 겨울 방학 내내 피나는 노력을 했지만 여전히 보는 사람이 너무 많으면 노래가 엉망진창이 되어 버렸다.

기억을 더듬어 한 가지 방법을 떠올렸다. 효성과 효성의 어머님, 그리고 환자 두 분을 제외한 나머지 분들의 자리에 커튼을 쳤다. 관객의 절반 이상이 공연을 볼 수 없는 진풍경이 펼쳐졌다. 그럼에도 긴장했는지 새임의 음이 이탈하고 기타 반주가 엉성해졌다. 그러자 친구들이 노래를 따라 불렀다. 새임은 편안한 미소를 지으며 기타 반주만 틀리지 않도록 애썼다. 친구들의 목소리와 환자분들의 박수 소리가 한데 어우러졌다. 처음으로 동전 떨어지는 소리가 아름답다는 생각이 들었다.

나는 시끌시끌한 틈을 타서 조용히 병실을 빠져나왔다. 복도에는 승현과 미화가 서 있었다.

"난리 났네. 꼭 이렇게까지 해야 하냐?"

승현이 병실의 문에 난 유리창을 들여다보며 말했다.

"지금 이 순간에도 관리자들이 움직이고 있을 거야."

나는 넋두리 같은 혼잣말을 덧붙였다.

"권력자의 편에 서서 무고한 사람들의 행복 주머니를 닫겠지. 우리가 바꾸어야 해."

"아휴, 다 컸네. 이젠 더 가르칠 것이 없다."

승현은 내 어깨를 다독였다. 녀석이 이 행동을 왜 좋아하는지 조금은 알 것 같았다. 나는 무심코 미화의 행복 주머니를 봤다. 항상 복주머니의 입구까지 동전이 차 있었는데, 오늘은 조금 비어 있었다. 오디션에 합격했는데 도리어 행복이 줄어든 것은 아이러니했다. 자세히 보니 동전이 줄어든 것이 아니라 행복 주머니가 커진 것이었다.

"복주머니가 좀 커진 것 같다?"

미화가 발치를 내려다봤다. 마법 안경을 쓰고 있지 않아서 아무것도 보이지 않을 텐데, 그녀는 자기 복주머니가 보이는 것처럼 말했다.

"응, 새 동전 좀 담고 싶어서."

무슨 말인지 이해하지 못했지만, 미화는 어느 때보다 행복한 표정을 짓고 있었다. 이전보다 그녀의 마음 상태가 좋아진 듯했다.

"맞다. 이거 가져왔어."

미화가 건넨 서류 봉투에는 종이 한 장이 들어 있었다. 예림이와 바뀐 프로필의 아이였다. 이름이나 얼굴은 확인하지 않았다. 조만간 도우러 갈 때 확인할 생각이었다.

"우정물이 누구야?"

우리 세 사람은 한곳으로 고개를 돌렸다. 처음 보는 남자애가 우리에게 다가오고 있었다.

"난데."

"잠시 대화 좀 할 수 있을까."

남자아이가 턱으로 복도를 가리켰다. 나는 영문도 모른 채 남자아이를 따라 병원의 휴게 시설이 있는 곳으로 갔다. 그리고 조심스레 3인용 의자에 같이 앉았다.

"반갑다. 나도 조력자야."

나는 어떤 반응도 할 수 없었다. 카일에게 들어서 또 다른 조력자가 있는 것은 알았지만, 이렇게 평범하게 생겼을 줄이야. 거리에서 흔히 볼 수 있는, 10대 학생이었다.

설명에 따르면, 남자애를 담당하는 관리자도 내부 고발자였다. 관리자들의 세상은 카일 이후로 내부 고발자가 쏟아져 나와서 혼돈에 빠졌다고 했다. 모든 인간이 이기적이지는 않다는 것이 드러나자 여론이 흔들렸고, 카일의 재판이 연기되었다. 그 틈을 타서 몇몇 관리자가 우리 세상에 나와 도움을 요청했다. 관리자들이 닫은 행복 주머니를 이쪽 세상의 조력자가 많이 열수록 재판에서 유리해진다는 것이었다.

"카일은? 카일은 무사하대?"

"상황이 좋진 않대. 그쪽 세상의 권력자들이 내부 고발자들을 모두 소멸시키려고 하거든."

소멸이라는 단어가 소름 끼치게 무서웠다. 우리 세상으로 치면 죽음과 같은 말이었다.

"어떻게…… 어떻게 해야 카일을 살릴 수 있어?"

"지금 조력자들 사이에서 연대하려는 움직임이 있어. 몇 안 되긴 하는데, 조금씩 세력을 넓히는 중이야. 이게 최선이니까."

남자아이는 프로필을 꺼내서 조력자들이 연대하는 방법을 설명해 줬다. 한 번 도움을 거절한 프로필의 아이는 경계심이 생겨서 다시 만나기가 어려웠다. 그런 아이들을 다른 조력자가 몰래 접근해서 돕는 식이었다. 그 이외의 시간에는 또 다른 조력자를 찾는 데 주력했다.

"그거라면 우리 전문인데."

미화의 목소리가 들렸다. 언제 다가왔는지 의자 뒤에 미화와 승현이 서 있었다. 남자아이는 두 사람을 올려다보면서 인상을 썼다.

"얘넨 뭐야?"

나는 미화와 승현을 소개하며, 시미트리 시스템을 알고 있는 내 친구들이라고 말했다. 남자아이가 경계심을 풀지 않자, 미화는 당당한 미소를 지어 보였다.

"우리도 조력자야."

"관리자들이 부탁한 명단에서 못 봤는데?"

"참나, 뭐 관리자들 부탁을 받아야만 조력자인가?"

미화가 남자아이의 손에서 프로필을 가로챘다. 남자애는 갑작스러운 상황을 이해하지 못하고 어리둥절한 표정을 지었다. 내 친구들을 믿어도 되는지 판단이 서질 않는 모양이었다. 미화와 승현은 프로필을 보면서 진지하게 접근 방법을 모색했다. 평소에 투닥거려도 사격장에서 함께 연기 호흡을 맞춘 걸 돌이켜 보면 둘은 좋은 팀이 될 것 같았다.

나는 대화를 나누는 친구들의 모습을 보면서 웃었다. 미화의 말이 맞았다. 누군가를 도우려고 마음먹는 사람들 모두 조력자였다.

첫 문장을 지우고 다시 쓴다.

엄마 아빠는 이혼하지 않았다. 어떤 심경의 변화가 있었는지는 모르겠지만, 숙려 기간 마지막 날에 지나가는 투로 말했다. 이혼하지 않기로 했다고. 나는 다시 소설을 쓰기 시작했다. 한동안 글을 못 써서 걱정했는데, 다행히 술술 써졌다. 엄마는 이제 내가 소설 쓰는 것을 반대하지 않았다. 소설이든 공부든 대학에만 들어가면 된다는 쪽으로 생각이 바뀐 듯했다. 아빠는 요즘 눈에 띄게 내 편을 들어줬다. 아빠의 응원을 받고 있으면 나조차도 나의 미래가 기대됐다. 나는 앞으로도 내 소설을 기대할 수 있었다.

노크하는 소리가 들리고 탕비실 문이 열렸다. 나는 읽던 공책을 내려놓고 고개를 들었다. 상상 속 세계가 허물어지고, 매니저의 얼굴이 나타났다.

"정물, 휴게 시간 끝났어."

깜짝 놀라 핸드폰으로 시간을 확인했다. 30분이 눈 깜빡할 사이에 지나 있었다.

"죄송합니다. 금방 나갈게요."

황급히 자리에서 일어나다 무릎으로 책상을 쳤다. 공책과 볼펜, 핸드폰이 우수수 떨어졌다. 나는 무릎을 붙잡고 탕비실의 좁은 공간에서 펄쩍펄쩍 뛰었다.

과외 형은 예전에 쓴 소설을 읽어 보라고 권유했다. 최근에 쓴 글의 결말이 하나같이 두 눈 뜨고 못 봐줄 수준이어서 극약 처방을 내린 것이다. 정확한 지적이었다. 나는 요즘 이야기를 어떻게 끝낼지 몰라 흐지부지 끝맺고 있었다. 이야기의 왼쪽 괄호를 여는 것은 쉬워도 오른쪽 괄호를 닫는 것은 정말 어려웠다.

「정 감을 못 잡겠으면 데칼코마니 소설 결말 다시 읽어 봐. 네가 쓴 결말 중에서는 그나마 괜찮았으니까.」

나는 비로소 데칼코마니 이야기를 소설로 읽을 수 있었다.

「소설 다시 읽었어요. 결말은 여전히 마음에 안 들지만요.」

과외 형에게 메시지를 보낸 뒤, 탕비실 문을 열었다. 방음 부스의 문을 연 것처럼 다채로운 소리가 휘몰아쳤다. 매장의 스피커에서 울리는 음악 소리, 커피 머신이 원두를 가는 소리, 개수대에서 설거지하는 물소리, 카운터에서 손님이 주문하는 목소리와 주문을 받는 직원의 친절한 목소리……. 나는 앞치마를 두르면서 계산대 앞으로 갔다. 피곤한 얼굴의 선임과 교대하고, 밝은 목소리로 손님의 음료 주문을 받았다.

내가 주인공으로 나오는 소설을 읽다가 갑자기 현실을 맞닥뜨리니 정신이 없었다.

손님의 주문을 모두 받은 다음에는 밀대로 매장의 바닥을 닦았다. 승현과 여자 친구가 앉은 자리는 그들의 발밑까지 밀대를 들이밀었다. 둘은 요즘 학교 수업이 끝나면 이곳에서 죽치고 앉아 공부했다. 함께 공부하는 시간도 데이트라고 생각하면 버틸 만하다고 승현이 죽어 가는 얼굴로 말했다. 두 사람은 똑같은 회색 맨투맨을 입고 있었다. 승현에게 듣기로, 여자 친구가 옷 색깔을 맞추려고 일부러 검은색 옷과 세탁했다고 한다. 정말이지 대단한 애정이 아닐 수 없다.

나는 새 학기가 시작되자마자 집 근처 카페에서 아르바이트를 시작했다. 소설 과외비를 벌어야 하고, 사격장 사장님에게 비행기 티켓값도 갚아야 하니 돈이 필요했다. 첫 월급을 받은 날, 사격장에 찾아가 만 원짜리 지폐가 두둑이 담긴 봉투를 드렸더니 사장님은 웃으면서 돌려주었다.

"그 돈으로 부모님 선물 사 드려."

그럴 수 없다고 재차 말했지만, 사장님은 단호히 고개를 가로저었다. 청소년들의 우정을 보고 가만히 있을 수 없다고, 자기 친구도 소싯적에 사고를 많이 치고 다녔는데, 그때마다 본인이 친구를 위해 도와줬으며, 나와 승현을 보자 어린 시절의 추억이 떠올라 마음이 따뜻해졌다고 말했다. 사장님의 총명하고 패기 넘치는 어린 시절 이야기를 10분 넘게 들어주는 것으로 돈 봉투는 내 손에 쥐어졌다. 그 돈을 어디다 쓸까 고민하다가 비상금으로 넣어 두었다. 이 돈은 나중에 내가 정말 필요할 때 쓸 것이다.

미화는 웹드라마 오디션에 최종 합격했다. 며칠 전 전화로 곧 감독님에게 연기 지도를 받는다는 소식을 전해 줬다. 나는 진심으로 축하해 줬고, 미화도 내 소설에 각별한 관심을 가져 주었다. 우리의 이야기로 쓴 소설을 보여 줬을 때는, 자기가 약삭빠르고 행복에 미친 사람으로 나왔다며 화를 냈지만.

미화와 나는 더 이상 경쟁하지 않고 서로의 꿈을 응원하는 사이가 되었다. 우리는 함께 행복할 수 없었지만, 서로 돕는다면 불행해지는 것을 막을 수 있었다. 그 과정이야말로 행복일지도 몰랐다.

마감 청소를 하던 도중, 호주머니에 든 핸드폰이 진동했다. 아빠에게 문자가 왔다. 지금 사는 집은 내놓기로 했고, 같이 살 집을 알아보자는 내용이었다. 현실의 결말은 내가 쓴 소설과 달랐다. 엄마 아빠는 3개월의 숙려 기간 끝에 이혼했다.

「알았어요. 고생했어요, 아빠.」

아빠에게 답장을 보내자 동전 떨어지는 소리가 들렸다. 깨끗이 청소한 매장 바닥에 은색 동전이 반짝거렸다. 부모님의 이혼은 나에게 행복일까, 불행일까? 나는 동전에서 시선을 거두고 밀대로 바닥을 마저 닦았다. 홀 청소를 마무리하는 동안 동전은 사라졌다. 엄마 아빠가 이혼하고 소설도 다시 쓰기 시작했지만, 행복 주머니의 매듭은 완전히 풀리지 않았다. 앞으로 얼마나 더 걸릴지 알 수 없었다. 한 달 만에 매듭이 풀릴 수도 있고, 1년이 걸릴 수도 있었다. 하지만 복주머니에 연연하지 않기로 마음먹었다. 행복은 뒤가 아니라 앞에 있으니까.

마감 청소를 끝낸 뒤, 나는 양손 가득 쓰레기봉투를 들고 바깥으로 나갔다. 벌써 4월이었다. 가로수에 푸른 잎이 맺히고 사람들의 옷차림은 가벼워졌다. 카페 옆 골목길로 들어가 전봇대 앞에 쓰레기봉투를 내려놓았다. 손을 털고 돌아서는데, 등 뒤에서 사람 목소리가 들렸다.

"오랜만이다, 정물."

카일이었다. 카일은 가로등 불빛이 비치는 곳까지 걸어 나왔다. 낡은 구두와 정장 차림이었지만, 표정은 어느 때보다도 밝아 보였다. 나는 너무 반가워서 말이 제대로 나오지 않았다.

"못 본 사이에 표정이 많이 좋아졌는데."

"어떻게 된 거예요? 재판은 끝났어요?"

카일이 옅은 미소를 지으며 고개를 저었다.

"아직도 어수선해. 그동안 관행으로 여겼던 부조리들을 싹 다 드러내는 중이라서. 앞으로 어떻게 될지는 모르겠지만, 날 소멸시키지는 못할 거야. 지지하는 관리자들이 꽤 많아졌거든."

카일의 목소리에는 자신감이 묻어났다.

"내부 고발자들이 담당했던 사람들에게는 새 관리자들이 배정될 거다."

"그러면 다시 예전으로 돌아가는 거 아니에요?"

"나와 비슷한 생각을 가진 관리자들로 배정하려고 해. 그러니까, 그들이 행복 주머니를 닫는 일은 없을 거야."

그제야 나는 안도할 수 있었다. 내 노력이 물거품이 되는 것은 두렵지 않았다. 시간이 오래 걸려도 친구들의 행복 주머니를 다시 풀 자신이 있었다. 나는 친구들이 불행의 이유가 본인에게 있다고 자책하고, 자기 삶을 비관하는 것이 두려웠다. 불행은 그들의 잘못이 아니다.

"눈에 띄진 않지만 조금씩, 아주 조금씩 조력자들이 늘어나고 있어. 나를 지지하는 관리자들도. 이 세상은 그렇게 변할 거야. 조금씩, 느리지만 꾸준하게."

우리 사이에 침묵이 내려앉았다. 봄바람이 불어왔다. 한 달

전과는 비교할 수 없을 정도로 따뜻한 바람이었다.

"부탁 하나만 해도 될까?"

"또 이상한 거 시키려고 그러죠."

"그런 건 아니고…… 앞으로도 조력자로 활동해 줄 수 있어? 내가 부탁한 아이들, 나아가 다른 사람들까지도 네가 좀 도와줘."

옛날의 나였으면 누군가를 도와달라는 부탁이 귀찮고 싫었을 텐데, 지금은 기분이 좋았다. 세상의 시스템을 관리하는 존재에게 인정받고, 비밀리에 임무를 부여받은 것처럼 느껴졌다. 나는 뜸을 들이다가 못 이기는 척 말했다.

"개학해서 바쁘지만, 뭐 최대한 해 볼게요."

"고맙다. 너에게 신세를 많이 지는구나. 준일의 어머님을 찾아가 준 것도 고맙고……."

확실히 나는 칭찬을 곧이곧대로 받지 못하는 타입이었다. 어렸을 때부터 자주 받아 보지 못해서 그럴까. 부끄럽고 어색해서 몸 둘 바를 모르겠다. 그때, 동전 떨어지는 소리가 골목길에 울렸다. 카일과 나의 시선이 동전으로 향했다. 가로등 불빛이 비쳤지만, 우리가 서 있는 곳에서는 동전에 새겨진 요정의 그림을 확인할 수 없었다.

"저 이제 들어갈게요."

"확인 안 해도 되겠어?"

카일이 의아한 눈빛으로 물었다.

"이젠, 괜찮아요."

나는 어깨를 으쓱이며 웃었다. 그리고 어두운 골목길을 걸어 불이 환하게 켜진 카페로 걸음을 옮겼다.

*
**

카일은 골목길에 혼자 남아 정물의 뒷모습을 바라봤다. 정물이 시야에서 사라지자, 그의 입가에 미소가 번졌다. 그는 동전을 주워 눈앞에 가져왔다. 동전은 가로등 불빛에 반사되어 반짝거렸다.

요정 그림을 확인한 카일은 동전을 튕겼다. 공중으로 던져진 동전은 땅바닥에 몇 차례 튀어 오르며 요란한 소리를 내다 멈췄다. 그사이, 카일은 골목길 안쪽으로 걸어 들어갔다.

가로등 불빛이 아스라이 비치는 골목, 바닥에 동전 하나가 덩그러니 놓였다. 동전에는 숫자가 아닌 요정 그림이 새겨져 있었다. 보는 사람의 시각에 따라 요정의 날개는 보이기도, 보이지 않기도 했다.

작가의 말

　스물두 살, 소설을 쓰려고 은행을 그만두었다. 누군가는 응원했고, 누군가는 반대했다. 행복과 불행이 뒤섞인 상태에서 나는 혼자 글을 쓰기 시작했다.

　나의 20대는 내 선택이 틀리지 않았다는 것을 증명하느라 고군분투한 시간이었다. 응원했던 사람들에게는 좋은 모습을 보여 주고 싶었고, 반대했던 사람들에게는 내 선택이 옳았음을 증명하고 싶었다. 하루빨리 내 글을 보여 주고 싶어 늘 쫓기듯이 살았다. 하지만 아무리 힘들어도 소설을 포기하겠다는 생각은 해 본 적이 없었다. 꾸준히 글을 쓰다 보니 어느새 이야기를 하나 완성했다.

　이 소설은 공모전에서 수십 번 떨어진 덕분에 나왔다. 공모전에서 떨어져 자괴감에 빠진 날이면, 나는 합격자들의 모습을 상상하곤 했다. 내가 이렇게 불행한 순간에도 행복한 사람이 있다는 게 신기했다. 반대로 내가 행복한 순간에도 이 세상 누군가는 불행했을 것이다. 우리는 알게 모르게 행복과 불행을 주고받지 않나, 하는 생각에 덜 좌절하는 법을 배웠다.

이 생각을 많은 사람에게 들려주고 싶어 이 소설을 썼다.

이제는 이 세상이 다소 불공평하고 모두가 행복해질 수 없다는 것을 안다. 하지만 소설에서 보여 준 것처럼 서로 돕고 산다면 우리는 불행해지는 것을 막을 수 있을지도 모른다. 그리고 그 과정은 행복일 거라고 진심으로 믿는다.

소설을 쓰면서 내 행복과 불행 주머니는 어떤 상태일지 상상해 봤다. 활짝 열린 불행 주머니에는 절반 정도 동전이 차 있고, 텅 빈 행복 주머니는 단단히 묶여 있다. 요즘 행복 주머니의 매듭을 조금씩 푸는 중이다. 소설 속 인물들을 통해 많은 위로를 받았다. 그러니 이 글을 읽은 독자분들도 마음속 매듭을 풀 수 있기를 온 마음으로 응원한다.

비가 그친 줄도 모르고 우산을 쓰고 있었다. 이제야 고개를 들어 맑게 갠 하늘을 본다.

2023년 8월

김영서

행복한 데칼과
불행한 코마니

1쇄 발행 2023년 8월 25일

지은이 김영서
펴낸이 배선아
편 집 유민우
디자인 이승은
펴낸곳 고즈넉이엔티

출판등록 2017년 3월 13일 제2022-000078호
주   소 서울특별시 마포구 성지1길 35, 4층
대표전화 02-6269-8166 **팩스** 02-6166-9199
이 메 일 gozknockent@gozknock.com
홈페이지 www.gozknock.com
블 로 그 blog.naver.com/gozknock
페이스북 www.facebook.com/gozknock
인스타그램 www.instagram.com/gozknock

ⓒ 김영서, 2023
ISBN 979-11-6316-500-2 03810

표지/내지이미지 Designed by Getty Images Bank, Freepik

이 책은 모바일 콘텐츠 플랫폼 카카오페이지가 주최한
넥스트 페이지 11기 선정작을 종이책으로 편집해 출간한 것입니다.
이 책의 연재 버전은 카카오페이지 앱에서 감상하실 수 있습니다.